Non basta amare qualcuno. Bisogna amare con coraggio. Bisogna amare in modo tale che nulla, né ladri né influenze esterne né leggi umane o divine, possa interferire con questo sentimento.

Sándor Márai

Oggi

Il tavolino che ho scelto è attaccato alla vetrata. Traballa appena appoggio i gomiti, ma la cameriera dai ricci ribelli mi ha assicurato che gli altri non sono messi meglio. «Questo posto cade a pezzi» dice in un'alzata di spalle, mentre torna al bancone. Non so chi sia, di solito a quest'ora c'è un ragazzo che mi lascia un cioccolatino vicino alla tazzina.

Mentre sorseggio il caffè che mi scotta le labbra, guardo il cortile costeggiato da alberi spogli. Per terra, le foglie umide aderiscono alla strada come carta velina, e il pattern di colori sembra il lavoro di un pittore anziché di un brutto temporale. Lo dipingerei, se sapessi dipingere. O gli scatterei una foto da inviare a casa: mia madre ne sarebbe entusiasta. Mi chiede com'è questo posto, che aria si respira; evito di dirle che quando mi affaccio alla finestra vedo il grigio della metropoli che s'irrobustisce col passare dei giorni, né le parlo dello smog che s'attacca alla pelle come un secondo vestito. 'Ti manca il mare?' la immagino domandarmi, la voce sospesa nella cornetta. 'No' direi d'istinto. Dovrebbe mancarmi, ma so per certo che non è di mia proprietà. Niente del quartiere dove sono cresciuta mi appartiene, neppure la mia camera, né i cassetti colmi di vestiti o i libri preferiti nascosti sotto il letto. Sono andata via e ho lasciato il disastro alle spalle.

Preferisco restarmene a osservare gli studenti che corrono da un'aula all'altra, con in braccio dizionari di latino o di greco, in faccia stampato un sorriso che è anche paura ed eccitazione, sulle spalle portano zaini carichi di antologie e quaderni d'appunti. Mi intrufolo nelle loro vite, per i pochi istanti in cui entrano nel mio campo visivo, come i paesaggi che scorrono dai finestrini dei treni.

Ovunque mi trovo, mi sento esposta. È la sensazione di chi ha qualcosa da nascondere. Per non destare sospetti, fingo che vada tutto bene; un compromesso per finire la giornata come l'ho iniziata.

Mi sento esposta, è vero, però è necessario che io continui a scrivere. Come a lezione, dalla borsa tiro fuori penna e quaderno. Ma a dettare le parole non è un professore, è la mia anima scorticata. Ho bisogno di ordinare le idee, di farmi spazio nei ricordi. O forse questo è il mio modo per cercare un'assoluzione.

Dalle pagine sfugge il papavero rosso ormai essiccato. Scivola in una piroetta e atterra morbido sul pavimento. Lo riprendo con cautela: i petali potrebbero staccarsi. Lo metto di nuovo nel quaderno, al sicuro tra la carta e l'inchiostro, e passo le mani sulle braccia magre per ricordarmi che esisto ancora.

1.
Cinque mesi prima

Dal balcone osservavo la morte lenta della primavera che scivolava sul quartiere. Che stava per arrivare l'estate si capiva dal sole che non voleva tramontare, alle otto di sera c'era ancora luce. Un altro regalo del caldo era il ritorno delle zanzare. Casa ne era piena a tutte le ore. Anche loro avevano fame, come le famiglie che non arrivavano a fine mese. Lasciavano pizzichi sulle cosce scoperte, soprattutto di chi si era radunato con le sedie di plastica sotto i portici per chiacchierare fino a tardi. Le cicale avevano iniziato a gracchiare e avrebbero continuato persino di notte.

Presto me ne sarei andata. Campo dell'oro non mi sarebbe mancato. Non mi sarebbero mancati i bidoni dell'immondizia che strabordavano sui marciapiedi, né le facciate dei palazzi imbrattate dalle bombolette spray, dove i ragazzini si promettevano amore eterno. Non avrei sentito la mancanza dei cornicioni che rischiavano di venirsene giù, né degli anziani che ti fermavano per strada e ti chiedevano se eri figlio di tizio o nipote di caio. Per me Campo dell'oro ci sarebbe stato due volte all'anno, a Natale e a Pasqua, quando sarei tornata a trovare la mia famiglia.

Questo era ciò che credevo. Ma il bello delle convinzioni è che cambiano con il tempo.

*

Mia madre aveva messo il piede sull'ultimo piolo. Per non farla cadere dalla scala la tenevo con entrambe le braccia, la testa affondata nella sua schiena. Profumava di caffè e ammorbidente.

«Questa può andar bene?»

La valigia era vecchia, di stoffa, con il manico rotto. Forse macchiata di candeggina. Un velo di polvere scuriva il blu cobalto.

«La zip funziona?»

Si portò i capelli indietro, gli occhiali le pendevano sul naso. «Se vuoi possiamo comprarne una su internet».

«Non spendiamo altri soldi».

Lei allora mi disse che un set di asciugamani avrei dovuto portarlo, che mi sarebbe di sicuro servito. Ero nello stato in cui avrei avuto bisogno di tutto, ma niente mi sarebbe tornato davvero utile.

Si asciugò il sudore che le scendeva dalle tempie. «Incredibile, mi è arrivato negli occhi».

Mia madre aveva da poco compiuto quarant'anni. Chi non ci conosceva la scambiava per la mia sorella maggiore. Era rimasta incinta di me molto giovane e aveva deciso di tenermi nonostante la titubanza di mio padre. Aveva il viso ovale, la pelle olivastra e lunghi capelli neri che le cadevano sulle spalle. Non era magra né grassa, e ci scambiavamo i vestiti. In realtà era lei che prendeva le mie magliette e le faceva sparire dall'armadio. «Mi piace come ti vesti» si scusava in un risolino. Avevamo vent'anni di differenza, ma c'erano volte in cui tra le due l'adulta ero io. Le piacevano i Simple Minds, cantava le loro canzoni quando stendeva i panni o puliva per terra, e mio fratello la pregava di smettere sennò sarebbe venuto giù il finimondo. Eravamo cresciuti ascoltando *Don't You (Forget About Me)*. «Ma'» la prendeva in giro Simone, «non azzecchi una parola d'inglese».

Sarei dovuta partire da lì a tre settimane, avevo firmato il contratto d'affitto della camera, versato una caparra. Sapevo che ci sarebbe stata una coinquilina a dividere l'appartamento. Milano mi aspettava. Avrei lasciato il quartiere a breve, e al solo pensiero mi girava la testa dall'eccitazione. Però, subito dopo, come un riflesso condizionato, mi tornavano in mente mia madre e mio fratello, e mi si stringeva il cuore. Sentivo che li stavo abbandonando.

«Non essere triste» disse mia madre. Mi strinse il braccio e fece un sorriso tirato. «Noi ce la faremo».

«Sono un po' preoccupata per Simone».

«Non avrà più problemi a scuola, vedrai».

Da quando il preside aveva chiamato a casa per informarci della condotta di Simone, avevo iniziato a coltivare seri dubbi. Di certo non sarebbe riuscito a recuperare i debiti scolastici a settembre se non avesse preso ripetizioni durante l'estate, ma preferii restare in silenzio.

«Il tuo percorso è continuare a studiare» disse, tenendo salda la presa. «Il suo è crescere».

2.

Sotto i portici i bambini giocavano ad acchiapparella. Urlavano a squarciagola e ridevano quando s'acciuffavano. Si rincorrevano tra le auto parcheggiate, attraversavano la strada senza guardare. Un clacson suonò, l'uomo al volante lanciò una bestemmia come si lancia un petardo. I bambini aspettarono che se ne andasse. «Dove stanno le madri vostre?» chiese ad alta voce una vecchia affacciata alla finestra. «A mette' le corna ai mariti?»

Le scuole erano finite da pochi giorni. Era la metà di giugno e i ragazzi più grandi andavano allo Scalo, la spiaggia cementata, l'unica che gli abitanti del quartiere potevano permettersi, e nessuno si stupiva o si lamentava se un ruscello paludoso sfociava nel mare. Lo Scalo restava eterno e immutabile, e prometteva i primi respiri dell'estate agli adolescenti che sognavano il mare di Santa Severa, con la sabbia dorata e l'acqua pulita, gli stabilimenti e i lettini sdraio.

I miei genitori avevano portato me e Simone a Santa Severa, anni addietro. Ci avevamo passato alcune domeniche, dalla mattina presto fino a sera, restando tutto il tempo in acqua, fino a farci avvizzire i polpastrelli. Mia madre piantava l'ombrellone, stendeva un paio di teli e riparava all'ombra la borsa frigo con frutta fresca e tè alla pesca. Papà invece si inerpicava sugli scogli e pescava a mani nude un paio di granchi, che ci mostrava soddisfatto dentro il secchiello di plastica. Li teneva prigionieri tutto il giorno e non ci lasciava avvicinare. Gli dava dei colpetti sul guscio di tanto in tanto, e annuiva tra sé quando si muovevano. Diceva che lo rassicurava sapere che stessero lì dentro, al sicuro dai bambini che bazzicavano la spiaggia. Li proteggeva dal dolore, dalla morte, con quella prigionia contronatura. Li liberava la sera, un minuto prima di salire in auto. Si riteneva soddisfatto, a me dava urto non poterli nemmeno sfiorare. Un pomeriggio, mentre era al bar con mamma e Simone, infilai la mano nel secchiello incustodito. Pescai un granchio piccolissimo, con il ventre striato di giallo chiaro. Si muoveva indemoniato, le zampe erano bastoncini bagnati che mi pizzicavano le dita, però non mi infastidivano. I suoi occhietti neri mi guardavano, o perlomeno credevo lo facessero, e agitava le chele come se volesse spiccare il volo. Fu allora che un gruppetto di bambini più piccoli si avvicinò incuriosito. Osservavano la creatura che tenevo in mano con uno sguardo acceso, eccitato. Uno di loro fece un passo avanti e gli chiesi se volesse reggerlo, lui annuì entusiasta, lo rigirò tra le dita come a studiarlo, poi lo passò a un altro bambino che fece la stessa operazione di controllo, e finì che lo portarono via verso il loro castello di sabbia sulla riva, non seppi mai cosa gli fecero, ma quando andai a farmi un bagno, notai un granchio immobile a pancia in su, ad abbrustolirsi al sole. A mio padre non lo confidai, ma da quel giorno non lasciò mai più il secchiello vulnerabile.

Le cose erano cambiate, col tempo. Da quattro eravamo diventati tre, e non eravamo più tornati al mare. Con il passare degli anni, niente resta uguale. Le cose si trasformano, passano con la stessa brutalità di un'onda che trascina morti e vivi fino al bagnasciuga.

Contai le monete nel portafogli. Mi sarebbero bastate per il pane e poco altro. Pensavo alla mia partenza imminente, alla valigia da preparare, mi chiedevo se mi sarebbero bastati i quattro jeans che possedevo e se i maglioni sarebbero stati abbastanza caldi per l'inverno al nord. Mi vedevo calpestare le strade luccicanti del centro, percorrere i corridoi dell'università. Le pareti erano dipinte di verde salvia? O magari arancione pastello? L'arancione mi piaceva, era un colore che mi scaldava.

Ogni mattina controllavo il calendario appeso al muro e facevo il conto alla rovescia. Non c'ero mai stata, a Milano. In realtà non mi ero mai troppo allontanata granché: durante una gita scolastica ero andata alle Terme Taurine, a pochi chilometri da casa, l'unico viaggio che la mia famiglia aveva potuto pagarmi.

Era da un anno che mettevo i soldi da parte. Inizialmente era stata una manciata d'euro. Poi mi ero trovata un lavoro part-time, e mese dopo mese avevo accumulato un piccolo gruzzolo. La mia fuga era iniziata in silenzio, conficcata in gola, nascosta nei gesti quotidiani e vomitata di notte sul cuscino. Non l'avevo detto a nessuno che volevo andarmene, eccetto al mio migliore amico. Temevo il giudizio della mia famiglia, un rifiuto che non potevo sopportare. In procinto di firmare il contratto d'affitto, l'avevo accennato a mia madre. Sul momento s'era irrigidita, poi mi aveva incoraggiata a parlarne quando saremmo stati tutti assieme. Quella sera stessa a cena, Simone s'era alzato da tavola e aveva svuotato il piatto di minestra nel lavandino. «Dagli tempo» mi aveva detto mamma, senza nascondere la preoccupazione. «Capirà».

Avevo avuto paura a dirlo chiaramente: «Me ne vado». Li avrei abbandonati, anche se non si trattava di un vero abbandono. Non come quello di mio padre, almeno. Ma nessuno si sarebbe più occupato di loro. Questo era il mio tarlo. Al ritorno dal lavoro, mamma non avrebbe trovato la cena pronta. Simone avrebbe dovuto cavarsela da solo con i compiti, con la casa, con tutto. E aveva appena quattordici anni.

«Ci adatteremo, come è giusto che sia» aveva assicurato lei giorni più tardi, mentre sbucciava le patate. «In fondo non sei la nostra stampella».

L'aveva detto toccandosi il naso, e io sapevo che era una bugia.

3.

Lorenzo abitava nel palazzo parallelo al supermercato. Al citofono tre squilli, uno dietro l'altro, il nostro saluto in codice escogitato da bambini. Subito s'affacciò alla finestra, il tintinnio dei ciondoli al collo sbatterono contro gli infissi: «Arrivo?»

Due minuti più tardi era giù, ai piedi gli scarponcini neri in pelle, i capelli brizzolati che gli incorniciavano il volto magro e pallido. Portava con sé una pochette di perline. Aveva la matita nera sotto gli occhi, bracciali di bigiotteria ai polsi e un anello per ogni dito. Profumava di rose. Si sporse verso di me per baciarmi le guance, la sua barba mi solleticò il viso.

«Ancora non ci credo che tra poco te ne vai» gridò, saltandomi addosso. Era leggero come una piuma. «Come farò senza di te?»

Abbassai lo sguardo. «Puoi sempre venire a trovarmi».

«Magari è la volta buona che scappo da questo posto».

Rimanemmo in silenzio. Lui si puliva le unghie, se le studiava come se le vedesse per la prima volta. Canticchiava una canzone che forse avevo sentito in radio, ma alcune parole le saltava e intonava solo la melodia. Era stato a lui che avevo confidato del mio bisogno di fare l'università e andare via. Mi aveva ascoltata soffiandosi il naso in un fazzoletto di carta, gli occhi umidi e rossi.

«Vieni a studiare con me» gli avevo proposto.

Aveva riso, coprendosi i denti con la mano. «Lo sai che sono una capra».

«Milano è la città della moda» avevo azzardato in un sorriso. «Lì è diverso da qui. Potresti davvero essere chi vuoi» avevo aggiunto. A lui s'era acceso lo sguardo.

Ma i genitori non volevano che si trasferisse così lontano. «Sono preoccupati per me» aveva detto con la voce rotta. Il mascara gli si era sciolto sotto le ciglia. «Dicono che un uomo non può studiare moda». Per un po' non c'eravamo potuti vedere, i suoi gli avevano proibito di uscire. Non l'avevano presa bene. Quasi come quella volta che s'era comprato una gonna rossa dai cinesi. «Me l'hanno fatta sparire, ma mi hanno lasciato la matita nera e questo» aveva detto, indicando un livido sul braccio.

«Non è tardi per cambiare aria» dissi. Lui smise di canticchiare.

«Non me la sento di lasciare mamma con quel verme» tagliò corto.

Sentii una stretta al cuore.

Dalla borsetta di perline Lorenzo pescò una boccetta di smalto color prugna e me la sventolò sotto il naso. «Me lo metti?»

La boccetta era nuova di zecca, c'era ancora il prezzo attaccato.

«Preferivo l'altro rosso».

«Per questo ci serve la lampada».

«La lampada?»

«Quella a led, che lo asciuga».

Gli diedi una gomitata. «Sai proprio tutto, tu».

Scosse la testa, però era divertito. «C'è scritto sulla confezione».

«Non ce l'ho la lampada».

«Tranquilla, l'ho comprata io».

Gli dissi che per me andava bene.

Cambiò espressione come una giornata nuvolosa che all'improvviso si apre, e fece un saltello. «Allora me lo metti!»

Lanciai un'occhiata alla finestra dei suoi genitori. «Questo lo porto a casa mia, che è meglio» dissi, facendo scivolare lo smalto in tasca.

Di solito il pomeriggio suo padre dormiva quando faceva le notti al porto. Avevo avuto l'occasione di parlargli poche volte. Lorenzo non mi raccontava spesso di lui. A volte mi diceva che sua madre gli faceva la ceretta alle gambe di nascosto al marito e che gli preparava le lasagne al ragù la domenica per pranzo. Casa sua me la ricordo buia, spoglia, fredda come una cantina. Invece camera di Lorenzo era un'esplosione di colori, striscioni arcobaleno appesi al muro e pupazzi di cuori e unicorni ovunque. Una sera il padre aveva buttato giù la porta per togliere tutto, ma Lorenzo aveva colorato altri striscioni e li aveva riappesi ogni volta finché lo stronzo non si era stufato di passare le giornate a demolire la camera del figlio. «Prima o poi ti farai ammazzare» gli aveva detto con veemenza. «Qua non c'è posto per gente come te». A quelle parole la madre s'era spaventata e l'aveva portato in chiesa, da Padre Celestino. Si era confessato e aveva preso la comunione, ma niente era cambiato. Lorenzo continuava a indossare maglie rosa e farsi la coda dell'eyeliner. «Io sono questo, meglio morto che infelice». La madre s'era fatta il segno della croce.

Lo invidiavo, a volte. Era se stesso anche a costo di ferire le persone che lo amavano. Gliel'avevo detto, a bruciapelo.

«Ferisco anche te?» aveva chiesto di rimando.
Avevo scosso la testa.
«Io non ferisco nessuno. Sono loro che feriscono me» aveva tagliato corto, con aria cupa.

4.

Al supermercato comprai mezza pagnotta di Allumiere, un sacchetto di cipolle rosse e una bottiglia di aranciata. Li portavo a mano, la busta del pane contro il collo, la bibita incastrata tra l'avambraccio e il petto, l'orlo della retina delle cipolle tra le dita. Lorenzo s'era preso un pacchetto di patatine alla paprika, ne pescava tre o quattro alla volta e le ingoiava così com'erano.

«Se muori strozzato, parto lo stesso» lo avvertii.

Masticò a bocca aperta. «Così va bene?»

Scossi la testa, trattenendo una risata.

«Sei peggio di mia madre» borbottò lui.

Fu improvviso il rumore in lontananza.

Tutti a Campo dell'oro riconoscevano le marmitte modificate della banda dei Sorci: appena si sentivano in lontananza, la gente interrompeva ciò che stava facendo e spariva dalle strade. I meccanici abusivi tiravano giù le saracinesche e restavano dentro i garage. Gli anziani alle finestre accostavano i vetri e si nascondevano dietro le tende. I ragazzini si lasciavano aprire i portoni dal primo campanello che suonavano, con l'intenzione di stare là dentro finché le acque non si fossero calmate. Solo chi aveva fatto un favore a qualcuno d'importante o godeva di un'ottima posizione nel quartiere poteva fronteggiare la banda dei Sorci. Gli altri, i deboli, i diversi, si davano alla fuga.

«Saliamo su a casa tua» proposi a Lorenzo.

«Non esiste» rispose, le labbra punteggiate dell'arancio della paprika. «Restiamo qui».

«Non credo sia il caso...»

«Tu hai creato problemi ai Sorci?»

«Perché me lo chiedi?» sussurrai.

«Perché se tu non gli hai creato problemi, non ti fanno nulla» spiegò. «Lo sai, alle ragazze non danno fastidio».

«Questo lo dici tu» borbottai a bassa voce, ma abbastanza forte da farmi sentire. Mi strinsi il seno tra le braccia, la bottiglia scivolò per terra. Come tante altre donne del quartiere, anch'io ero stata vittima di palpeggiamenti da parte dei Sorci. Non era successo tante volte, forse perché di solito me ne stavo chiusa in casa a leggere. Ma quando era capitato, mi ero sentita sporca. Non volevo mettermi nei panni delle altre ragazze, più o meno giovani di me, che erano state buttate per strada perché i genitori non sapevano come occuparle. Ecco, quelle i Sorci le avevano molestate in ogni modo. Avevano cominciato palpando i loro seni acerbi, poi avevano preteso altre intimità. C'erano stati pomeriggi in cui li avevo visti. Affacciata alla finestra, avevo osservato come strusciavano le mani sporche sul pube di quelle poverette. Non le conoscevo di persona, ma ne percepivo chiara la sofferenza. Nei loro occhi c'era qualcosa, che ancora oggi non so ben definire. Un misto di vergogna e infelice assenso.

Raccolsi la bottiglia da terra. «Non possiamo restare» balbettai, le gambe pesanti come sassi.

Lorenzo si sedette sugli scalini del porticato e ricominciò a mangiare le patatine. «Dobbiamo fargli capire che non abbiamo paura». Mi fece segno di accomodarmi accanto a lui. «Come possiamo cambiare questo posto, se non abbiamo coraggio?»

Gli osservai la matita sotto gli occhi, il rossetto rosso, la borsetta di perline, e mi venne il magone allo stomaco. Noi eravamo prede e Lorenzo era quella più appetibile. Si sarebbero fermati, ne ero certa.

Il rumore delle marmitte si fece vicino, mi entrò nella testa.

La banda dei Sorci arrivò schiamazzando come al solito, in sella a motorini probabilmente rubati o assemblati con pezzi trovati nelle discariche. Veniva in fila indiana, e il primo Sorcio alzò un martello con cui ruppe lo specchietto di un'auto parcheggiata. Il vetro cadde per terra e il Sorcio rise, sollevando l'arma al cielo.

Tutti conoscevano i loro nomi, e tutti sapevano chi fossero. Erano tre ragazzi dai diciassette ai ventidue anni, figli di spacciatori, di strozzini e gente malavitosa, persone che era meglio tenere alla larga. Erano sinuosi, scivolavano sull'asfalto in modo coordinato, come pesci che formano banchi e conquistano l'acqua.

In quel momento vidi il quarto.

Simone.

Mio fratello.

Anche lui guidava un motorino, stringeva un martello in mano e sghignazzava con quegli idioti da strapazzo. Mi formicolarono le gambe, le braccia, volevo staccarmele a morsi, però mi resi conto che il mio corpo non esisteva. Non muovevo un passo, né gridavo. Quella visione mi aveva pietrificata, ero stata punita come la moglie di Lot, anche se non mi ero azzardata a voltarmi. Assistevo alla scena e basta come un peluche abbandonato su una mensola per anni, inconsapevole di quello che accade fuori dal suo campo visivo. Ero un oggetto passivo di fronte a quel cataclisma. E ora mio fratello era il penultimo della stupida fila indiana, e quando svoltò di fronte al porticato dove ero rimasta paralizzata, abbassò gli occhi. A chiudere la coda stava Giancarlo, il leader, che a differenza di Simone cercò il mio sguardo e come un piranha affinò il sorriso dai denti storti, finché non sparì dalla curva.

Oggi

La lancetta delle ore accarezza le dodici. L'orologio ha la classica forma rotonda, è appeso sopra alla cassa, come sfondo i grattaceli di Manhattan. Potrebbe anche essere Tokyo, oppure Francoforte sul Meno, ma sono quasi sicura che sia New York. Non saprei dire per quale ragione sia così importante stabilirlo. Forse perché non mi è rimasto altro.

Appoggio le mani sul tavolo, che oscilla. La penna rotea, ma riesco a prenderla prima che cada per terra. Sono rimasta a scrivere per un'ora e mezza o giù di lì. Non mi ricordo esattamente quando ho iniziato. La mano sinistra è dolorante, ma manca una grande fetta di storia.

Forse non farò in tempo ad andare a lezione.

Indico la mia borsa e il quaderno. «Può dare un'occhiata?» Mi sono avvicinata al bancone, la cameriera dai ricci ribelli annuisce.

Mi allunga una chiave annerita con un portachiavi in spugna, giallo e rosso. «Quando hai fatto riportamela».

Il bagno si trova prima di una saletta da dove proviene un profumo di pane bruscato. C'è un piccolo banco, allestito con pizzette e tramezzini. Di solito ci pranzano gli studenti, anche se la maggior parte preferisce la mensa. Una mia compagna di corso mi ha consigliato di prendere i panini farciti con la cotoletta di maiale. Con i turni che mi danno al lavoro, è un miracolo avere il pranzo libero.

Sulla tazza fatico a urinare. Le parole tornano in testa come pallottole. Non passano da parte a parte. Mi trapanano il cranio, penetrano la carne, vanno in profondità, dove mi è difficile inseguirle. Sono immagini di mio fratello, di mia madre. Si dipinge il volto di Giancarlo. Quel sorriso storto mi dà i brividi.

Le pareti del WC mi stringono in una morsa. Sono in una tomba. L'ansia sale come la marea in una notte di luna piena. Sto affogando.

Un minuto più tardi sono davanti allo specchio. Non mi riconosco in questo viso scavato, nelle occhiaie scure, nei capelli spenti. Le mani tremano sotto il getto d'acqua fredda. Passo il palmo bagnato sulla fronte.

Quando torno al tavolino ringrazio la cameriera. Le ho lasciato la chiave annerita alla cassa. Mentre serve due professori, mi lancia una lunga occhiata perplessa.

Non so che uso farò di questo quaderno. Forse servirà a testimoniare in cosa mi sono trasformata per salvare mio fratello.

5.

Quando entrai in casa, lasciai la spesa sul mobile in corridoio. Lorenzo si accomodò in cucina, era riuscito a far entrare il pacco di patatine dentro la borsa di perline. Teneva la fronte con le mani.

«Ti aspetto qua» disse.

«Magari ho visto male» mormorai senza troppa convinzione. Ero in piedi davanti alla porta della cucina, le mani chiuse a pugno.

«Era tuo fratello» disse dolcemente lui. Si alzò in uno scampanellio di bracciali. Mi diede un bacio sulla guancia. Il suo profumo di rose fu un abbraccio. «Devi parlarne con tua madre».

Scossi la testa. «È un errore». Chiamai Simone al telefono, la gola in fiamme come in inverno. Mi rispose la segreteria automatica. «Spento».

«Parla con lei» insistette Lorenzo. «Questa storia è più grande di te». Mi diede una piccola spinta.

Mamma era nella sua camera, seduta sul letto. Dava le spalle alla porta aperta. Aveva la testa abbassata, come se stesse pregando. Riconobbi le cose di papà sparpagliate dappertutto: il marsupio consumato, il portamonete in finta pelle, la fotografia che lo ritraeva giovane e sorridente mentre abbracciava mamma sotto il Colosseo, un paio di pantaloni, le magliette verde salvia, i calzini in spugna. Tutto quello che aveva lasciato il giorno che se n'era andato. Mia madre stringeva una sua camicia a righe bianche e blu, ci aveva affondato il viso per frenare i singhiozzi.

Ritornai in corridoio senza fiatare.

«Già fatto? Com'è andata?» sussurrò Lorenzo.

Gli feci segno di no con la testa.

«Non è il momento».

Il pianto di mia madre fu come un tuono improvviso. Entrambi ci guardammo, non servì aggiungere altro. Lorenzo si avviò verso la porta d'ingresso.

«È uno di quei giorni?» disse soltanto.

Annuii.

Mi cinse le spalle. «Ok, non oggi. Ma parlagliene appena puoi».

Sistemai il pane nella credenza, l'aranciata e le cipolle rosse nel frigorifero. Facevo più rumore possibile. Trascinavo le sedie sul pavimento, sbattevo la cesta dei panni sul tavolo in cucina. Tutto fuorché udire i suoi singhiozzi. Uscii in balcone e ritirai i panni stesi. Erano asciutti, anche se qualche maglia mi sembrò ancora umida.

Da quando mio padre se n'era andato, mamma aveva fatto sparire le sue cose. Ero riuscita a incartare lo spazzolino da denti arancione e l'avevo nascosto dietro i romanzi di Pavese. Ogni tanto però il marsupio, la fotografia e la camicia spuntavano fuori, e mamma ci riversava il suo dolore.

Simone insisteva col dire che doveva trovare un altro uomo, io non riuscivo a staccarla dal ricordo di papà. «L'ha fatta soffrire» aveva detto quando la foto era tornata momentaneamente sul comodino. «Deve dimenticarlo come si dimenticano i morti».

«I morti non si dimenticano» avevo replicato.

Simone mi aveva guardata con attenzione, poi aveva sbattuto le palpebre. «Dai, hai capito cosa voglio dire».

«Papà è vivo» avevo sbottato, a denti stretti.

Lui aveva scrollato le spalle. «Per me è sempre stato morto».

Chiamai di nuovo Simone. A rispondermi fu un'altra volta la voce della segreteria telefonica. Piegai i panni e li ordinai dentro la cesta. Passai un panno bagnato sul tavolo e spazzai in ogni angolo della cucina. Lo sguardo mi cadeva sul calendario, la distanza dal giorno della partenza si accorciava. Come potevo lasciarmi questa situazione alle spalle? Mia madre non avrebbe saputo reagire.

Simone non poteva essere in combutta con quella gente. Non aveva neppure senso che i Sorci avessero scelto proprio lui. C'erano decine di ragazzi che supplicavano Giancarlo di entrare nella banda, con precedenti di furto e chissà cos'altro; perché mai, fra tanti che sgomitavano, aveva voluto mio fratello? Non mi tornava.

Guardai la porta d'ingresso. 'Prima o poi sarebbe rincasato' mi dissi.

Prima c'era stata quell'altra cosa a inizio maggio. Il preside aveva convocato mamma con urgenza, ma ero andata io al suo posto perché lei aveva il turno all'hotel. Senza indugi l'uomo sulla cinquantina, con una camicia color salmone e un paio di occhiali sulla fronte, mi aveva detto che mio fratello era stato trovato in bagno con una canna. Questo comportava la sospensione per una settimana.

«Simone ha rischiato grosso» aveva continuato, incrociando le braccia. Gli occhiali erano rimasti incollati alla fronte rugosa. «Finché il consumo di sostanze stupefacenti è personale, il massimo che posso fare è sospenderlo. Ma vendere hashish è reato, lo sa? È un miracolo che non venga bocciato».

A mia madre avevo detto che la punizione nasceva da un litigio con un compagno di classe, e lei si era fidata di me, non aveva indagato.

Gli aveva sequestrato il cellulare per la durata della sospensione e l'aveva obbligato a occuparsi delle faccende domestiche. La settimana era trascorsa tra alti e bassi, lui aveva rigato dritto senza lamentarsi o venir meno ai suoi compiti. Quando era tornato a scuola, tutto sembrava come prima. Ma Simone aveva mantenuto un guizzo nello sguardo, qualcosa di adulto. Un giorno s'era allungato verso di me e mi aveva sussurrato nell'orecchio: «Ti ricambierò il favore».

Tre giorni dopo avevo annunciato a entrambi che me ne sarei andata.

Giancarlo Ricci aveva ventidue anni, sebbene ne dimostrasse di più. Aveva le spalle larghe, i capelli rasati, gli occhi nerissimi. La stazza di un orso. Quando lo incrociavo, me ne tenevo alla larga. Cambiavo strada o tornavo indietro, anche a costo di metterci il doppio del tempo.

Mesi addietro era sbucato da una colonna e mi si era buttato addosso. Mi aveva stretto un seno con violenza. Le sue dita erano state come chiodi nella carne. «Prima o poi ti scoperò» aveva minacciato in un sorriso storto, sentivo la sua fame risalirmi sulla pelle. Per tutto il giorno il seno destro aveva continuato a pulsare, dolorante. Mia madre la sera mi aveva chiesto come mai non portassi il reggiseno e le avevo risposto che non erano affari suoi.

«La mia era soltanto una domanda» aveva replicato lei, offesa.

Era riuscito a diplomarsi da pochi giorni. A quanto si diceva in giro, suo padre aveva *garantito per lui.* Alla commissione scolastica c'erano persone che si potevano manovrare anche dal carcere. Ricci senior era soprannominato 'il Burattinaio'. Prima che lo arrestassero l'avevo incrociato al municipio, usciva da una stanza con un altro tizio, questo in giacca e cravatta. Il Burattinaio era uguale al figlio, ma più vecchio. Alto, con le spalle larghe, robusto. Il suo sguardo era scuro e piatto. Non c'era profondità in quegli occhi di vetro. Quando mi era passato accanto, avevo guardato fisso davanti a me, il fiato corto.

Mesi dopo l'avevano messo dentro per omicidio premeditato. La vicenda era finita alla televisione locale. Per la prima volta, il Burattinaio era uscito allo scoperto senza delegare altri. S'era fatto prestare un tir e aveva schiacciato uno che gli doveva diecimila euro o una cifra del genere. Al quartiere vedevano Giancarlo come suo erede, io invece ci vedevo un piranha. Se avessi voltato lo sguardo, avrebbe divorato mio fratello.

Presi di nuovo il telefono. Niente segreteria, finalmente. Gli squilli esplosero per cinque, sei volte, poi Simone rifiutò la chiamata. Sbattei il cellulare sul tavolo.

«Hai piegato tutto?» Mia madre era comparsa in cucina, gli occhi arrossati e bassi. La sua voce vacillava appena, faticava a restare lucida. Le mani tremarono quando abbracciò la cesta dei panni.

Mentre la guardavo, sopraffatta dal suo lembo di vita in cui soccombeva all'abbandono di mio padre, arrivai alla conclusione che ero l'unica ad avere gli strumenti per salvare Simone. Forse non lo sapeva, ma gli dovevo quel silenzio. La sua protezione è ciò che mi è stato insegnato da quando sono bambina. Simone non poteva vedere come mio padre spendeva in hashish i soldi per mangiare, perché poi l'avrebbe raccontato in giro e gli assistenti sociali stavano pronti ad acciuffarci come avvoltoi. Mamma ne era terrorizzata, diceva che il mio compito era controllare ciò che dichiarava Simone con la sua incauta innocenza. Io allora mentivo alla gente, infilavo sotto la maglietta confezioni di pasta e uscivo dal supermercato fingendo un malore, a casa gli preparavo il pranzo mentre mia madre stava al lavoro. Simone ignorava quello che gli accadeva attorno, e sapevo quindi che la nostra famiglia era al sicuro.

Il nostro è un legame inscindibile, funziona così tra fratelli, non c'è alternativa o dissoluzione, resiste a ogni violenza esterna. Si deforma, ma rimane saldo. 'Non posso sbagliarmi' pensai.

Mia madre tirò su con il naso. «Da' qua, ci penso io». Aspettò altri secondi, ma il suo volto s'incupì. Sapeva che l'avevo sentita piangere, ma comunque non le dissi niente. Se ne andò con la cesta tra le braccia, trattenendo un singhiozzo.

6.

I miei nonni materni s'erano aggiudicati l'appartamento popolare alla fine degli anni Settanta. Una vincita agognata, figlia di affitti bollenti e pasta e patate cinque giorni su sette. Avevano atteso tre anni dalla domanda, però alla fine la graduatoria era stata pubblicata. Quando si erano trasferiti, mia madre era poco più di una bambina e il quartiere brillava, nuovo di zecca. «C'erano le altalene» mi aveva raccontato, illuminandosi al ricordo. Poi il suo sorriso s'era spento di colpo. «Poco dopo sono venuti i Ricci».

«Il cancro di questo posto» avevo commentato.

Lei aveva scosso la testa.

«Sono come veleno, ma'».

«Non hanno infettato un bel niente» aveva replicato, lo sguardo sospeso nel nulla. «Hanno fatto di peggio. Hanno tirato fuori il male che c'era in noi, e lo hanno usato per i loro scopi».

Dal balcone in cucina osservavo i palazzi che si chiudevano in un piazzale. La morsa allo stomaco fu istantanea; quella fila di cemento era come un abbraccio letale. Mi toglieva il fiato, eppure respiravo ancora. Dentro, fuori. 'Inspira, espira' mi ripetevo. 'Per sopravvivere devi avere controllo'.

Non conoscevo nessuno che fosse davvero libero da questa condizione. Si poteva morire, e continuare a vivere, qua. Mio padre l'aveva capito, e se n'era andato.

L'idea di trasferirmi si era concretizzata una mattina, mentre ero uscita per buttare la spazzatura. Al portone successivo un'orda di gente stava recitando l'Ave Maria a bassa voce. Il carro funebre era parcheggiato sotto un albero che gli riempiva il parabrezza di foglie. Non faceva ancora freddo per essere autunno, ma gli alberi dissentivano. Avevo chiesto a una vecchia chi fosse venuto a mancare. «La signora Pina, pace all'anima sua».

Le avevo risposto che non la conoscevo.

«Ma come, ragazzi', lavava le scale il mercoledì».

Non avevo proprio idea di chi fosse.

«Viveva in questo portone da quarant'anni» aveva aggiunto, inarcando le sopracciglia fini disegnate con la matita.

«Mi dispiace» ero riuscita a dire.

«Un infarto, di notte, così. Il marito non è riuscito a chiama' l'ambulanza». Si era soffiata il naso nel fazzoletto di stoffa. «Non si può più stare tranquilli».

In fatto di morte, mi ero chiesta quanto si potesse stare tranquilli. Così ero salita a casa, la busta della spazzatura in mano, e avevo acceso il portatile. Avevo cercato un modo per fuggire prima che il quartiere mi prendesse per sempre. Erano mesi che stavo valutando di proseguire gli studi, ma mi era parsa un'idea infattibile per mancanza di soldi, di opzioni, di coraggio. Per caso avevo aperto la pagina dell'Università Statale di Milano, in sottofondo *Canzone* di Lucio Dalla. Lo avevo interpretato come un segno divino, anche se non mi reputavo credente. Non potevo invecchiare in un luogo a cui non dovevo nulla se non la miseria. 'Mamma capirà?' mi ero domandata.

Intanto avevo incominciato a risparmiare. I primi guadagni erano state le lezioni private di inglese ai ragazzini delle medie. Poi per un periodo avevo lavorato dal tabaccaio. La moglie del proprietario era incinta e non riusciva più a spostare gli scatoloni e a stare appresso ai clienti. Lui non poteva occuparsi del negozio da solo. Mi avevano presa subito.

Era andato tutto a posto finché la donna si era occupata di controllarmi e istruirmi, seduta sulla sedia imbottita al mio fianco. Poi aveva partorito un bambino cicciotto e dagli occhi azzurri, e io ero rimasta al negozio con il marito. C'erano volte in cui mi trattenevo fino a tardi per contare gli incassi della giornata, ma quello non era un problema. Almeno fino a quando, una delle tante sere, lui s'era sporto verso di me e aveva stretto la mano sul mio culo. Mi ero sentita sporca, inetta, e avevo consegnato le dimissioni in tronco.

A casa avevo mentito sull'accaduto.

«Ci sono persone che piangono miseria e tu ti licenzi?» aveva sbraitato mia madre, senza guardarmi in faccia. «Ti piace che facciamo la fame».

Ero rimasta in silenzio, l'amaro in bocca. Quando papà era scappato, Lorenzo mi aveva detto che in ogni famiglia c'è sempre qualcuno che incassa i colpi di tutti. Nella mia, quel ruolo sarebbe stato mio. «La tua responsabilità è quella di proteggerli, anche a costo di affogare».

Dovevo però fargliela pagare, a quello stronzo. Non ero stata la prima, né sicuramente sarei stata l'ultima a subire le sue molestie. Non ci dormivo la notte, sentivo la sua mano attanagliarmi la carne in momenti inaspettati, come una sorta di sindrome dell'arto fantasma.

Una notte uscii di casa con il cappuccio sulla testa, la bomboletta spray nascosta sotto la felpa nera. Nessuno si accorse di me. Sulla serranda della tabaccheria vomitai la mia collera, i polpastrelli si colorarono di rosso, mi ricordò il mio sangue anche se non stavo sanguinando davvero. Dentro di me sentivo un cavallo imbizzarrito che nitriva, supplicando di non avere paura. 'Continua', sembrava incitarmi, mentre scrivevo nascosta dal buio e dal sonno. Mi sentivo padrona di qualcosa, non del mio destino, per quello forse era ancora presto, ma della mia fame di riscatto. Lui si era preso la mia innocenza, io gli avrei rubato la sua reputazione. *L'unica cosa peggiore della cattiva salute è la cattiva fama,* diceva Márquez. Il giorno dopo il quartiere si svegliò come tutte le altre mattine. L'edicolante lo vide per primo, poi fu chiaro a tutti. Sulla serranda della tabaccheria c'era scritto 'maiale non toccare le ragazzine'. Il negozio restò chiuso per tre settimane, io tenni per un po' il cavallo irritato sotto controllo.

Furono le chiavi nella toppa che mi riportarono al presente. Simone era rientrato.

7.

Due ore più tardi, mia madre si alzò da tavola. Aveva il trucco sugli occhi e i capelli spettinati. «Sparecchiate?» Lo domandava ogni volta, ma sapeva che ce ne saremmo occupati noi. «Vado a dormire» aggiunse in uno sbadiglio, e lasciò la cucina, trascinando i piedi.

Da quando era tornato, Simone era uscito dalla sua camera giusto per mangiare. Ad apparecchiare e preparare la cena ci avevo pensato io. Mentre impiattavo le fettine di carne, glielo avevo fatto presente.

«Quando non ci sarò, aiuterai mamma?»

«Quando non ci sarai, la storia sarà un'altra» aveva detto, tra i denti il primo boccone.

Durante la cena l'avevo osservato, e mamma aveva chiesto se mi fossi imbambolata. Lui non aveva ricambiato lo sguardo. Era come se fosse cresciuto tutto d'un tratto. Aveva la mascella indurita, la barba spuntava timida sulle guance. Anche gli occhi erano diversi, più freddi, cementati, e mi sembrò strano, perché aveva un colore caldo, marrone come le castagne. Il ragazzo che mi ero ritrovata di fronte sembrava la copia carbone di mio fratello, non era lui. Il sorriso s'era assorbito in una smorfia di sfida, le spalle erano dritte e salde come due pezzi di legno.

Adesso che impilava i piatti sporchi nel lavandino,

senza emettere un suono di troppo, notai le sue unghie sporche, come se avesse scavato nella terra fino a un momento prima.

Appoggiai la spugna pregna di sapone. «Allora?»

Lui sospirò. «Allora cosa?»

«Cos'è 'sta storia con i Sorci?»

Simone fece una risata, ma fu più un verso gutturale. «Non sono cazzi tuoi».

«Tu dici?»

«Tanto te ne stai per andare, che t'importa?»

Incassai il colpo. Con la coda dell'occhio sbirciai il calendario. «Se è un modo per punirmi, sappi che così ferisci anche mamma».

Sbatté la mano sul lavandino. «Non osare».

«A stare coi delinquenti si diventa delinquenti. È questo che vuoi essere?»

«Ah sì? Però non mi pare che tu sei diventata come quel ricchione...»

Alzai la mano di scatto come a frustare l'aria, ma la bloccai a pochi centimetri dalla sua guancia.

«Scappi o meni». Mi guardò senza sbattere le palpebre. «Sei proprio come lui».

Schegge di mio padre mi esplosero nella mente.

«Forse è meglio che te ne vai. A mamma ci penserò io, d'ora in poi» aggiunse, poggiando gli ultimi piatti nel lavandino. Si lavò le mani sotto l'acqua fredda e se le asciugò con un panno. Prese il cellulare dal tavolo e lo intascò.

«A proposito di mamma» riuscii a dire, prima che lasciasse la stanza, «non voglio pensare alla sua faccia quando scoprirà le tue nuove amicizie».

Scrollò le spalle. «È questione di tempo. La gente chiacchiera».

«Lo farò io prima».

Si avvicinò, il viso a pochi centimetri dal mio. Riuscivo a contargli i nei sulla pelle. «No che non lo farai».

«Non ti rendi conto in che guaio ti stai cacciando».

«Tu invece te ne rendi conto?» ribatté, ma mi parve più una pugnalata.

«Non vado a frequentare spacciatori».

Si tolse le cispe dagli occhi, con aria stanca. «Non ti preoccupa' per noi. Vai a Milano a vivere la vita tua». Intanto aveva aperto la porta di casa. «Siamo abituati agli abbandoni». Uscì sul pianerottolo e la chiuse con un tonfo dolce.

Mi accasciai sulla sedia in cucina, le mani sulla fronte, mentre il rumore del motorino gracchiò sotto la finestra.

Da bambina avevo letto un sacco di libri. Non mi sentivo a casa, anche se era l'unica che conoscevo, e quietavo l'estraneità con i romanzi. La scuola dava in prestito dei testi, l'unica forma di biblioteca nel quartiere a cui avessi accesso. Ero cresciuta sfogliando le filastrocche di Rodari e i capolavori di Calvino. Se loro offrivano dei mondi alternativi, io smaniavo per conoscerli.

Mentre sgrassavo i piatti con il sapone, mi tornò in mente mio padre. Fisicamente avevo preso da lui. Il naso greco, il volto ovale, i problemi alla schiena. Quando se n'era andato, Simone andava alle elementari. Non aveva un ricordo completo e attendibile di lui, la sua opinione dipendeva dall'opinione di mamma.

Ma l'odore, la cenere, i lividi sulle gambe erano immagini nitide. Mio padre non era stato quasi mai in sé. Me lo ricordavo avvolto in una nuvola di fumo. Alternava la marijuana all'hashish, avevo iniziato a distinguerle dalla puzza di bruciato che mi soffocava i polmoni. Vomitava nel water, si addormentava sul pavimento lucido del bagno e bestemmiava se ci azzardavamo a svegliarlo. Simone non riusciva a trattenersi e se la faceva sotto. D'altro canto, gli stava alla larga. Aveva sei anni ma sapeva già il fatto suo. Un pomeriggio papà gli aveva spinto la testa nel lavello per fargli lavare i denti perché sarebbero passati i suoi amici. «Devi essere presentabile». Simone piagnucolava, e avrei voluto trapiantarmi dei tappi nelle orecchie. «I miei amici sono signori» aveva aggiunto, senza incertezza nella voce. Non conosceva neppure i loro veri nomi, erano spacciatori che gli vendevano panetti di fumo avvolti nella carta di giornale.

La sera ascoltavo mia madre piangere disperata e chiedergli di cambiare. Lui smetteva per un paio di giorni, poi tornava a essere se stesso. Il ciclo riprendeva il suo corso, o forse non s'era mai fermato. In fondo i sensi di colpa erano il culmine della sua dipendenza, poi ricominciava tutto daccapo.

Di giorno dormiva, si svegliava di soprassalto e chiamava il nome della madre. Quando capitavano momenti così, Simone si rinchiudeva nella sua stanza, io con lui a leggergli filastrocche.

Fu in uno di quei pomeriggi che a Simone cadde un bicchiere di latte per terra. La porta si spalancò e l'urlo di papà travolse il giorno. Prese Simone per il colletto e lo scaraventò contro lo spigolo del termosifone. Era talmente fatto da non accorgersi che suo figlio perdeva sangue dalla testa. Aveva un buco profondo nel cranio, riuscivo a vedergli la carne e il bianco dell'osso. Gli avevo premuto l'asciugamano bagnato sulla ferita fingendo di essere da tutt'altra parte, a Hogwarts con Harry Potter o a correre per i campi con Jo March. Simone piangeva in silenzio, papà era tornato a dormire, e io pregavo affinché mamma tornasse a casa presto. Mi aveva chiesto di canticchiargli una filastrocca di Rodari:

È difficile fare
le cose difficili:
parlare al sordo
mostrare la rosa al cieco.

Bambini, imparate
a fare le cose difficili:
dare la mano al cieco,
cantare per il sordo,
liberare gli schiavi
che si credono liberi.

Lui pian piano s'era calmato, assopito dalle mie parole e dal dolore, intanto io guardavo ipnotizzata il pavimento: il sangue mischiarsi al latte.

Ricordavo la cena saltata, i peperoni alla piastra che aveva preparato mamma a morire nel frigorifero, e dentro morivo anch'io con loro. Istantanee di lei chiedermi di tenere sveglio Simone, che aveva proprio un brutto taglio alla testa, allora lo pizzicavo quando si appisolava. Le urla dalla cucina provenivano soffocate, ma nitide. Ecco, anche questo era un ricordo limpido. Papà biascicava, mamma che decretava: «O noi o il fumo».

Il giorno dopo se n'era andato. Mi ero alzata per fare colazione, avevo riscaldato il latte per me e Simone e il caffè per mio padre, ma non c'era traccia di lui. Era come se fosse evaporato e al suo posto e avesse lasciato il marsupio, i vestiti, lo spazzolino da denti appoggiato di traverso nel bicchiere in bagno. Seduti al tavolo, con la faccia appoggiata nelle mani a coppa, l'avevamo aspettato per ore. «Papà è sparito» avevo telefonato a mamma, la paura come spilli in gola.

Da quella mattina, solo noi tre. Il castello che ci eravamo costruiti si sbriciolava pezzo dopo pezzo. Simone era piccolo per capire, mamma stanca per pensarci. L'incarico era spettato a me, era finito nelle mie mani in automatico. Rattoppavo come potevo, ciò che riuscivo, la notte mi addormentavo con il magone allo stomaco. Odiavo mia madre per non avergli concesso un'altra opportunità, odiavo mio padre per aver preferito l'hashish a noi. Leggevo altri romanzi per ritrovarmi nelle storie degli altri. Poi guardavo Simone, e capivo.

'Questo è il mio compito' pensai, con le orecchie che fischiavano come treni impazziti.

In camera di mia madre presi le chiavi della macchina. Lei dormiva, le ciglia truccate di mascara. Uscii di casa accostando piano la porta.

8.

Scesi le due rampe di scale che puzzavano di hashish e mi chiusi il portone alle spalle. Alcuni ragazzi fumavano sempre seduti sui gradini, finché qualcuno non li cacciava. Si nascondevano dai genitori, o forse solo da loro stessi. Un condomino aveva affisso un cartello che riportava la scritta 'dovete chiudere il portone', ma era stato vandalizzato da insulti, bestemmie e disegni fallici.

Il porticato era illuminato debolmente dalle lanterne affisse sui muri, i cui vetri protettivi erano sporchi e consunti, e mentre le guardavo, mi domandai se tutta quella sporcizia si sarebbe tolta con un po' di sapone o se ormai era necessario cambiare proprio la lampada. Tutto, a Campo dell'oro, era vecchio e da sostituire, nessuno se ne prendeva cura. I palazzi si stagliavano nel cielo e promettevano almeno le stelle. Avrei voluto brillare nel cielo, anche se mi sentivo di più come quelle lanterne morenti.

Quando accesi il quadrante si attivò la spia della riserva. Era una macchina minuscola, ma a cinque posti. Non avevo ancora la patente, però mia madre mi aveva insegnato a guidare e me la cavavo bene. Non avrei avuto problemi, la polizia non veniva mai.

I Sorci bazzicavano di solito il parco giochi. Lì c'era un piazzale dove i ragazzini del quartiere si fermavano a bere e a fumare, i più piccoli guardavano Giancarlo come un guru, ma non erano abbastanza importanti per essere parte della banda.

C'erano dei motorini, dei tizi ridevano a squarciagola, le femmine erano sedute poco distanti e si scattavano selfie con la lingua di fuori.

Tra tutte le facce riconobbi quella di Manuel. Salutò un paio di persone e salì sul suo scooter truccato. Ridendo a bocca aperta, con il casco slacciato, partì in direzione del mare. Accelerai per stargli dietro.

Si fermò alla stazione di servizio, l'unica della zona costruita sullo stradone che portava allo Scalo, tutt'attorno si estendeva la campagna. Accostai alle pompe e scesi. Sentii il canto degli usignoli e le auto che sfrecciavano in lontananza.

Lui infilò una banconota da cinque euro nell'erogatore e spinse il pulsante del distributore. Era magro, basso, e si era rasato la barba. Sembrava un bambino, mi guardò trattenendo un ghigno.

«Che mi stai a segui'?»

Il cuore martellò nelle orecchie. Andai dritto al sodo: «Simone sta con voi?»

«Che ne so, forse con Giancarlo» rispose portando indietro le spalle. Ritornò allo scooter e avvitò il tappo della benzina, il mignolo mozzo della mano destra. Era il pegno per aver provato a uscire dalla banda anni addietro: nessuno lasciava i Sorci, quella la regola. Indossava una maglietta a maniche corte e una tuta della Lazio. La rasatura sulla testa metteva in evidenza una cicatrice sottile come un capello.

«Voglio una risposta concreta» dissi a denti stretti.

Mi ignorò come se non avessi parlato.

Gli diedi una spinta, forse più forte del dovuto. L'adrenalina corse nelle mie dita come elettricità, ma si esaurì presto. Andò a sbattere contro il motorino, che si inclinò e andò a schiantarsi con lui sull'asfalto. Manuel si rialzò massaggiandosi il fondoschiena. Mi osservò con un'espressione sorpresa, mista a rabbia.

«Puttana» ringhiò, poi mi sputò addosso. Delle persone ci guardavano a distanza, ma non si avvicinarono. Si calmò e fece respiri profondi per alcuni secondi. Poi controllò che il motorino non avesse subìto danni e se ne andò.

Quando fu lontano emersi dall'apnea. Era come se la mia esistenza si fosse messa in standby, eppure a vivere, vivevo ancora. Non ero in grado di razionalizzare cos'avevo fatto, non del tutto. In fondo poteva anche uccidermi e far ruzzolare il mio corpo in un fosso di campagna, ma non l'aveva fatto. Anzi, la sua reazione era stata blanda, il che mi dette da pensare per i giorni a venire. Tempo dopo avrei capito che aveva ragione Lorenzo. I Sorci erano ligi alle regole, e una di queste – se non la più importante – era che le donne non si picchiano. Certo, uno schiaffo poteva sfuggire – erano *umani*, ma se sbagliavano era solo perché le donne facevano vacillare la loro tentazione. In seguito, lo avrei sentito raccontare da Giancarlo, con una nota d'orgoglio, come a giustificare tutte le volte in cui aveva fatto sesso con una ragazza per il mero diritto di averne voglia. Per i Sorci le donne erano corpi per appagare gli istinti sessuali. Un po' di ghiaccio, del fondotinta, e il livido spariva. L'illusione era che tornassero con la pelle perfetta e rosea, i capelli a posto, come bambole mute in un sorriso di plastica. Perché deturparle, in qualche modo, avrebbe di conseguenza deturpato le loro soddisfazioni.

*

La mattina seguente Lorenzo mi aspettava per fargli le unghie. Non ero dell'umore giusto per uscire, per incrociare il suo sguardo perentorio, ma rivederlo avrebbe comunque alleviato i brutti pensieri. Far finta, seppur per poco, che niente fosse successo.

Lorenzo si sarebbe arrabbiato se gli avessi raccontato le novità della sera precedente. Ma non era un peso da delegare a mia madre; quello era il mio compito da quando papà se n'era andato.

Come se l'amore fosse uno schema. Come se si potesse, in qualche modo, prevenire i comportamenti, i desideri, le negazioni. Sembra un promemoria, mascherato da slogan pubblicitario: 'L'amore ha una scadenza'. Proprio come sui pacchi dei biscotti, del latte, delle uova. 'L'amore scade' ma non si può mettere in freezer per farlo conservare a lungo. L'amore deve essere alimentato, giorno dopo giorno, curato proprio come un fiore. Un fiore delicato, ma forte. L'amore non ha una scadenza, l'amore è quando, da piccola, rubavo uno gnocco crudo dalla tavola senza farmi vedere, e puntualmente la farina sulle labbra mi tradiva, eppure mamma non diceva niente, mi lasciava fare, mi lasciava divertire. L'amore no, non può avere una scadenza: lo gnocco crudo, assaggiato oggi, da adulta, ha il sapore dell'infanzia. L'amore lascia qualcosa, anche dopo venti, trent'anni. Era una convinzione che ritrovavo nella musica, dai Simple Minds che mamma mi faceva ascoltare controvoglia, alle poesie sospirate di De André. L'amore tra padre e figlio, tra fratello e sorella, in qualsiasi sua espressione e forma, mantiene la stessa equazione che De André scriveva in *Se ti tagliassero a pezzetti*: 'Ti ho detto dammi quello che vuoi, io quel che posso'.

Sotto il porticato s'era alzato un muro di motorini. I Sorci mi aspettavano ognuno seduto sulla propria sella, Giancarlo aveva parcheggiato vicino al portone. Quando mi vide, scese dallo scooter e mi venne incontro. Aveva l'aria di uno che stava lì da ore. Indossava una t-shirt bianca e un paio di jeans strappati, un orologio stretto al polso sinistro. Presto gli altri mi accerchiarono e mi sentii stringere come una morsa.

Simone non c'era.

«Cos'è 'sta storia?» domandò Giancarlo, mentre si avvicinava. Le sue mani ondeggiavano nell'aria come lame sospese. «Ti metti a mena' il fratello mio?»

Manuel soffiò come un gatto offeso.

«Non ho...» provai a dire, senza fiato, «non ho picchiato nessuno».

«Non ho picchiato nessuno» mi canzonò Manuel. «Vuoi vede' che livido mi è uscito sulla schiena, eh, puttana?» aggiunse, e provò a sputarmi di nuovo addosso, ma stavolta mi spostai.

Giancarlo distese il braccio tra me e lui. «Stai calmo, Manue'». Quello tornò a sedersi sul motorino, ma non mi staccò gli occhi di dosso. Mi guardava come una belva inferocita, mi avrebbe sbranata al minimo movimento.

«Allora, stammi a senti'» riprese Giancarlo. «Dimenticherò quello che hai fatto. I deliri sono cosa normale per voi pischelle». Avevo l'amaro in bocca, o forse era acido. «Tuo fratello ha fatto una scelta» aggiunse stringendomi il polso con una mano. Mi faceva male, ma non dissi nulla. «E noi siamo una bella famiglia felice». Il fiato gli puzzava di fumo e caffè. «Non anda' dalle guardie. Non prova' a incastrarmi, non fa' cazzate di cui ti pentirai.

Lasciaci in pace, e io lascerò in pace te e la famiglia tua. Non è difficile, puoi arrivacce pure te».

Continuavo a tenere lo sguardo di lato.

«Ci siamo capiti?»

Non mossi un muscolo. A malapena respiravo.

«Ahò, sto parlando con te, mi hai capito?» insistette, scrollandomi il braccio. Annuii in modo impercettibile.

«Bene. Non farmi penti' di averti graziata».

Lui rimontò sulla sella, seguito a ruota da Manuel e Yuri. Improvviso fu il profumo alle rose che mi inebriò la mente, come se si fosse schiusa una porta per la redenzione al mio fianco. Prima che aprissi bocca, le braccia di Lorenzo mi cinsero le spalle.

Giancarlo lo fissò, gli occhi fermi su di lui. Increspò le labbra. Sembrava che avesse l'acquolina. «Frocio» disse, digrignando, con scarsa originalità. Eccolo di nuovo, il piranha. Lorenzo mantenne il contatto visivo, il suo corpo tremava come il mio. Poi Giancarlo fece un cenno agli altri e se ne andarono in una nuvola di gas di scarico.

Sul marciapiede cresceva un papavero rosso. Si piegò al leggero tocco del vento, poi ritornò in piedi, il pistillo in direzione del cielo.

9.

Lorenzo posò il bicchiere d'acqua sul comodino. Si sedette accanto a me, sul letto. Aveva una riga di matita nera sugli occhi e i brillantini sulle tempie. Sulla scrivania c'era il beauty case aperto, i pennelli sporchi di cipria e ombretto sparsi un po' dappertutto.

«Quanto ci metti per truccarti?»

Accavallò le gambe. «Più del tempo che ci mette un astronauta ad andare nello spazio».

La mia risata si trasformò in un conato di tosse.

Prese il bicchiere e me lo porse. «Meglio se bevi».

L'acqua era fresca, frizzante, mi pizzicò la lingua.

«Dovresti parlare con tua madre» disse Lorenzo dopo un po'.

«Non me la sento di regalarle un altro dolore» risposi a bassa voce.

«Prima o poi lo verrà a sapere comunque».

«Ma non da me» reagii con una stizza eccessiva. «Sono la tizia delle cattive notizie, io».

«E al tuo, di dolore, non ci pensi?» domandò lui.

Preferii non replicare.

«Non sei più una bambina. Hai sofferto abbastanza» continuò con dolcezza.

Feci una smorfia.

Mi sfilò il bicchiere dalle dita e lo poggiò sul pavimento.

Guardò i suoi piedi magri e pallidi, come pallido era il suo sguardo. «Non voglio che soffri la malattia del quartiere».

Giunsi le mani come in una preghiera. «La malattia del quartiere?»

«Ne soffrono tutti qua. I miei genitori, tua madre. Simone» disse, gli occhi ancora a terra. «Ma noi no, noi siamo diversi».

«Perché siamo diversi?»

«Noi vogliamo andarcene» disse con semplicità. «Vivere la nostra vita, anche a costo di soffrire. Gli altri si accontentano di quello che hanno».

«Non mi sembra così sbagliato» mormorai. «Apprezzare le cose che si hanno è una qualità, in fondo».

«Ma qua non c'è salvezza» decretò. «Nasci e invecchi finché non schiatti». Si alzò in un tintinnio di bracciali e ciondoli, e attaccò la lampada a led alla presa. «L'hai portato lo smalto?»

Dalla mia tasca scivolò fuori la boccettina color prugna. «Ecco».

Sparpagliò l'occorrente sul materasso, notai le forbicine nella loro custodia lilla e le lime colorate. I miei occhi ruotarono per la stanza, per tornare ai pennelli e ai fondotinta aperti sulla scrivania.

«Ti ricordi quando ci truccavamo di nascosto?»

Ridacchiò. «E chi se lo scorda».

«Volevamo essere grandi» dissi in un sospiro. «Non sapevamo quanto ci sarebbe costato diventarlo».

Avevo una certa nostalgia dei pomeriggi in cui io e Lorenzo ci barricavamo nella mia camera e ascoltavamo canzoni d'amore, scherzando sulla nostra prima volta. Simone insisteva per entrare, lo cacciavo via e ridevo complice con Lorenzo. Sdraiato per terra, le mani a coppa che reggevano il viso magro, mi descriveva come immaginava il ragazzo di cui voleva innamorarsi. Io allora contenevo l'inquietudine e, accecata dalla gelosia, gli raccontavo il mio tipo ideale, sottolineando le somiglianze tra lui e l'ipotetico fidanzato.

«Ma è come me» diceva, il rossetto sulle labbra.

«Sì, il mio principe azzurro lo voglio come te».

«Però non posso essere io».

A quel punto le mie guance s'infuocavano e gli davo la schiena. «Lo so, che credi».

A quel tempo lo baciavo fuori da scuola per aiutarlo a celare il suo segreto. Ma da allora erano passati sei anni e i nostri corpi s'erano allontanati. Il mio s'era ingrandito, gonfiato, e desiderava altro, e anche il suo. Non parlavamo più di quel periodo, lo avevamo ignorato fino a dimenticarlo, come un vecchio paio di calzini nel cassetto. O avevamo fatto finta di dimenticare, perché il ricordo generava troppo imbarazzo. Quella recita davanti a scuola era durata poco, a dire il vero, ed era stato un bene: Lorenzo aveva iniziato a essere se stesso di fronte alla gente, ma soprattutto di fronte ai suoi genitori. Internet l'aveva aiutato a conoscere altre persone che vivevano le sue stesse incertezze, i suoi stessi dolori, e da bruco infelice era esploso in una farfalla coloratissima.

«Ci pensi se ti mancherà tutto questo, quando sarai a Milano?» disse Lorenzo. Ma non era una vera domanda.

«Magari non parto» risposi con la voce rotta. Poi mi ricordai di mamma che aveva acquistato il biglietto del treno a prezzo pieno, rinunciando a pagare la bolletta del gas. «A quella penserò il mese prossimo» aveva detto con decisione. «Tanto non ci possono tagliare la fornitura: devono mandare un operaio a chiudere i tubi, e io non lo faccio entrare». A quelle parole avevo riso, ma dentro mi ero sentita morire.

«Certo che parti» rispose lui, allungandomi la mano magra. Le sue unghie erano perfette come se le curasse al salone di bellezza.

«Non mi vuoi più vedere?»

Si portò la mano libera alla bocca per nascondere i denti mentre rideva. «Lo sai che non è così».

Gli feci la prima passata di smalto e lui mise la mano nella lampada a led.

«Dovresti venire via con me».

Ci pensò un attimo, lo sguardo perso nel vuoto. Qualche secondo dopo si ridestò e ritrasse il braccio dalla lampada. «Ma se hai detto che non parti».

«Io no, forse, ma tu puoi andartene».

«Hai detto di nuovo 'forse'» notò, arricciando le labbra. «Campo dell'oro si è preso Simone, è vero» annuì, evitando di guardarmi. «Ma tu puoi ancora salvarti».

Nessuno abbandonava i Sorci. Cos'era successo a Manuel anni addietro lo sapevamo tutti. Aveva cercato di lasciare il gruppo, e questo gli era costato la falange del mignolo. Dissero che se ne voleva andare per la madre, che non stava bene. Ma non esisteva ragione valida per lasciare la banda. Chi vide la scena non poté dimenticarla: Manuel, nel suo metro e sessanta, che cercava di divincolarsi mentre quell'armadio di Yuri lo teneva fermo, Giancarlo che calava la lama sul dito e il sangue che macchiava la tuta biancazzurra della Lazio. Era successo in mezzo alla strada, in pieno giorno. Dopo, nessuno era andato a soccorrerlo. A farsi medicare ci era arrivato sulle sue gambe. Tutti sapevano chi era Giancarlo, di chi era figlio.

Da quel giorno una parte di Manuel era appartenuta ai Sorci, e non l'avrebbe più avuta indietro. Un avvertimento, un promemoria che era per sempre una loro proprietà. Giancarlo aveva il potere, l'estrema supremazia che viene donata al più forte del branco. Come un piranha dal sorriso aguzzo, eccitato alla follia dal sangue, avrebbe seguito la scia delle nostre ferite e ci avrebbe sbranato uno per uno, pezzo per pezzo.

La madre di Lorenzo entrò in camera, diede una rapida occhiata alle unghie smaltate del figlio, inarcò le sopracciglia disegnate e sospirò: «Se torna tuo padre, mettiti i guanti».

10.

Quando mia nonna materna era venuta a mancare, il funerale si era svolto alla parrocchia del quartiere. A renderle omaggio parenti alla lontana, vicini di casa e anziani che capitavano nei paraggi. Fuori dalla chiesa mamma girava attorno alla gente e raccoglieva le loro condoglianze come crisantemi in un campo, io e Simone eravamo accerchiati da zii e cugini, stretti in un silenzio claustrofobico. Il cielo era plumbeo e Simone innocentemente aveva detto che gli angeli erano sul punto di piangere. Io intanto strusciavo la scarpa sul brecciolino per distrarmi dalle campane che rintoccavano compassionevoli il loro ultimo saluto a nonna.

Vestito con un completo in giacca e cravatta nera, le scarpe di finta pelle, la barba rasata, magicamente era comparso mio padre. Si era intrufolato nel gruppo dei parenti e aveva salutato tutti con baci sulle guance e pacche sulle spalle. Simone lo fissava a bocca aperta. Io mi sentivo spaesata. Schiacciata dalla morte di nonna e allo stesso tempo in allerta alla vista di papà. Erano anni che non lo vedevamo. Forse tre, quattro. Simone se lo ricordava a malapena. Quando aveva abbandonato la nostra casa, la nostra quotidianità, lui aveva sei anni. Era in bilico, sorpreso, certo, ma in bilico. Mio padre gli si era avvicinato e l'aveva stretto a sé come se non se ne fosse mai andato, come se non gli avesse sfondato la testa contro il termosifone.

Mio fratello aveva annuito, inerte. Adesso aveva gli occhi spenti, non più stupiti, era tornato indietro negli anni, era di nuovo nella sua camera a nascondersi. Ripresi a strusciare la scarpa sul brecciolino per cercare una blanda placidità, ma le campane suonavano quasi moleste e mio padre era ancora lì.

Si era voltato verso di me. «Tu cosa ne pensi, Anna? Non siamo due gocce d'acqua?» Aveva accostato il volto a quello di Simone, con forza.

L'odore delle canne, le sue urla, il latte che si mischiava al sangue, mamma che lo supplicava di cambiare: tutte queste immagini mi ribollivano dentro. Era il compromesso di chi aveva il compito di raccogliere i pezzi.

«Di te non ha preso niente» avevo tagliato corto.

Aveva cambiato atteggiamento. «Portami rispetto, ragazzina».

«Te ne sei andato!» avevo iniziato a gridare. I presenti si erano voltati a guardarci. Il feretro di nonna era stato messo dentro la macchina, corone di fiori e nastri coloravano il carro funebre, ma non riuscivo a contenermi. Le campane diventarono il mio incitamento. «Come ti permetti a venire qua?»

Mio padre non fece in tempo ad accorgersene. La pioggia di sassi lo colpì sul petto, sporcò il suo completo elegante, smorzò quel piglio di noncuranza che portava con sé come un accessorio essenziale. Raccoglievo il brecciolino con una furia irrefrenabile, un'unghia si spezzò nella terra, lo captai come un pretesto per continuare, lontana la voce di mio padre mi implorava di fermarmi; non ricordo per quanto tempo si scatenò la mia collera.

Due zii si erano occupati di riportarmi a casa. Lorenzo mi era trottato al fianco, la faccia l'esternazione del nervosismo. Simone era rimasto seduto vicino al termosifone, mentre gli zii mi preparavano una camomilla.

Quella rabbia la sentivo sormontarmi ancora il corpo. Ogni volta che ripensavo allo sguardo indifeso di Simone tra le braccia di mio padre, l'odio mi riempiva la testa, le vene, i nervi.

Erano trascorse due ore da quando mia madre era andata al lavoro, in centro. Aveva il turno di pomeriggio all'hotel. Non ci ero mai stata, l'avevo visto soltanto da fuori, gli esterni erano rosa pastello e le finestre grandi si affacciavano sul mare. Alla sera portava un cioccolatino sia per me che per Simone, di quelli che stanno alla reception per i clienti, ce li lasciava sopra il cuscino. «Perché voi siete i miei ospiti» diceva. Poi però avevo scoperto che mangiava solo quelli o delle caramelle durante tutta la giornata. Così avevamo iniziato a pranzare verso mezzogiorno. Una volta Simone, uscito prima da scuola, se n'era lamentato: «Solo i vecchi e le galline mangiano a quest'ora», però si era seduto a tavola.

Oggi Simone non era venuto a pranzo. Mia madre l'aveva chiamato e lui aveva detto che era uscito con un paio di amici.

«Quali amici?» mi aveva chiesto lei, dopo che aveva attaccato.

«Di scuola» avevo risposto a disagio.

Aveva lasciato il cellulare sul tavolo, lo schermo rivolto verso il suo sguardo. «Pensavo che non ci andava d'accordo. Bene, la sospensione è servita a qualcosa».

«Di sicuro» avevo detto, in bocca la verità amara come il caffè.

Stavo lavando i piatti quando la porta principale si aprì e udii una voce profonda accompagnata da passi pesanti: «Caruccia la casa come sta messa».

Mio fratello spiegò che erano tutti mobili vecchi di nonna.

«Andiamo di là» aggiunse.

Si rinchiusero in camera sua. Poco dopo un pezzo rap esplose a tutto volume.

Bussai alla porta. Riconobbi un odore intenso di canne.

«Vattene!» gridò Simone, sovrastando la musica.

«Devo riferire una cosa a Giancarlo» urlai di rimando, e senza preoccuparmi che avesse sentito entrai lo stesso. Stavano seduti sul letto, Yuri ne occupava più della metà. Nella manona reggeva il telefono dove scorrevano le immagini di un porno. Distolsi lo sguardo e spensi la musica dal vecchio stereo sopra la mensola.

A Yuri non interessò, i suoi occhietti minuscoli erano incollati allo schermo e ogni tanto faceva un tiro. «Sto facendo vede' al pischello come funziona il mondo degli adulti» spiegò, e rise. Aveva i capelli corti e rossicci, la barba ramata. Indossava una t-shirt nera sopra un paio di pantaloncini che gli stringevano le ginocchia.

Simone era paonazzo.

Non ci trovavo nulla di divertente. Gli strappai il cellulare dalle dita.

S'alzò di scatto ondeggiando. «Non fare scherzi».

Era una montagna, ma restai ferma dov'ero. Il cavallo imbizzarrito scalciò brevemente, ma riuscii a tenerlo a bada. «Ho detto che devo riferire una cosa a Giancarlo».

Simone mi osservava incuriosito.

«Io non so' il piccione viaggiatore tuo» sbraitò Yuri.

Lo ignorai. «Voglio entrare».

«Eh?»

«Voglio entrare nella banda» scandii.

«Ma cosa cazzo stai dicendo?» gridò mio fratello.

«Sono affari miei, no?»

Non replicò, ma era sul punto di esplodere.

Yuri rise di cuore, e sembrò che tutta la stanza ridesse con lui. «Sei una donna».

«Allora?»

«Neanche Mirella è dentro» disse lui, come se fosse una grande spiegazione.

«E chi è Mirella?»

«Il pischello lo sa» commentò con un'altra risata.

Simone voleva sprofondare nel letto. «La donna di Giancarlo».

«Io sono diversa» insistetti, rivolta solo a Yuri.

Allargò le braccia enormi come un albatro. «Sei comunque una donna. Le donne fanno altro». E fece ripartire il porno.

«Non vorrai prendere una decisione per Giancarlo, vero?» dissi, e mi sorpresi nel sentirmi così tranquilla. «In fondo il capo è lui».

Yuri ci pensò su. Guardò Simone, titubante. Poi tornò da me.

«Non venirmi a di' che non t'avevo avvertita» disse.

Quando ritornai in cucina, affondai le mani nell'acqua saponata. Il pezzo rap mi arrivava attutito dai muri, sussurrava parole incrociate come un avvertimento. Lo ignorai. Se avessi dovuto agire con parsimonia, forse non avrei mentito a mia madre. Avrei fatto come mi aveva suggerito Lorenzo, correndo a chiedere aiuto agli adulti. Ma non c'era da fidarsi di loro, questo Lorenzo lo sapeva bene, anche se faceva finta di no. In situazioni del genere non c'è un'età giusta per agire, si alza la testa e basta. Pensavo a mio padre, che di decisioni in nostro favore, non ne aveva presa neanche una. Io volevo assumermi le responsabilità di quello che sarebbe successo, a costo di sbagliare, di perdermi. Ne ero terrorizzata. Lo riconoscevo, era un passo nel buio, ma di alternative non ce n'erano. Quello che avevo dentro, la specie di cavallo imbizzarrito, si erse in tutta la sua magnificenza. Si faceva sentire come un formicolio, che diventò presto un batticuore. 'Non c'è altro modo', mi dissi, specchiandomi sul dorso di un cucchiaio madido. Per salvare mio fratello sarei dovuta entrare nella banda, nuotare insieme agli squali e imparare a ucciderli.

11.

Ero seduta sul divano letto nel garage del Burattinaio. Ora che stava in prigione, era Giancarlo a usufruirne. Il garage si trovava in una via interna, parallela agli uffici postali. Il Burattinaio l'aveva estorto a un padre di famiglia che all'ultimo minuto si era ritirato da una vendita grossa e aveva fatto innervosire un paio di teste calde.

«Un etto di *spice*» aveva sbraitato Giancarlo, gli occhi inferociti alla luce calda della lampada. «Ti rendi conto? Stava a brucia' un etto di *spice* a mi' padre. Cinque piotte, cazzo!» Che fine aveva fatto l'uomo, forse era meglio non saperlo.

Il garage era una stanza grande a sufficienza da averci infilato quel divano letto, che era perennemente disfatto, un comodino, un tavolino circolare di plastica e due sedie pieghevoli di legno. Sulla parete avevano disegnato con la bomboletta spray quattro topi: tre erano piccoli, come quelli di campagna, e accerchiavano il quarto più grande, di fogna, colorato di verde. Correvano su una strada asfaltata, ma piena di buche ed erbacce. «Chissà se ci dovremo mettere il quinto» aveva detto Giancarlo, sovrappensiero, toccando il muro con il palmo. Poi mi aveva guardata, in attesa.

Accanto ai topi c'erano delle frasi sconnesse, parolacce e bestemmie. L'orologio da muro – forse lascito del precedente proprietario – aveva Batman sullo sfondo: il protettore di Gotham indicava l'ora a Giancarlo.

Scatoloni imballati e altri mezzi aperti, con i loghi di note marche di elettrodomestici, facevano da séparé e davano all'angolo con il divano letto un po' di privacy. Qualcuno forse ci dormiva.

La serranda del box si alzò e la luce s'infiltrò nel loculo. Entrò Manuel, seguito da Yuri e Simone. Yuri si sedette su una sedia che scricchiolò sotto il suo peso. Dalla tasca dei pantaloncini tirò fuori una busta di plastica con il drum. Si rollò una sigaretta e mise dentro una pallina di pasta verde scuro. Riconobbi subito l'odore.

«Ti sei mai fatto una canna di vera erba?» domandò Yuri a mio fratello. Simone evitò di guardarmi: entrambi stavamo pensando al fumo che gli avevano trovato a scuola, e alla conseguente sospensione. Yuri accese lo spinello e inspirò. Risputò il fumo, che puzzava di sudicio, proprio come tutto là dentro. «Scommetto di no, ve'?» Allungò il braccio verso Simone. «Prova a farti un tiro».

Mi alzai di scatto. Giancarlo mi osservò con curiosità.

«Hai qualcosa da ridire?» chiese soltanto.

Sentivo il cuore in gola. «No, certo che no».

Simone allora prese la canna dalla parte del filtro, come facevano nei film che si guardava in seconda serata quando mamma dormiva già. Mi acciambellavo su una sedia accanto a lui e li vedevamo assieme. Film sulla mafia, sulla guerra, sui serial killer: tutti quelli che gli altri vedevano al cinema, non noi che non avevamo soldi per il biglietto. Film dove le persone si sparavano addosso, andavano a letto con prostitute bellissime e sniffavano cocaina in salotti di lusso. «Sono solo storie» ripeteva ogni volta che mamma sosteneva che era troppo piccolo per certe scene, «'ste cose mica accadono davvero».

«Va bene» disse Simone, e avvicinò il filtro alle labbra. Aveva visto un milione di volte mamma fumare le sue Marlboro rosse, sfilare la sigaretta dal pacchetto e appoggiarla sulle labbra sottili, accendere l'estremità e inspirare una boccata. Provò a imitarla, a ripetere i suoi gesti automatici, ma per lui nuovi e impacciati, e tossì quando espirò il fumo. Disse che alla gola e al naso sentiva un prurito fastidioso, come se qualcuno gli avesse conficcato un tubo su per il setto nasale. Fece un paio di boccate e ripassò lo spinello a Yuri.

«È come tromba' per la prima volta» commentò Giancarlo, col suo sorriso storto. «All'inizio ti pare strano, ficca' l'uccello dentro un buco piccolo e stretto. Poi non ne puoi più fare a meno. Il fumo è uguale. Diventa una dipendenza, e lo vuoi ogni giorno, ogni ora, fino a consuma' e a consumarti».

Chiusi gli occhi, ma non riuscivo a essere da un'altra parte.

«Adesso parliamo di cose serie». Giancarlo prese uno scatolone imballato e ci si sedette sopra. Dall'etichetta conteneva il monitor di un computer. «Di solito sono io che cerco i miei fratelli». Intrecciò le mani, al pollice un anello d'oro. «Ma in te ho visto del potenziale. Come il pischello, del resto».

Gli altri si erano fermati. Stavano sempre in silenzio quando lui parlava.

«Non faccio eccezioni perché sei donna. Però devi dimostrarmi che lo vuoi davvero» continuò, con il suo sguardo da piranha. Piegò la testa di lato, i suoi occhi erano come il petrolio. Non sapevo leggerli.

«Lo voglio davvero» dissi, calibrando la voce, ma il cuore mi rimbombava nelle orecchie.

Giancarlo spalancò le braccia. «Le parole sono confortanti, ma solo i fatti decretano la verità». Attese un secondo, perché intuissi dove sarebbe andato. «Soprattutto mi interessa sapere quello che senti qui». S'indicò la testa, il pollice grosso come un chicco d'uva. «Io sono un uomo di azioni. E pretendo azioni».

«Non tutti siamo uguali».

«Nella mia famiglia tutti siamo uguali» ribatté lui, indicando il murale. «Siamo partoriti dalla stessa madre».

L'asfalto era raffigurato come una nuvola: i topi vi stavano sospesi sopra.

«La strada?» azzardai.

Giancarlo mi diede una pacca sulla spalla. «Sei una ragazzina sveglia».

Mi alzai dal divano.

«Non funziona così». Con uno strattone mi fece sedere di nuovo. «Dico io quando è ora di andare. E tu mi devi qualcosa».

«Non capisco».

«Devi darmi la possibilità di fidarmi di te». Giancarlo prese una bustina argentea dalla tasca. La soppesò tra le mani, e disse, con gli occhi accesi: «Voglio qualcosa».

«Puoi prenderti tutto ciò che vuoi» s'intrufolò mio fratello. «Vero, Anna?»

Annuii con eccessivo entusiasmo.

Giancarlo si lasciò sfuggire un sorriso mozzato. Mi toccò i capelli con delicatezza, come lo stelo di una rosa tra le dita del demone. «Vedremo se sei disposta a darmi tutto. Yuri ti spiegherà cosa devi fare».

Yuri mi afferrò per un gomito e mi spinse fuori dal garage, il sole mi accecò per un istante. Sentii la voce di

Giancarlo arrivare da dietro: «Fate bene il vostro lavoro, e sarete ricompensati. I miei ragazzi lo sanno che sono un uomo di parola».

Simone rimase al garage, non potei neppure salutarlo.

Oggi

Non scollo la penna dal quaderno. Ho bisogno di scrivere, più di quanto pensassi. Al caffè la gente va e viene, e la barista dai riccioli ribelli accoglie tutti con un grande sorriso. Ma il suo sguardo, il suo sguardo mi sembra stanco. Come se non dormisse da due giorni. Ha occhiaie scure sotto gli occhi e il viso forse un po' gonfio. Di sicuro non riposa bene. 'Neanch'io' le vorrei dire. Neanch'io riesco a prendere sonno.

Milano non è come me l'aspettavo. Fa freddo, certo, e durante la notte devo mettermi due paia di calzini per riscaldare i piedi. Secondo mia madre, se i piedi si raffreddano devo aspettarmi la febbre. Non importa se il resto è scoperto, i piedi devono sempre stare al caldo. Non so come faccia ad azzeccarci, ma ha ragione. Se mi scopro i piedi durante il sonno, mi sveglio con il naso chiuso. Mi mancano le sue raccomandazioni, erano come l'ammazzacaffè dopo un pranzo abbondante.

Da quando mi sono trasferita, ho preso il raffreddore un paio di volte. Ho dovuto anche fare un ciclo di antibiotici per una sinusite che proprio non guariva. Me l'avevano detto che al nord sarebbe stato diverso. Il sole di Civitavecchia non è lo stesso di Milano, anche se per il pianeta è la stessa stella. Ma poco importa. Quando sono saltata sul treno e ho salutato tutti, non mi importava del clima, mi importava solo di lasciarmi il caos alle spalle.

Ma forse il caos è dentro di me. Per questo scrivo, per mettere ordine. Se non ne parlo, nemmeno alla carta, allora vaneggio. Riformulo ricordi a mio piacimento, e il passato diventa più dolce. Anche se è una bugia. E non voglio più raccontarmene. O forse non voglio raccontarne a te?

«Mangi qualcosa?» domanda la barista.

Si è accorta del mio sguardo e si è avvicinata al tavolo.

«No grazie» rispondo, nascondendo con le braccia le pagine del quaderno.

Lei si siede sulla sedia che ho di fronte e incrocia le mani. «Matricola, giusto?»

Annuisco.

Si porta un riccio dietro l'orecchio. «Avete tutti la stessa faccia spaventata» commenta, e prova a darmi un sorriso. Però si blocca, in attesa. Mi osserva e io osservo lei. Ha gli occhi marroni, profondi, non piatti come Giancarlo. C'è qualcosa in questi occhi. Il guizzo di vita che ho perso.

Due professori aspettano di essere serviti. Lei si alza in automatico. «Se cambi idea dimmelo».

«Per cosa?»

«Se hai voglia di mangiare» dice, e ritorna al bancone.

La ringrazio a bassa voce, è già lontana.

12.

Mi fecero usare il motorino di Manuel. Lui aveva protestato, con il solito ringhio in cagnesco: «Quella non è capace, me lo sfonda». Ma Giancarlo l'aveva ignorato come un genitore ignora i capricci del figlio.

Yuri mi diede un casco simile a una scodella nera, che mi scivolò sulla testa. «'Sto coso non lo posso sopporta'. Ma lo mettiamo, così le guardie non ci fermano» spiegò, a mo' di scusa.

Quando partimmo alzammo un denso polverone. Non mi aveva detto qual era la meta, né cosa avremmo fatto: dovevo soltanto seguirlo. Yuri guidava come un ubriaco, dribblava le auto ferme al semaforo e tagliava la strada a quelle che partivano allo scattare del verde. Qualcuno suonò il clacson e riconobbi una parolaccia dall'autista di un autobus. Yuri svoltò a sinistra all'ultimo momento e percorse il ponte dove sfrecciavano i treni per Roma. Oltre il cavalcavia si allungava il mare, e lo Scalo era là, la promessa dell'estate.

Il vento mi scalfiva il viso, tenni la bocca chiusa perché avevo paura di inghiottire gli insetti, ma avrei voluto gridare. Il mare correva alla destra, l'acqua splendeva come una distesa di diamanti. Le macchine mi filavano attorno, trascinandomi nella corrente, la gente sbraitava quando superavamo gli stop senza fermarci. Avevo paura, ma non mi ero mai sentita viva come allora. Lasciai Campo dell'oro negli specchietti retrovisori e diedi gas. Non mi importava dove stessimo andando, nella corsa dimenticai persino Milano. Avevo varcato il confine del limbo, e ora era mio compito scegliere se proseguire o tornare indietro. Pensai agli ignavi di Dante, che correvano dietro a una bandiera bianca per l'eternità: la punizione per essersi sottratti dal decidere da che parte stare in vita. Io in quel momento non ero un Sorcio, ma nemmeno ero più me stessa. Stavo cambiando, me ne accorgevo dallo sguardo che mi restituiva lo specchietto dello scooter. Quegli occhi erano i miei, tuttavia avevano un guizzo diverso. Ma in quella corsa niente aveva valore, contava soltanto l'aria sparata in faccia e l'odore dell'estate.

A un certo punto ci trovammo affiancati a un camion bianco con un container di ferro giallo canarino, e la radio trasmetteva una canzone che mia madre ascoltava di tanto in tanto:

So, so you think you can tell
heaven from hell?
Blue skies from pain?

La musica emanata da quell'enorme autotreno, che avrebbe potuto schiacciarmi come un moscerino, s'incastrava nel vento che mi scompigliava i capelli, nella puzza di smog, nel mare assetato che brillava come brillano i denti di un boia prima della condanna a morte di un imputato.

Yuri superò i confini di Civitavecchia, proseguì oltre il Marangone, una spiaggia di sassi naturali dove mi ero tagliata il ginocchio da bambina. Il tir invece imboccò l'autostrada per Roma e lo ringraziai per la bellissima canzone.

Guidammo fino a Santa Marinella, una cittadina di mare dove i ricchi si compravano casa, e la usavano soltanto tre, quattro mesi all'anno, giusto il tempo per abbronzarsi prima di tornare al lavoro. Chi restava d'inverno amava e odiava la città nella sua interezza, con i colori freddi, con la pioggia. Amare il bello e il brutto di qualcosa o di qualcuno è la forma più alta d'amore che esista.

Yuri aveva parcheggiato sulle strisce bianche dedicate ai ciclomotori, di fronte alla spiaggia. C'era un viavai di persone, adulti che prendevano il sole e ragazzini che giocavano a pallavolo sulla sabbia.

«Guarda come faccio» disse lui, mettendo il cavalletto. Spense il motore, si sfilò il casco e lo lasciò poggiato sulla sella.

Spensi anch'io il motorino e feci per seguirlo.

«No, tu no. Guardami e basta».

Osservai Yuri camminare lentamente, misurando i passi pesanti, come se stesse trasportando una palla al piede. Andò incontro a degli anziani sdraiati sui lettini, le sue scarpe si insabbiarono. Sentivo il caldo appiccicarmi i vestiti addosso, le onde infrangersi dolcemente sul bagnasciuga, il loro sussurro era un appello ad andarmene, mi incoraggiavano a fare dietrofront verso la vita tranquilla che mi ero prestabilita, ma non mi schiodavo da dov'ero. Tra lo stomaco e l'esofago percepivo qualcosa di strano, come spine conficcate nella carne, dai piccoli solchi fuoriusciva sangue, ne avvertivo le gocce scivolare all'interno con la stessa grazia con cui i bagnanti s'immergevano nel mare terso.

Yuri non attraversò in linea retta i tavolini di plastica e gli ombrelloni chiusi, in attesa di sbocciare come i fiori al sorgere del sole, ma allungò il percorso di una ventina di metri a destra, sbucando sul bagnasciuga.

Riuscivo a vederlo comunque.
Contemplò l'orizzonte, i gabbiani gracchiavano al sole, e con uno scatto improvviso iniziò a correre a zig-zag. Nonostante la sua massa imponente, danzava sulla sabbia con l'agilità di una ballerina di Degas. Agguantò una borsa dalla prima coppia che stava riposando a pancia in giù e quando il marito si accorse del furto, gridò e lo inseguì, ma si abbandonò sulle ginocchia pochi metri dopo. Poi acciuffò una seconda borsa all'ombrellone accanto alla coppia, e anche quelli gli corsero dietro. Tutta la spiaggia assisteva allo strano e inaspettato furto. Lui però non tornò al motorino, scomparve verso il cuore della cittadina come un uccello all'orizzonte.
Rimasi paralizzata.
Qualcuno ci aveva visti insieme? Il cuore scalpitò nel petto con violenza, eccolo di nuovo il cavallo imbizzarrito cavalcarmi dentro.
Che fine aveva fatto? Se l'avessero preso, come l'avrei spiegato a Giancarlo?
Agguantai il cellulare, le mani tremavano, volevo chiamare mia madre, dirle la verità, pregarla di perdonarmi.
Fu allora che mi arrivò un SMS.

Incontriamoci alla via parallela della spiaggia. Portami il motorino.

Yuri si nascondeva dietro i cassonetti della spazzatura. Aveva ancora il fiatone. Il sudore gli scivolava sulle tempie come rivoli di pioggia. In mano teneva le borse e sorrideva. «Vogliamo vedere che c'è dentro?»
Mi guardai intorno, insospettita. Non c'era nessuno. «Come hai fatto?»
«Segreto professionale» rispose, negli occhi un guizzo

divertito. «Conosco bene 'sto posto» spiegò poi, aprendo la prima borsa. «Ci venivo a trova' mi' sorella» aggiunse ancora.

«Abitava qua?»

«Se quella dove stava la vuoi chiamà casa, sì, abitava qua» disse cupo.

Pescò un cellulare, che spense e da cui tolse subito la scheda telefonica. Poi un portafogli con quaranta euro. L'altra borsa fruttò di più: un iPhone, cento euro e un orologio di una marca costosa. Si era leccato le labbra mentre contava le banconote. Dopo aver intascato tutto, buttò il resto nella spazzatura e si asciugò il sudore dalla fronte con il dorso della mano.

«Porta anche l'altro motorino qua. Sbrigati, che dobbiamo anda' da un'altra parte».

13.

La meta successiva fu Santa Severa, la cittadina di fianco a Santa Marinella. Il castello si disegnò all'orizzonte, di fronte al mare. Stringevo il manubrio dello scooter per aggrapparmi a qualcosa, le dita dolevano.

Yuri stavolta decise di parcheggiare lontano dalla spiaggia: suggerì una via collegata alla strada principale. Non voleva correre rischi, si scusò.

Annuii.

«Andiamo a piedi. Hai capito come funziona, no?» disse, facendo passare il braccio sotto il laccio del casco. Diede un'occhiata al cellulare e impostò la via sul navigatore.

Mi schiarii la gola. «Perché stiamo facendo questo?»

Si bloccò. «Che vuoi di'?»

«Potevamo rubare in un negozio vicino casa. O che ne so, allo stabilimento accanto allo Scalo, lì è pieno di gente ricca» dissi, a disagio. «Perché abbiamo fatto tanta strada?»

«Non si ruba in casa nostra» chiarì Yuri, con lo stesso tono di Giancarlo. «Secondo, allo stabilimento non ci possiamo anda'. Sono i territori del Burattinaio, ci spacca la testa se ci avviciniamo».

«Che vuol dire che sono territori suoi?»

«Manuel c'ha ragione». Scosse il capo, interdetto. «Porterai solo rogne».

Cinque minuti più tardi giungemmo alla spiaggia. Il sole adesso scottava, da lontano udivo le risate dei bambini rincorrersi dalla riva. Un bar aveva messo un tormentone estivo ad alto volume.

Yuri si guardava intorno, studiava le potenziali vittime. Aveva puntato gli occhietti su una famigliola, mamma, papà e bimbo piccolo che ficcava le mani nel secchiello pieno d'acqua e si leccava le dita salate. Disse che i genitori erano i classici borghesi, con la station wagon e gli occhiali da sole che a rivenderli si tirava su un bel gruzzolo.

«Tu ci pensi alla sfortuna che hai avuto?» disse, indicando il bambino con un cenno del mento. «Quel marmocchio non dovrà mai soffrire. Crescerà in una bella casa, non patirà il freddo».

Mi immaginai il bambino gattonare su un parquet lucido, la madre che sorridendo lo incita a camminare, il padre che riprende tutto con il cellulare.

«I soldi non rendono felici» dissi, arrotolando i capelli attorno a un dito. «Sono le persone a diventarlo. La felicità è una scelta». Mio padre mi tornò in mente con una facilità estrema, ma lo scacciai. «Dipende sempre dalle persone».

«Chissenefrega della felicità» tuonò Yuri con ammirevole convinzione. «Qua ti sto parlando di cose pratiche. Quelli là mica vivono nei casermoni. In inverno gente così sta al caldo, mentre ci geliamo il culo».

Non sapevo come commentare.

«Poi penso che tanto sfortunato non lo sono» continuò, battendosi una mano sul petto. La sua maglietta era pregna di sudore e s'era incollata al corpo.

«Ah no?»

«La fortuna non esiste, lo dice Giancarlo». Nella sua voce non c'era traccia di dubbio. «La fortuna ce la creiamo noi. La vita c'ha dato un'opportunità e ce la dobbiamo prende'». Ripeteva a pappagallo i discorsi del piranha, come quando a scuola imparavo a memoria *L'infinito* per alzarmi la media in italiano. «La tua opportunità sta qua. Devi prendere quello che è tuo. È giusto togliere un po' a chi ha tanto, per noi che non c'abbiamo niente».

Quei tre erano la perfetta incarnazione della famiglia Mulino Bianco, e mamma sosteneva che famiglie del genere non esistono. Quando rimetteva la cornice di lei e papà sul comodino, la sfiorava con due dita e piangeva come si piange un morto.

'Mamma, non è colpa tua' le avrei voluto dire, 'se la felicità ti è stata negata'.

«Secondo me farti entra' è una cazzata» decretò Yuri dopo un po'. Puntava lo sguardo sulle auto parcheggiate, il riflesso del sole sulla carrozzeria gli illuminava la strana fame nel volto. «Sei ancora acerba. Non sai aprire gli occhi».

Rimasi in silenzio.

«Ma Giancarlo ci tiene» proseguì, annuendo tra sé e sé, come a chiudere la questione.

Affondai le scarpe nella sabbia con una stretta al collo. Lo stabilimento era quasi deserto, fatta eccezione per la famiglia e altri ombrelloni a pochi metri dal bagnasciuga dove sedevano delle coppie e un gruppetto di ragazzi.

Non avevo il coraggio di farlo.

Yuri era dietro di me, mi osservava. Forse aspettava che mi ritirassi.

Lo dovevo a mia madre, a mio fratello.

Ripensai a papà che spingeva la testa di Simone dentro il lavandino.

'Scusatemi' fu l'ultimo pensiero prima di iniziare a correre.

Individuai le borse, la giovane madre aveva lasciato lo zainetto sul lettino sdraio, era abbastanza capiente da contenere un cellulare, il borsellino, magari un tablet. Mi fiondai verso di lei, ma non se ne accorse: leggeva una rivista mentre il marito sonnecchiava con un cappello in testa. Una coppia di anziani, invece, si godeva i raggi deboli della mattina, e i ragazzi radunati in cerchio mangiavano cubetti di melone e ridevano tra loro.

Scattai in avanti e pochi secondi dopo distesi il braccio verso lo zainetto, le mie dita si fletterono nell'aria umida. Quell'immagine netta e precisa mi ricordò la *Creazione di Adamo*, copia che conservavo a casa, appesa al muro vicino al calendario. In quel momento decisivo io nacqui, plasmata dal furto dello zainetto, lo agguantai dal manico e lo strinsi a me; anche se non mi apparteneva, come la mela dell'Eden non era appartenuta ad Adamo ed Eva.

Fu la donna ad accorgersene, lanciando uno strillo che svegliò il marito e fece piangere il bambino. Gli anziani si voltarono con lentezza, avevo già preso i loro marsupi.

A complicare le cose fu il gruppo dei ragazzi. Uno di loro scattò in piedi e mi inseguì. Non sapevo cosa fare e decisi di seguire l'istinto. Ritornai verso la strada, la sabbia invadente nei calzini, il sole che mi riscaldava la faccia. M'intrufolai in una via interna, qualcosa mi muoveva nel tempo e nello spazio, tutto si era fermato eppure l'universo si allungava e si ristringeva come era sempre successo. Non mi ricordavo il percorso per ritornare al motorino. Qualcuno si affacciò da una villa color panna, allora ripresi a correre. Sentivo la donna che gridava: «Mi hanno rapinato!» Mi nascosi dietro un SUV parcheggiato e attesi che la voce si allontanasse. Mi guardai le mani, le vedevo sporche e deformi.

Desideravo tornare a casa, nascondermi sotto le lenzuola, però non potevo più tornare indietro, era tardi. Avevo rubato.

Provai a canticchiare *Don't You (Forget About Me)* dei Simple Minds, ma non ricordavo le parole. Dopo tutte le volte che mia madre me l'aveva fatta sentire, esplosa dalle casse dello stereo, per cantarla avrei dovuto avere il testo sotto gli occhi.

Yuri mi inviò il solito SMS.

Vieni ai motorini. La tizia se n'è andata.

Con il cuore in gola, uscii dal mio nascondiglio. Non sapevo quanto tempo fosse trascorso. Infilai lo zainetto e allacciai i marsupi in vita. La gente per strada mi lanciava occhiate malfidate – o era una mia impressione? – e io distoglievo lo sguardo. Volevo montare sullo scooter, scappare e piangere. Se fossi riuscita a piangere, ma i miei occhi erano aridi come i piazzali di cemento in pieno agosto.

Trenta metri più avanti, sentii un forte scossone che mi scaraventò sull'asfalto. Il ragazzo mi attanagliò le gambe con le sue, il suo profumo di colonia mi diede la nausea, riconobbi la voce della donna che s'avvicinava annaspando: «Tienila!» e intravidi facce di curiosi che s'erano fermati a seguire la scena. Provai a sganciarmi, ma il tipo era forte, mi attanagliò con le braccia e mi sentii come un pesce sul terreno in cerca d'ossigeno. Adesso il cavallo imbizzarrito nel petto minacciò di uscire e galoppare via.

«Stai ferma, ferma» tuonò il ragazzo, le mani enormi e villose che non mi facevano muovere un muscolo. «Non fa' scherzi».

Un urlo di dolore mi bucò i timpani, e la presa si sciolse. Il gruppetto di curiosi scappò via. Il ragazzo gridava mentre si toccava la gamba ferita, il coltello conficcato nel polpaccio. Perdeva molto sangue, che fece subito una chiazza scura sull'asfalto. Mi ricordò il sangue di Simone mischiato al latte.

Yuri riprese il coltello e lo fece sparire dentro una tasca dei jeans. Mi aiutò a rialzarmi, gli sudavano le mani. Ripresi a correre, stavolta dietro a lui, le lacrime adesso conficcate negli occhi, la paura viva nella carne. Ebbi la sensazione di udire la sirena della polizia, ma non ne ero sicura, come se fossi dentro un sogno. Prima di lasciare la via mi voltai indietro e la mamma giovane s'era accasciata ai piedi del ragazzo. Era vivo, di questo almeno ero certa.

Una volta a Campo dell'oro, restai seduta sulla sella del motorino. Spensi il motore, ma i muscoli non rispondevano, le gambe si afflosciavano su se stesse come lembi di stoffa. Del cavallo irrequieto non c'era traccia, era come se si fosse dileguato nel nulla. Yuri posteggiò lo scooter vicino al mio e mi diede una pacca sulla spalla.

«Le palle ce l'hai» fu il suo complimento. La sua stazza sparì dentro il garage.

Simone mi venne incontro. Appoggiò una mano sul mio fianco e mi sussurrò all'orecchio: «Lui non deve vederti così».

«Ho paura» risposi, a bassa voce.

«Il peggio è passato». Mi fece mettere il piede sull'asfalto. «Ce l'hai fatta».

Giancarlo mi convocò minuti dopo. Stava controllando il bottino di Yuri. Nel garage c'erano lui e Manuel seduti sulle sedie. S'intascò i soldi e lasciò i due cellulari a Yuri. L'orologio lo alzò alla luce fiacca e disse: «Questo lo diamo via come nuovo». Manuel annuì in silenzio, facendo sparire l'oggetto dentro un sacco nero ai suoi piedi.

Quando consegnai i miei furti, tenni la mano ferma. Alla vista dei marsupi di marca, gli occhi di Giancarlo si illuminarono. Le sue dita scavavano nelle tasche con foga, quasi con affanno. Trovò portafogli generosi di banconote; dallo zainetto pescò una fede nuziale e *L'insostenibile leggerezza dell'essere* di Kundera.

«Solo i ricchi leggono 'sti mattoni» commentò Manuel, allungando il collo sulla copertina del romanzo. Il corpo decapitato di una donna nuda volteggiava nell'aria, in uno spazio blu e indefinito. Forse era il mare, forse era il cielo. Lo buttò per terra. «Poteva portarsi il tablet» soppesò con un sospiro, dandogli un calcio.

«Sei stata brava» stava dicendo Giancarlo, mentre il suo sguardo famelico contava i soldi. Erano in tutto duecento euro, e me ne consegnò la metà. La mia pelle la sentii sporca, macchiata. Avrei voluto lanciarli nel fuoco.

«Puoi prendere un marsupio, io mi tengo l'altro» propose lui. «Venditelo subito, ti conviene. Ti alzi una piotta».

«E la fede?» domandò mio fratello.

Giancarlo lo fulminò con un'occhiata, ma allargò le braccia, come al suo solito. «La fede me la prendo io. Volevo fare un regalo alla donna mia, dice che non le faccio mai niente» e rise assieme a Yuri e Manuel. «Che è un problema?» aggiunse, rivolgendosi a me.

«Non ci avrei fatto nulla» risposi, e lui sorrise di nuovo in un modo che mi mise a disagio. «La donna non ce l'ho, dico bene?»

Un silenzio gelò il box. Yuri si guardò le scarpe, Manuel sputò per terra. «Lesbica» tossicchiò.

Giancarlo aggirò il tavolino di plastica. Il sorriso non s'era assopito dal volto, e per questo faceva più terrore.

Mi prese le guance con le mani. «Cara, cara Anna. Questi discorsi non sono ammessi nella mia famiglia».

«Ma io...»

Lui poggiò l'indice sulle mie labbra. «Non mi importa sapere cosa facevi prima. L'amico rivoltante che avevi».

«Lesbica» ripeté Manuel.

Giancarlo lo ignorò. «Se vuoi unirti a me, diventi chi dico io».

Mio fratello mi guardava e annuiva.

Il momento durò un'eternità.

«D'accordo» esalai.

Giancarlo applaudì, voltandosi verso gli altri, che applaudirono a loro volta. Non ci trovavo niente di gratificante.

«Sei giovane, cara Anna, ma sei sulla strada giusta» proseguì, mentre l'applauso si placava. «Adesso vattene a casa. Dopo abbiamo un'altra cosa da fare». Ritornò a sedersi, a mettere a posto i soldi. «Simo', stai dietro a tua sorella. Che c'avete talento per queste cose».

Indicai con un cenno del capo il libro di Kundera. «Lo posso prendere io?»

Giancarlo inarcò le sopracciglia nerissime. Seguì il mio sguardo e raccolse il romanzo da terra. Toccò la copertina con le mani, le sue dita si soffermarono sul corpo nudo della donna, risalirono fino al titolo stampato sotto il nome dell'autore. «Questo me lo tengo» disse, dopo un po'. Lo rigirava tra le mani, come a cercare un particolare che gli era sfuggito. «Magari ci guadagno qualcosa». Quell'edizione era recente, valeva il prezzo di copertina o forse meno, viste le condizioni usate. 'L'unico valore che ha sono le parole' avrei voluto dirgli.

A casa mi ficcai sotto la doccia. Strofinai la spugna sulle mani, ma mi sembravano sempre più annerite. Più mi lavavo, più ero sporca. Poco importava quanta acqua usassi. Non sarei mai stata come prima. Immaginai che fosse così perdere la verginità.

Il ragazzo steso per terra mi tornava in mente con prepotenza, presto il suo sangue sull'asfalto si mischiava al latte ed ecco che tornavo bambina, a fermare l'emorragia premendo l'asciugamano sulla testa di Simone.

Chi era il mostro, ora?

Avevamo travolto le vite di quella gente con la stessa facilità con cui i maremoti inghiottivano le coste con i loro muri d'acqua, e non chiedevano scusa, era così e basta. I Sorci non agivano per divertimento o per noia, la loro era una sopravvivenza.

Fu un germoglio a farmi dubitare di me stessa.

Avevo avuto paura, certo, ma c'era qualcos'altro. Ormai ne ero sicura, me ne ero accorta allo specchietto dello scooter. Qualcos'altro che mi faceva vergognare, mi faceva essere indegna anche di respirare. Una voce supplicava: 'Fallo di nuovo'. La riconoscevo. La tenevo a bada da anni. Una rabbia primitiva, che spuntava da tempo come erba cattiva, ora deflagrava contro il cielo, la casa, i palazzi.

Quella voce inconfondibile.

La mia.

14.

Era mezzogiorno e mia madre stava preparando il pranzo. Aveva di nuovo il turno di pomeriggio. Sbirciai le buste di plastica sul tavolo, aveva comprato pomodori freschi, banane e uova. La cucina profumava di campagna, almeno secondo me, che in campagna non c'ero mai stata.

«Sono stata al mercato» disse, di spalle. Stava tagliando il cipollotto a rondelle e lo buttava dentro una padella cosparsa d'olio. «Non hai raccolto i panni».

«Sono stata da Lorenzo» mentii, passando il dito sul torsolo del pomodoro. «Aveva voglia di parlare».

«Il padre gli dà problemi?»

«Di tanto in tanto».

Mamma sospirò. «Quanto mi dispiace per quel ragazzo. I figli vanno accettati».

Annuii, ma lei non mi vide.

«Non vuole partire con te?»

«Non se la sente».

«Qua è proprio sprecato» commentò, infilando la punta della lama in uno spicchio d'aglio.

«Non vuole lasciare la madre da sola» dissi a bassa voce, lo sguardo sul tavolo.

Riempì la pentola d'acqua e la mise sul fuoco. Prese il mazzetto di basilico sul lavello e me lo allungò al viso, le gocce d'acqua mi bagnarono la punta del naso. «Senti quanto profuma».

Sapeva di terra, di fresco, di estate. «L'hai comprato oggi?»

«Me l'ha regalato il fruttivendolo».

Non riuscivo a guardarla negli occhi. Sapevo che se avessi ricambiato il suo sguardo avrebbe scoperto tutto.

«Sono stanca, Annare'» disse tagliando un pomodoro. Le due metà caddero sulla pila di altri pezzetti dentro la padella. «Non riesco più a stare dietro al lavoro, per non parlare di tuo fratello».

«Chiedi un part-time».

Scosse il capo, le dita carezzavano i pomodori con dolcezza. «Non ce la facciamo con un part-time. Lo sai».

«Mi cerco un lavoro» proposi allora. «Così puoi stare a casa».

Mia madre aggrottò la fronte. «No. Devi studiare».

«Posso rimandare all'anno prossimo» dissi con difficoltà.

«Non esiste» sentenziò. Accese il fornello e ci poggiò la padella. L'olio cominciò a friggere. Il profumo del cipollotto e dell'aglio saturò subito la cucina. «Non posso chiederti di sacrificarti. Non è una cosa che chiederebbe una madre».

Al sugo di pomodori freschi aggiunse un pizzico di sale e delle foglie di basilico. Abbassò la fiamma, allungando con un bicchierino d'acqua. La osservavo mentre girava la pasta nella pentola e assaggiava di tanto in tanto.

«Tutto questo mi ricorda la mia infanzia» disse in un sorriso. Teneva il braccio appoggiato al fianco, l'altro a mescolare il sugo. «C'era proprio la settimana in cui tutti raccoglievano i pomodori o li andavano a comprare, se non bastavano. Si facevano le conserve per l'inverno. Era una sorta di catena di montaggio. Le donne pensavano a tagliare i pomodori, gli uomini li tritavano. I bambini avevano il compito di lavare i contenitori. Quant'era divertente far passare il brecciolino per il collo delle bottiglie, sciacquarle bene e metterle a testa in giù per farle asciugare».

«Il brecciolino?»

«Lo raccoglieva tuo nonno al Marangone. Raccattava secchi di sassi bianchi che profumavano di salsedine. Ci pulivamo le bottiglie».

Era un altro mondo, un mondo lontano, in cui i miei nonni erano stati giovani e mia mamma una bambina. La purezza dei ragazzini che correvano sulle terre arse dal sole, e giocavano a far ballare i sassolini all'interno delle bottiglie sotto l'ombra degli alberi. Le donne che si raggruppavano e tagliavano i pomodori in quadratini, e gli uomini che pensavano a cuocere tegami enormi di salsa e l'imbottigliavano con le loro braccia contadine. Un tempo in cui a Campo dell'oro, alla fine degli anni Settanta, erano appena state affidate le case popolari e non c'era ancora la malavita. Un tempo in cui la banda dei Sorci sarebbe sembrata al massimo un brutto scherzo.

«Era un modo per stare insieme» rammentò, gli occhi volti al soffitto. «Mi ricordi molto tua nonna, sai?» Si posizionò di fronte alla pentola e controllò che la pasta non si fosse attaccata. «Anche lei covava questo desiderio di studiare. Leggeva molto, me lo ricordo. Però era una donna, e doveva badare alla casa, a me. Puoi immaginare com'è finita la cosa».

Annuii in silenzio.

Il ricordo durò un'altra frazione di secondo, poi mi strinse le mani: «Ti vedo strana».

«È tutto okay». Ma lo dissi troppo in fretta.

Inarcò le sopracciglia. «Cos'hai?»
Scossi la testa.
«Sei preoccupata per Milano?»
Non risposi.
Mia madre aprì lo sportello vicino alla credenza e prese un piatto fondo di ceramica, un'oliera di vetro e un barattolino di sale grosso. Riempì il piatto di acqua corrente e lo poggiò sul tavolo. Era l'iter di stregoneria che aveva imparato da mia nonna, e mia nonna dalla bisnonna.
Bisbigliando qualcosa, fece con due dita il simbolo della croce sul piatto. Versò l'olio in una ciotola di porcellana e lo raccolse con l'indice della mano destra. Lasciò cadere tre gocce nel piatto, finché non si congiunsero per formarne una unica, dilatata.
«È un uomo» sentenziò.
«Un uomo?» Mi sporsi verso il piatto. «Cosa fa?»
Prese il barattolo del sale. «Questo non lo so» rispose, inquieta. «Però è forte».
Restai a osservare la goccia d'olio che si allargava nell'acqua e girava in tondo per la superficie.
Il suo viso tratteneva una sorta di profonda preoccupazione. «Ce l'ha con te. Ti guarda dall'alto». Sollevò lo sguardo su di me. «Hai litigato con qualcuno, di recente?»
Il nome di Giancarlo mi invase la testa, ma non lo dissi.
«Un amico, magari?»
Feci di no.
«Allora è qualcuno che deve ancora arrivare» decretò.
«Cosa posso fare?»
«Tu niente. Io lo posso fermare».
Versò tre manciate di sale grosso sul piatto e recitò a labbra strette un rito di cui non riuscii a distinguere le

parole. Fece lo stesso gesto sul piatto per quattro volte, poi raccolse l'intruglio con l'indice e fece una croce sulla mia fronte. Un rivolo d'acqua mi raggiunse il naso. Ripeté il gesto sul piatto e buttò tutto nel lavello.

«E adesso?»

«Adesso sei libera dal malocchio» disse riponendo i suoi strumenti. Mi pulii la fronte. «Chiunque voleva farti del male, l'ho bruciato».

Dubitavo che un pugno di sale potesse fermare i Sorci, ma preferii non dirglielo.

Mi fece pena, mia madre, in modo strano. Accarezzava le foglie di basilico con le dita callose, e pensavo alla sua forza. Lei che lavorava sei giorni su sette, l'hotel che raramente le concedeva la domenica libera e l'unico giorno di riposo in mezzo alla settimana lo passava a cucinare e occuparsi delle attività domestiche. Era così forte che certe volte avrei giurato di vederla crollare, anche se fingeva di restare in piedi.

Controllò se la pasta fosse cotta, mi chiese di chiamare Simone per il pranzo, e fui libera di tornare in camera.

Fu un pianto liberatorio. Una volta mi aveva detto che piangere era l'unico modo per vomitare le negatività. Ma per me piangere era una forma di frustrazione. Piangere voleva dire che non riuscivo a fare altro. Ero impotente di fronte al pericolo. Di fronte a tre criminali che mi avevano già avvertito della brutta fine che avrebbero fatto le persone a me care, se mi fossi rivolta alla polizia.

L'unico modo per distruggere qualcosa era farne parte dall'interno, ma a che costo? Come avrei fatto a salvare Simone?

Sotto il cuscino avevo nascosto i furti. Il denaro e il marsupio che non mi appartenevano. I soldi avrei voluto strapparli in mille pezzi e farli vorticare nel vuoto come coriandoli, ma per il momento decisi di tenerli. Del marsupio dovevo sbarazzarmene il prima possibile. Ero tentata di gettarlo in un secchio della spazzatura, lontano dal quartiere.

Allo specchio mi ritrovai più vecchia, però erano trascorsi soltanto tre giorni da quando avevo scoperto che Simone si era unito ai Sorci.

15.

Dopo pranzo lavai i piatti e ripulii la cucina. Spazzai per terra, passai lo straccio bagnato. Simone fu il primo a uscire. «Ci vediamo da Giancarlo» gli avevo detto mentre chiudeva la porta di casa, ma non mi aveva risposto.

Yuri mi aveva inviato l'indirizzo. Mi aveva esortato a non arrivare in ritardo.

Anch'io ho una scorciatoia, gli scrissi nel messaggio.

Tagliai la strada sul piazzale, sbucando di fronte alla parrocchia. Quando passai sotto la finestra di Lorenzo, mi si contorse lo stomaco. Avrei voluto che si affacciasse e mi salvasse. Delegare quella responsabilità a qualcun altro, forse, mi avrebbe resa libera. Ma non potevo immischiarlo in questa faccenda.

Il palazzo si trovava ai piedi del parco giochi dove i Sorci si radunavano. Sotto il portico riconobbi mio fratello sul motorino. La ruota posteriore aveva schiacciato un papavero rosso che sbucava dall'asfalto.

«Hai fatto una cazzata» fu il suo saluto. Dalla mattina si era cambiato, adesso era vestito con jeans e una maglietta a maniche corte. Con le scarpe da tennis dava dei calcetti sul muro.

«Se tu non puoi uscire dalla banda, non vedo perché io non posso entrare».

Simone scattò in avanti, di fronte alla mia faccia. Sollevò l'indice in aria, poi si bloccò. I suoi occhi color castagna danzavano sul mio viso.

«Mamma?» chiese soltanto.

«È andata al lavoro».

«Non sa niente» disse, ma sembrava più una preghiera.

«Certo che no» dissi, abbassando la voce. «Anch'io me ne vergogno».

«Non è questo».

«Cos'è allora?»

Si guardò in giro. Anch'io mi sentivo osservata. Era come se i palazzi attorno a noi avessero gli occhi. «Mamma muore, se glielo diciamo».

«Non credo che...»

«Mamma sta male, ma tu non ci fai caso» sbottò. «Stai sempre a pensa' ai cazzi tuoi».

«Cos'è, adesso parli come un Sorcio?»

«Non sono diverso da loro».

Poi entrò nel portone e mi lasciò sola. Mi sentivo come quel papavero rosso sotto la ruota, sopraffatta dal peso delle cose che mi erano capitate addosso.

Quando arrivai al terzo piano, trovai la porta aperta sulla destra. Sull'uscio c'era Yuri che controllava gli ingressi come un bodyguard fuori da una discoteca.

Mi bloccò con la manona, un'altra estate e avrebbe raggiunto i due metri di altezza. «Sta' attenta a quella».

L'appartamento non era di una famiglia povera. I mobili della cucina scintillavano di nuovo, di un rosso denso, e il salotto aveva un divano enorme a L. Spalmato per terra c'era un tappeto persiano, mentre un televisore di parecchi pollici ricopriva tutta la parete di fronte al divano. Lì una ragazza snella, con il caschetto nero e la pelle diafana, faceva zapping con il telecomando.

Simone la fissava.

«È un po' grande per te» gli soffiai nell'orecchio.

Lui mi rispose con un'occhiataccia e si allontanò.

Manuel era in cucina che preparava dei cocktail, riconobbi l'alcol pungermi il naso. «Simo', vieni a darmi 'na mano» sbraitò. Indossava di nuovo la tuta della Lazio.

Giancarlo dava le spalle a tutti. Stava trafficando con una teca coperta per metà d'acqua, ciuffi di muschio e un pezzo di legno. Non riuscii a capire che animale ci fosse dentro. Poi si voltò verso Manuel e gli altri, e fece segno di avvicinarsi.

Mi appoggiai al muro, lontana dal divano.

«In poco tempo la nostra famiglia s'è allargata» disse, guardando Simone, poi me. «Due fratelli si sono uniti a noi».

La ragazza sbuffò.

Giancarlo piegò la testa. «Qualcosa non va, cara?»

Lei si sedette meglio, tirò indietro i capelli, ma ritornarono sulle guance. «Non sono ammesse donne» disse gelida.

Un brivido mi attraversò la schiena.

«Anna ha dimostrato fegato» disse Giancarlo con un tono che non ammetteva repliche.

«Anch'io» contestò lei. «Più d'una volta».

Lui si mise a ridere e le diede un buffetto sul naso. «Fare i bocchini non è avere fegato, cara».

La ragazza cercò di non provare imbarazzo, ma non ci riuscì. Abbassò lo sguardo, verso le gambe magre. Aveva la faccia di una che voleva disintegrarsi al sole.

«Lei starà con noi» decretò Giancarlo. Poi alzò gli occhi su di me. «Finché lo dico io».

«A Mirella stai sul cazzo» mi sussurrò Yuri all'orecchio. «Te l'avevo detto di sta' attenta».

Giancarlo intanto aveva chiesto a tutti di sedersi attorno a lui. Presi posto sul pizzo del divano, Mirella dall'altra parte mi lanciava occhiate di ghiaccio. Simone scivolò al suo fianco e strinse le labbra.

«Come stavo a di' prima» riprese, guardando Mirella, ma lei teneva ancora lo sguardo in basso, «la nostra famiglia s'è allargata. Non capitava da molto tempo».

Gironzolò davanti a noi in un ovale immaginario. Aveva le braccia conserte, l'espressione del viso era un mix tra euforia e preoccupazione. «Questa è una fortuna. Possiamo prenderci ciò che è nostro».

Alzai la mano, come in classe. Lui mi sembrò indispettito, ma non me ne importò. «Cos'è nostro?» chiesi.

«Tutto quello che non ci appartiene già».

«Tante cose non ci appartengono» osservai, sistemandomi meglio sul divano.

«Hai ragione. Tante, troppe». Giancarlo piegò la testa di lato, come a voler cambiare prospettiva. «Siamo nati qua, siamo monchi. Ci manca qualcosa. Non lo vedi anche tu?» Mi fece segno di guardare gli altri seduti sul divano. Mirella batteva un dito smaltato di nero sul telecomando, irritata. Aveva le guance scavate, la faccia pallida come se non mangiasse da giorni. Simone era accanto a lei e le dedicava rapide occhiate. Yuri mi sembrava a disagio, sudava dalle tempie e aveva le ascelle fradicie. L'unico a essere nel proprio ambiente era Manuel, che aveva le mani nascoste nelle tasche della tuta e annuiva a ogni frase di Giancarlo.

«Lo vedi?» ripeté lui, indicando i Sorci. «Sta negli occhi, la mancanza». Prese il volto di Mirella e lo strinse. Adesso sembrava ancora più incavato. Lo sguardo di lei mi incontrò, ebbi un fremito improvviso, la spia che quell'oppressione gratuita era del tutto fuori luogo. «È come nascere senza un braccio o una gamba» concluse, lasciandola andare.

«Lo vedo» risposi, osservando Mirella acciambellarsi di nuovo sul divano, accanto a mio fratello. «Ma non si può prendere tutto».

«In natura ci deve essere equilibrio» riprese Giancarlo, tornando a girare per il salotto, con le braccia incrociate al petto. «Ma non sempre la natura rispetta questo equilibrio. È giusto sistemarlo. Consideratelo il nostro compito».

Tutti lo ascoltavamo, adesso in silenzio.

«Inizieremo da Santa Fermina» proseguì, con una smorfia di disgusto. Si muoveva ondeggiando, come se affrontasse il vento scagliarsi su di lui. «La bilancia è stata generosa da loro».

Santa Fermina era l'opposto di Campo dell'oro. Lì non c'erano casermoni, ma ville a due piani e strade con nomi dei fiori. Uno stradone di un chilometro divideva le due realtà: da una parte un futuro prospero, fatto di università, bollette pagate con regolarità svizzera e vacanze in Sardegna, dall'altra noi, pasta a pranzo e caffellatte a cena. L'antipatia era reciproca. Se quelli del mio quartiere invidiavano la loro ricchezza, quelli di Santa Fermina non tolleravano la nostra delinquenza. C'era un detto in città: a Campo dell'oro nascevano i delinquenti, a Santa Fermina i giudici per buttarli in prigione.

«Noi siamo morti di fame» disse Giancarlo, «ma possiamo permetterci una vita diversa. Perché a quei figli di mignotta è andata meglio?» Girovagò per il salotto, le dita sul mento. «Ve lo siete mai chiesto perché noi stamo qua e loro a godersi pure la parte nostra?»

Yuri e gli altri annuirono.

«Mi' padre m'ha insegnato che quando una cosa è mia, me la devo anda' a prendere».

«Che pensavi de fa'?» domandò Manuel, leccandosi le labbra.

«A tempo debito» rispose Giancarlo. «Prima volevo capi' da che parte state».

«Dalla tua» rispose subito Yuri, e gli altri gli fecero eco.

Giancarlo si voltò a guardarmi. «Tu invece da che parte stai?»

Mirella accavallò le gambe e alzò il mento, in ascolto.

«Dalla tua» dissi a bruciapelo.

Giancarlo spianò un sorriso aguzzo. «Ovvio che sì» confermò. «Sì che stai dalla parte mia». Poi fece cenno a Yuri di portare da bere.

Cinque minuti più tardi, ero seduta sul water. In salotto avevano messo un pezzo di Avicii, e li sentivo battere le mani e incoraggiare Mirella a spogliarsi. «Nuda, nuda!» gridavano, e avrei giurato che la voce di mio fratello non ci fosse.

Non riuscivo a urinare. Stare nel bagno del Burattinaio mi procurava una certa apprensione. Mi ricordavo il suo sguardo piatto al municipio, e Giancarlo non era meno spaventoso del padre.

Aspettai un paio di minuti, chiusi gli occhi, mi immaginai a casa mia, fischiettai, ma proprio niente. Allora spinsi il pulsante dello scarico e il getto scivolò lungo il water, l'acqua che puliva l'acqua. Mi sciacquai le mani senza guardarmi nello specchio.

«Sei acerbo» stava dicendo Giancarlo. Il bagno confinava con una stanza. La porta era semiaperta e scorsi il suo profilo. Era di fronte a una foto del padre. «Gli imperi si fondano negli anni, non in fretta come hai voluto tu. Dovevi essere più furbo» aggiunse tra sé e sé. «La fretta fa sbaglia' le persone». Con il cuore in gola, mi allontanai prima che si potesse accorgere di me.

In salotto Mirella s'era tolta la maglietta. Ballava in reggiseno e pantaloncini, reggendo un bicchiere colmo di vino. Manuel e Yuri si muovevano intorno a lei, ma a debita distanza. Simone era seduto sul divano, le braccia incrociate, i denti stretti.

Nel mobile della televisione, proprio sopra la PlayStation, c'era *L'insostenibile leggerezza dell'essere*. Lo sfogliai, avida e in colpa, perché lo volevo mio anche se apparteneva alla donna della spiaggia. Una piega all'angolo in alto di una pagina mi fece inarcare le sopracciglia, come se qualcuno l'avesse letto fino a un attimo prima. Mirella continuava a oscillare il bacino a ritmo di musica, gli sguardi dei ragazzi attaccati a ogni suo centimetro di pelle. Richiusi il romanzo e lo misi al suo posto, con un nodo alla gola.

Sbirciai la teca di vetro. Dentro c'erano solo pezzi di legno, muschio verde e una piantina acquatica. Poi dietro una radice galleggiante riconobbi due pupille a forma di cuore. Una rana piccola di circa cinque centimetri uscì dal suo nascondiglio e mi puntò gli occhietti addosso. Aveva il dorso color smeraldo, le zampe posteriori palmate e il ventre a chiazze nere e rosse.

«Ti piace Eva?» domandò Giancarlo alle mie spalle.

«È molto bella» balbettai, tenendo a bada il panico. Mi chiesi se mi avesse scoperta a origliare.

«È una rana bombina» spiegò, poggiando le dita sul vetro. La bestiola allungò la lingua discoidale. «A Mirella fa schifo. Non capisce niente, quell'idiota» aggiunse, lanciando un bacio alla rana. «Mi piace prenderla in braccio. Mica c'ho paura».

Preferii non replicare. Mirella si tolse i pantaloncini e

li lanciò sul divano, sulla faccia di Simone. Yuri e Manuel scimmiottarono eccitati come animali in calore.

Giancarlo scrollò le spalle in uno sbuffo. «Vuole le mie attenzioni».

Osservai come Mirella beveva il bicchiere di vino, che dalla bocca le gocciolò lungo il collo.

«Vuole entrare nella banda».

«Perché non la fai entrare?» domandai, ritornando alla rana. «È sempre la tua donna».

Sorrise, ma stavolta fu un sorriso diverso. Tenue, quasi. Come se il piranha che abitava in lui si fosse assopito o addirittura fosse scomparso. Durò poco. «Girano troppe informazioni. Non mi fido di lei» disse, riducendo gli occhi a due fessure. Era già tornato se stesso.

Non risposi.

«Mi chiedo quando mi dimostrerai fedeltà» disse.

Inarcai le sopracciglia. «Fedeltà» ripetei.

«La grinta ce l'hai» continuò, e diede un colpetto al vetro. La rana lo ignorò. «Ma voglio sapere se mi sei fedele».

«Stamattina non ti è bastato?»

«Non è fedeltà, quella. La fedeltà si concede con un sacrificio. Il tuo è stato un atto estremo, non sacrificale». Batté di nuovo le dita sul vetro, e stavolta la rana allungò la lingua. «Quindi te lo richiedo: quando mi dimostrerai di essere fedele?»

«Pensi che andrò a denunciarti». La mia non era una domanda.

Giancarlo rise. «Sei qua per lui». Indicò Simone con un cenno. «Non sei così stupida. Se cado io, porto tuo fratello con me».

Volevo chiudere gli occhi e sparire.

«Però è facile farmi felice» proseguì. «Devi garantirmi

che farai tutto quello che ti chiedo». Eccolo di nuovo, il sorriso da predatore. «Se eseguirai i miei capricci».

«Pensavo che fossimo tutti fratelli, non sudditi tuoi».

Giancarlo mi tolse una ciocca di capelli dal viso e la portò dietro l'orecchio. Sulla pelle le sue dita erano callose e sporche.

Aprì la bocca per ribattere, ma la richiuse. Si avvicinò, mi soffermai sulle sue sopracciglia nere e folte per non cedere al panico. «Ho scommesso con me stesso a farti stare qua» sussurrò come a volermi confessare un segreto. «Sai, noi due non siamo diversi».

Volevo chiedergli in cosa fossimo uguali, però le parole si incastravano nella lingua. Guardai la rana bombina, s'era spostata su un altro tronchetto.

«Siamo figli di fantasmi». Aveva un luccichio sinistro negli occhi. «Non so se comprendi».

Annuii, tamburellando l'indice sul vetro. La rana mi ignorava.

«Tuo padre è scappato» disse laconico. Teneva le labbra serrate, come se temesse di ridere, anche per errore. «So cosa vuol dire avere un genitore fantasma».

Ripensai al Burattinaio, me lo fantasticai, orso, in carcere. Per questo Giancarlo pretendeva la ricchezza degli altri? Per non essere come suo padre?

«So che mi causerai qualche guaio» continuò, in un sospiro. Prese una breve pausa. «La cosa mi diverte».

Ebbi un brivido di terrore. Il modo in cui l'aveva detto, eccitato, come se stesse per partecipare a una battuta di caccia.

«Davvero vuoi rinunciare a Milano?» disse, indicando con la mano aperta Yuri e Manuel che bevevano e fumavano canne, Mirella in intimo buttata per terra, Simone che l'aveva coperta con un cuscino del divano. «Chiaro come il sole che non appartieni a questo mondo».

«Siamo tutti morti di fame, in fondo».

«È vero, ma tu sei quel tipo di morto di fame che sa rialzarsi dal mare di merda in cui è finito». Bevve dal collo di una bottiglia di birra. Si pulì la bocca con il dorso della mano. «Chissà, forse averti tra noi sarà un vantaggio» concluse, poi raggiunse gli altri.

Simone mi guardava, perplesso, in mano anche lui una bottiglia di Heineken. Avrei voluto dirgli di metterla giù, ma le regole non le facevo io là dentro. Mi sentivo frustrata, come se non potessi esercitare il mio dovere. Mia madre si sarebbe infuriata, se l'avesse sorpreso a bere alcol.

Ritornai alla teca, avevo un dubbio che non prendeva forma. Il mio istinto aveva fatto scattare il campanello d'allarme. C'era qualcosa di innaturale nel discorso di Giancarlo. Una cosa evidente, che però non riuscivo a portare alla luce. La copertina del romanzo di Kundera, che raffigurava la donna decapitata e nuda, mi diede un conato di vomito. Il suo corpo morto volteggiava come intrappolato in un turbine d'acqua.

Come me, la donna non aveva avuto il tempo di gridare.

16.

Poco prima di cena, stesi i panni. Stirai la divisa di mia madre e gliela lasciai sul materasso. Non era ancora rincasata dal lavoro. Diedi una sistemata alla bell'e meglio. Riflettevo sul dubbio che mi trascinavo da casa di Giancarlo, ma presto fu assorbito dalla canzone che stavo ascoltando. De André raccontava la storia di un chimico morto per un esperimento sbagliato. Spazzai per terra, ripulii il tavolo dalle briciole. Mi infilai sotto la doccia, sentivo la puzza di marijuana tra i capelli. Anche i vestiti avevano lo stesso odore, e li nascosi dentro un bustone nero in fondo all'armadio. Mi ero ripromessa di lavarli il prima possibile.

Mentre mi asciugavo con il phon, Simone entrò nella camera. Aveva le rughe sulla fronte e un'espressione incupita.

«Fatti una doccia, che mamma torna a momenti» gli dissi.

«Chiederò a Giancarlo di farti usci'».

«Stai scherzando».

Non mosse un muscolo. «In fondo non stai dentro del tutto».

«Fatti gli affari tuoi».

Simone tenne lo sguardo incollato al pavimento. «Non capisci».

«Cosa non capisco?»

«Lui vuole la tua fiducia» disse con il tono di chi sottolinea l'ovvio.

Allargai le braccia. «Quindi?»

«Ti chiederà qualcosa» continuò, ora con la voce rotta. «Ci sono cose che ti cambiano».

«Cos'hai dovuto fare tu?»

Si portò la mano al viso, come se potesse nascondersi dalla sofferenza. «Non te lo posso dire».

Mi alzai e gli accarezzai la mano. Pian piano gliela feci scendere dal volto. Aveva gli occhi inumiditi di lacrime. «Che è successo?»

«Non posso» ripeté, e si staccò. «Ma tu devi andare a studia'».

«Pensavo che fossi contrario a Milano».

«Lo sono. Ma meglio che ci abbandoni, se stai dietro a Giancarlo finisci al gabbio».

Gli bloccai il polso. «Decido io per me».

«Quand'eravamo piccoli ci salvavamo a vicenda» commentò, in un respiro breve. All'improvviso mi parve molto più grande dei suoi quattordici anni.

Mi affacciai alla finestra, il sole non tramontava. Sentivo il caldo appiccicarmi la t-shirt addosso. Dei bambini corsero sotto i portici, lanciandosi una palla da basket.

Gli davo le spalle. «Lasciami in pace, per favore».

In silenzio uscì dalla stanza, chiudendo piano la porta. Si portò con sé l'odore di marijuana sui vestiti, l'unico profumo che ricordavo di mio padre.

Forse avevamo iniziato a separarci quando avevo compiuto tredici anni. Come tutte le cose, il nostro allontanamento era cominciato da un incidente di percorso.

Papà se n'era andato da un anno, e la nostra vita s'era rivoluzionata. In particolare, la mia.

Quell'estate fu infernale per il mio corpo. Non mi interessava più giocare a mosca cieca, rincorrere i bambini ad acchiapparella e nascondermi tra i cespugli per fare tana libera tutti. Mi sentivo ribollire come un vulcano. Esplodevo, accaldata, e per appagare quel desiderio irriverente, ogni scusa era buona per strusciarmi sugli spigoli dei mobili. Il mio corpo era una macchina stranissima, mi spingeva a fare cose di cui prima mi sarei vergognata, e intanto cresceva, si modellava, i seni spuntavano sfrontati e doloranti, e indossavo apposta maglie larghe per nasconderli.

Ma il cambiamento più significativo era avvenuto una domenica pomeriggio. Dopo pranzo ero andata in bagno e avevo trovato una striscia rossa di sangue sugli slip. Quando lo avevo riferito a mia madre, preoccupata che qualcosa non andasse in me, lei aveva reagito entusiasta. Non la vedevo sorridere da quando papà se n'era andato. Per cena aveva comprato pizza, patatine e bibite gassate. Le mie mestruazioni erano divenute una festa, un avvenimento che aveva voluto condividere con gli altri condòmini. Le vecchie mi fermavano sulle scale per congratularsi, mi regalavano caramelle all'anice e consigli. Sentivo la mancanza di mio padre, ma non lo davo a vedere.

Simone d'altro canto non comprendeva il caos che mi accerchiava. Ci dividevano sei anni, e per lui i giochi erano sempre i giochi e i giorni procedevano uguali. Il suo corpo si allungava, ma non mutavano gli interessi. Il mio perdeva invece innocenza.

Una mattina d'estate Lorenzo mi aveva invitata allo Scalo. Era il periodo in cui lui voleva capire cosa gli piacesse o meno, e io mi ero offerta di aiutarlo baciandolo sulle labbra.

Era stato lui ad accorgersi di Simone dietro una colonna. L'aveva indicato con una risatina e i primi brufoli sul naso. «Sta là dietro». Mio fratello intanto era uscito dal suo nascondiglio e rideva beato perché era stato scoperto.

«Vattene a casa» l'avevo implorato.

Simone correva a zig-zag sul mattonato magenta, lo zaino enorme di Spider-Man sulla schiena. «Voglio andare al mare».

«Sei troppo piccolo» avevo sbottato.

«Può venire con noi» aveva annuito Lorenzo. «A me non dà fastidio».

Non mi ero mai vergognata così tanto.

«Non stiamo a gioca'». Avevo afferrato Simone per il colletto della maglia e l'avevo trainato verso il portone. Aveva fatto resistenza, ma ero stata più forte.

«Mamma ha detto che posso venire» aveva piagnucolato lui.

Avevo scrollato le spalle.

«Perché sei cattiva?» aveva chiesto, in un altro piagnucolio. «Adesso t'importa solo di baciarti con i maschi».

Gli avevo dato uno schiaffo. Il rossore sulla guancia era comparso gradualmente come la stampa di una polaroid. Si era toccato la faccia con la mano, in silenzio.

«Mi dispiace» avevo bofonchiato subito dopo, lasciando la presa dal suo colletto.

Lo sguardo di Simone era un concentrato di terrore. «Sei come lui» aveva sussurrato, ritraendosi, lo zaino di Spider-Man schiacciato contro la porta di casa. «Se n'è andato, ma ora ci sei tu».

*

Mia madre rientrò intorno alle nove. Avevo preparato petti di pollo alla piastra e un'insalata di pomodori. Il pane l'avevo bruscato al forno. Quando si sedette a tavola, non rizzò la testa dal piatto. Simone non parlava, io nemmeno. Mangiavamo in silenzio. Mamma aveva proposto di accendere la TV, ma nessuno era interessato a un programma in particolare.

«Tutto bene?» chiese lei mezz'ora dopo, mentre lavavo i piatti. S'era fatta una doccia, aveva ancora i capelli umidi sulle spalle.

Dissi di sì.

Inarcò le sopracciglia. «Allora cosa metti nella valigia?»

«Che valigia?»

Si avvicinò al calendario, pensierosa. «Non prendi il treno tra una ventina di giorni?»

«Ah» sospirai, sciacquando un bicchiere sotto l'acqua fredda. «Hai ragione».

«Quando hai finito vieni in camera mia» disse.

Annuii, ma lei se n'era già andata.

Sul letto di mia madre c'era ancora la divisa dell'hotel che le avevo stirato. Ne aveva tre in tutto, e ogni volta che ne portava una sporca dovevo sbrigarmi a metterla in lavatrice e incrociare le dita che si asciugasse per tempo. La fotografia di lei e papà al Colosseo era ancora sul comodino. Osservai il viso di mio padre, le sue rughe d'espressione, e distolsi lo sguardo.

«Sicura che è tutto a posto?» Si sedette sul materasso e mi fece segno di imitarla. «Brutte notizie da Milano?»

La guardai, serrando gli occhi. Le avrei voluto dire che sì, c'erano brutte notizie, e sì, avevo qualcosa che non andava. 'Perdonami, perché io non ci riesco' fu il mio pensiero.

Scossi la testa. «Solo un attacco di nostalgia».

Mia madre espirò come se trattenesse il respiro da giorni. «Non fartene venire altri» disse, e si arricciò una ciocca di capelli. Il profumo dello shampoo era alla vaniglia. «Se no come fai lassù?»

«Hai ragione» fiatai in un sospiro.

S'alzò e dall'armadio prese una scatola blu di velluto. Me la porse, con lo sguardo commosso.

«Cos'è?»

«Aprila».

C'era un bracciale d'oro. Lo tirai fuori dall'astuccio. Era pesante e robusto. Aveva dei fiori in rilievo, sempre d'oro, con all'interno incastrate delle pietre turchesi.

«È molto bello» sussurrai, sfiorando i filamenti.

«Vorrei che lo prendessi tu».

Lo poggiai nella scatola di velluto.

«Era di mia nonna. Poi è passato a mia madre, e dopo a me. Ora è il tuo turno» spiegò, commossa.

«Ma', non mi sto per sposare».

Rise con delicatezza. «È diventata una sorta di tradizione. Un piccolo cimelio di famiglia. Mia nonna aveva risparmiato tanto per comprarlo all'epoca» proseguì, accarezzando il velluto. «Questo è l'unico oggetto di valore che la nostra famiglia possiede» aggiunse prendendomi le mani. Le sue erano sudate e tremavano. «Insisto. Vedilo come un portafortuna per la donna che diverrai».

Sentivo le budella attorcigliarsi. Pensavo ai gioielli che avevo rubato quella mattina. Avrei voluto fuggire via, lontano perfino da me stessa.

Ma non accennai a niente di tutto ciò. Mia madre non era pronta per incontrare la persona in cui mi ero trasformata.

La strinsi forte e affogai tutte le parole tra i suoi capelli.

17.

Non riuscivo a dormire. Mi tornavano in mente le persone che avevo rapinato. Erano come manifesti. Il pianto del bambino nelle orecchie, il sangue del ragazzo sull'asfalto. La donna che strillava di essere stata derubata. Poi Giancarlo che mi dava la metà del denaro. Mia madre che mi porgeva la scatola di velluto blu, il bracciale d'oro della bisnonna che non mi apparteneva.

La mattina successiva mi alzai presto. Feci colazione con caffellatte e cereali, e ripulii la tazza. Scelsi una camicetta rosa e un paio di pantaloni neri. Avrei avuto caldo, ma volevo essere elegante. Sciacquai i denti, tratteggiai una coda di eyeliner e applicai il mascara sulle ciglia.

Bussai alla porta di Simone. Lui dormiva ancora.

«Mi presti il motorino?»

Sbadigliò. Annuì e si allungò a prendere le chiavi. «Il casco sta sotto il letto».

Uscii di casa mentre mamma scaldava il caffè. Aveva i capelli disordinati e le cispe negli occhi. «Dove vai a quest'ora?»

«Ho un appuntamento con Lorenzo» mentii, e chiusi la porta di casa.

Controllai l'orologio. Erano le otto e mezza in punto. Forse ce l'avrei fatta.

*

Mio padre lavorava in un'officina a Civitavecchia Nord. L'avevo letto sul suo profilo Facebook.

L'officina si trovava in periferia, davanti alla centrale termoelettrica a carbone. Dal quartiere era lontano. Sviai tra le auto in coda ai semafori, sorpassai gli autobus e imboccai lo stradone che portava alla zona industriale. Osservai i quattro camini e la ciminiera alta fino al cielo, che sputava fumi con tonalità ogni volta diverse. Sapevo che per produrre elettricità venivano utilizzati carbone e gas naturale, e le scorie di quelle combustioni erano ceneri, calcare e gessi, sostanze nocive che respiravano i cittadini, che respiravo anch'io. Ero cresciuta con i racconti di mamma sui movimenti 'No Coke' che si erano interessati alla conversione della centrale da olio combustibile a carbone nei primi anni Duemila, e avevano chiamato a raccolta i cittadini per una consultazione popolare se a favore o meno. Quando trasmettevano alla TV nuove proteste, mia madre si diceva sconcertata. «Si sono svegliati troppo tardi» sbottava, il telecomando appoggiato sul palmo della mano, il pollice che danzava sui pulsanti di gomma. Era rientrata negli undicimila votanti popolari che non erano a favore della centrale a carbone. Ma avevano perso. La centrale s'era trasformata, e a oggi era la principale responsabile delle emissioni di polveri fini nell'aria. Questo danneggiava la fauna marina, le falde acquifere e il suolo, senza contare la salute della popolazione. Mamma lo ricordava spesso, perché era convinta che i cambiamenti in una città, in una nazione, partivano dalle persone. Se le persone cambiavano nel loro piccolo, insieme potevano cambiare qualcosa di più grande.

Mi fermai fuori dall'officina, i piedi per terra per mantenere l'equilibrio, il motore acceso, il laccio del casco stretto sotto il mento. Era un magazzino enorme, allestito con macchine da aggiustare e un odore sgradevole.

Se mi avesse incontrata, forse non mi avrebbe riconosciuta. Mi erano spuntati i seni, seppur piccoli, ma non le lentiggini sul naso che desideravo. Avevo guadagnato sette centimetri, e una taglia in più di jeans. I capelli li schiarivo con l'ammoniaca, non volevo più conservare il colore castagna che avevo ereditato da lui. Ma forse, forse gli occhi mi avrebbero tradita. Da qualche parte avevo letto che gli occhi non invecchiano. Forse in un romanzo.

Da bambina mio padre mi accompagnava alle giostre. Lui stava lì sotto, in disparte, e intanto il carosello girava. Mentre gli altri genitori scattavano fotografie ai figli, aggrappati alle maniglie delle astronavi volanti, lo vidi chiacchierare con un uomo magro e la bocca serrata. Avevo visto quel tipo passargli un pacchetto incartato con fogli di giornale. Mio padre l'aveva fatto sparire dentro il marsupio.

Quando eravamo saliti in auto, si era acceso la canna e io avevo sentito un odore acre bruciarmi le narici.

«Cos'è questa puzza?» avevo chiesto, tappandomi il naso con le dita.

«Non lo devi dire alla mamma» mi aveva fatto promettere.

Simone aveva un anno e mezzo, io ne avevo appena compiuti sette, ma avevo già capito la differenza tra una buona azione e una che faceva comodo.

«Signori', ha bisogno?» Una voce mi riportò al presente.

Un vecchio con una tuta scura, sporca di grasso, aspettava una risposta. Aveva le mani nere come il buio.

«No, grazie» risposi, provando a distendere un sorriso innocente. «Tutto okay».

«La marmitta fa un rumoraccio» continuò il vecchio. «Lo sa che se la beccano le guardie le fanno la multa?» Con il pollice indicò il gas di scarico che usciva dal tubo di scappamento. «Non si può trucca' il motorino».

«Non è mio, ma di un amico» replicai. Il vecchio mi guardò dubbioso. «Ma riferirò».

«Riferisca, riferisca» disse lui, tornando dentro l'officina. «Che le guardie s'attaccano a tutto».

Mia madre non aveva capito che c'era qualcosa che non andava. Tornava stanca la sera, faticava a tenere aperti gli occhi mentre disponevo la cena sui piatti. Se parlava, e intavolava una discussione, era perlopiù sul lavoro, di anticalcare che non smacchiavano bene o saponi per i bagni che finivano in fretta, di una collega che secondo lei lavorava male o di qualche vip che soggiornava all'albergo. Di tanto in tanto mi ricordava di quanto fosse felice che sarei andata a Milano, e quando attaccava discorsi del genere, Simone alzava gli occhi al cielo, annoiato.

Così avevo imparato a vivere nel passato. Ci sguazzavo dentro. I ricordi erano palliativi, ma funzionavano bene. Prendevo pezzi della mia vita e li disponevo come meglio mi pareva. Alcune cose le cambiavo, immaginavo scene alternative e dialoghi che non sarebbero mai accaduti. In tutti questi episodi ipotetici c'era Simone, che mi chiedeva scusa. *Ci* chiedevamo scusa. Per cosa, non lo sapevo. Forse per essere diventati adulti troppo presto.

Tornai al quartiere passando accanto alla costa. Il mare di mattina aveva un altro colore. Era più luminoso, più vivo. Purificato dalla notte. Come se rinascesse dopo il crepuscolo.

Ricordai quella volta che io e Simone eravamo andati allo Scalo per contemplare il tramonto, e mentre aspettavamo che il sole toccasse il mare, c'eravamo spostati sulla riva a cercare sassi piatti per farli rimbalzare sul pelo dell'acqua. Simone era più bravo di me. Il modo in cui piegava il braccio e lanciava le pietre, e quelle saltellavano sulla superficie come se scottasse. Ai miei tiri non ero riuscita a fargli fare più di due saltelli, mentre Simone era arrivato a cinque. Eravamo rimasti a gareggiare, a gioire per ogni suo miglioramento e a ridere per i miei regressi, e intanto c'eravamo scordati del tramonto. Il giorno se n'era andato senza neanche avvisarci, era bastato un attimo. «Sarà per la prossima volta, il sole mica è scappato via per sempre» aveva detto Simone. Non ci eravamo più tornati, invece.

Posteggiai lo scooter sotto la finestra di Lorenzo. Forse dormiva ancora. Gli mandai un SMS, incrociando le dita.

Lui s'affacciò alla finestra. «Cos'è questa sciccheria?»

La camicia rosa era fradicia di sudore. Sorrisi, ma dentro sentivo dei coltelli. «Mi hanno dato buca».

«Con chi ti dovevi vedere?» domandò in un gridolino.

«Con mio padre».

Mi guardò in tralice. «Sali su» disse, scomparendo dentro casa. Quando andai al portone, lo trovai aperto.

«Stai solo?»

Disse di sì. «Lui è uscito, fa il pomeriggio. Mia madre sta al mercato. Andiamo di là».

Lorenzo stava guardando una serie TV. Era in canottiera e calzoncini, infradito ai piedi smaltati. «Ho conosciuto un tipo che mi ha regalato l'abbonamento di Netflix».

Mi sedetti sul letto. «Li trovi tutti tu questi benefattori».

«Qualcosa in cambio lo vogliono sempre» disse, ammiccando in modo sensuale.

Scossi la testa, divertita.

Aveva il portatile acceso, e la ventola faceva uno strano rumore. «Ti porto da bere» annunciò, prima di sparire nel corridoio.

Sbirciai la TV. Era una fiction americana, un polpettone romantico. «Da quant'è che stai guardando questa roba?»

«Da stanotte» rispose dalla cucina. «Sono arrivato alla terza stagione».

«Ogni tanto ti ricordi di dormire, vero?»

«Ho bisogno d'amore» replicò lui. Udii lo scricchiolio dell'anta del mobile aprirsi. «Poi la storia s'è fatta interessante».

Ricomparì un minuto dopo, tra le mani due bicchieri di succo di frutta. Si mise accanto a me, le gambe incrociate. Profumava di rose fresche al mattino. Mi guardò attentamente, in silenzio.

«Che c'è?»

I suoi occhi erano limpidi e calmi.

La risposta mi salì sulla lingua. «Mi hai visto».

Bevve un sorso di succo. «In realtà ti ho seguita». Con un fazzoletto si tamponò le labbra nude. «I Sorci?»

Aprii la bocca, poi la richiusi.

Lorenzo scosse la testa. «Che ti è saltato per il cervello?»

«È l'unico modo che ho per aiutare Simone».

«No, è l'unico modo per finirci sotto tutti e due». Appoggiò il bicchiere sul comodino. Si portò i capelli dietro la nuca. «Sai che infarto verrà a tua madre?»

«Mia madre non scoprirà nulla».

Si conficcò i polpastrelli nelle guance. «Stai giocando con il fuoco. Già se ne parla in giro».

Un brivido mi percorse la schiena. «Non è pettegola».

«Ma che c'entra. Basta una vecchia impicciona ed ecco che scopre tutto» sputacchiò lui.

Non era un'ipotesi che avevo preso in considerazione. Mi immaginai la scena e mi tremò la terra sotto i piedi. O forse ero io a essere instabile.

«Giancarlo è pericoloso» dissi a bassa voce, come se lo stessi confessando. «Sono stata a casa sua. Sembra la reggia di un pappone».

«Suo padre è un pappone» sbottò Lorenzo.

«Te l'ho detto che non è semplice».

Mi prese le mani, le sue dita arricchite da anelli. «Sono preoccupato per te. Queste cose non finiscono mai bene, lo sai. Ci rimettono gli innocenti».

«Non siamo innocenti» dissi, l'amaro sulla lingua. Avrei voluto dirgli della spiaggia, ma avevo paura di scoprire come mi avrebbe guardata. Lui era la mia àncora: scivolata dalla sua presa, sarei naufragata nel mare.

«Sì che lo siete» ribatté, dandomi uno schiaffetto sulla gamba. «Non avete fatto niente». Si prese il volto con le mani. «Devi denunciarli».

«Non posso mettere nei guai Simone e mamma».

«Non puoi neanche sacrificarti». Lorenzo era sul punto di crollare. «Vuoi fare la martire?»

Lo abbracciai e il suo profumo mi avvolse. «Non è semplice».

«Niente è semplice. Ma io ci sono» mi sussurrò nell'orecchio.

La porta d'ingresso si aprì. Sentii passi pesanti percorrere il corridoio. Lorenzo si allontanò da me in un salto, come un gatto spaventato. Il padre spalancò la porta della camera.

«Preparami un caffè» disse l'uomo, senza neanche salutare. Aveva la pancia gonfia, una maglietta a maniche corte bucherellata. Un forte odore rancido proveniva dalla sua pelle. Forse era il sudore che gli scuriva la maglia arancione in un rosso acceso. Rimase sulla porta, immobile, scrutando il figlio. «Tra venti minuti devo anda' a prendere un collega».

Lorenzo rimase pietrificato.

«Embè?» fece il padre. La sua figura si stagliava fino al soffitto o forse al cielo.

Lorenzo prese lo smalto color prugna dalla mensola. Me lo porse, con lentezza. Non riusciva a guardarmi in faccia. «L'avevi scordato qua».

Lui si spostò per farmi passare. Quando gli filai accanto, percepii di nuovo l'odore stantio di sudore. In corridoio il silenzio era ancora più solido. Lorenzo mi suggerì di fare attenzione e aprì la porta di casa.

Prima che uscissi, udii l'uomo domandarmi alle spalle: «Hai scambiato mio figlio per un bambolotto da truccare?»

Il cuore mi arrivò in gola. Scesi la rampa di scale trattenendo l'impulso di scaricare la mia frustrazione su di lui.

18.

Yuri mi aveva detto di andare dal parrucchiere prima di pranzo. Nel messaggio non era stato molto esaustivo:

All'ingresso basta che ti presenti.

Quella mattina c'era solo un'anziana nel negozio, leggeva una rivista vecchia di mesi. L'aveva ripescata dal mucchio di giornali abbandonati sul tavolino basso che costeggiava un divanetto rosso. In copertina l'immagine di una conduttrice televisiva che reggeva in braccio il terzo figlio nato in primavera. L'abito nero le cadeva sulle forme morbide e il sorriso si apriva in una mezzaluna lattea. La signora era seduta su una poltroncina con un ventaglio di carta stagnola in testa e faceva di sì con la testa.

«Forse è meglio che vieni domani» mi salutò l'anziana. Sfogliava la rivista sotto il naso adunco. «Che Maddalena c'ha da chiude' il negozio».

Subito dopo una donna formosa e coi capelli mossi uscì dal retro. Aveva un rossetto rosso come il sangue. Mi chiese se volessi prendere un appuntamento.

Le risposi con il mio nome.

Lei mi squadrò dalla testa ai piedi e mi fece segno di seguirla sul retro. Camminava sulle ballerine come se avesse i tacchi. Disse di essere la madre di Yuri, ma era su di giri. Si guardava intorno come a cercare qualcuno che la salvasse. Da cosa, non lo capivo. «Finalmente c'è una ragazza, tra di voi» aggiunse in un sussurro, ma tra i denti sembrava che mi riservasse una raccomandazione.

Giancarlo stava seduto a gambe incrociate e giocava col cellulare, mentre un adulto contava mazzetti di soldi e annotava le cifre su un quaderno contabile. Maddalena lanciò un'occhiata furtiva al mazzetto di soldi, e deglutì. L'uomo aveva le spalle strette e un orecchino a forma di croce sul lobo destro. Non aveva scollato gli occhi dal quaderno neanche per un istante.

«La nostra principessa» disse Giancarlo, tamburellando le mani sulla scrivania. Yuri, schiacciato su un divano di pelle, mi salutò con un cenno del capo.

Nel magazzino c'era profumo di lacca per capelli e shampoo agli agrumi. Varie scatole erano stipate in fondo alla stanza, quasi attaccate al muro. Un mobile di ferro conteneva flaconi di balsamo, olio di cocco e altro. A sinistra c'era una porta antipanico chiusa, con un cartello verde che indicava la scritta 'exit'.

La madre di Yuri disse che aveva appena messo una macchinetta da caffè a capsule e doveva per forza farcela provare. Preparò due espressi, uno per me e l'altro per Giancarlo. Chiese all'uomo se gradisse anche lui una tazzina, ma quello non rispose. Giancarlo le diede una pacca sul fondoschiena quando gli passò accanto.

«Sta' buono, Gianca', che la tua ragazza mi mena» disse lei in un risolino, anche se era a disagio. Sparì dietro la porta che conduceva al salone di bellezza. Bevvi il caffè bollente, amaro, e mi accomodai accanto a Yuri.

Non capivo cosa stesse accadendo là dentro. Cosa faceva l'uomo con i soldi, dove li aveva presi. Perché l'incontro era proprio in quel posto.

Poco dopo, dalla porta entrò Simone.

«Manuel dove sta?» fu il suo buongiorno.

Giancarlo scrollò le spalle. «C'ha avuto un problema con la madre».

«Di nuovo la pressione?»

«Che ne so» disse infastidito.

Fu in quel momento che me ne accorsi. Rannicchiata in un angolo, in mezzo agli scatoloni aperti, con le gambe nude e le unghie smaltate di nero, c'era Mirella. Tremava di freddo, e sudava come se avesse la febbre.

Sembrava buttata là, come si butta una cosa brutta, che non si vuole vedere, ma di cui non ci si può sbarazzare. Si distraeva con un anello, che le stava largo intorno all'anulare magro. Lo roteava tenendolo tra il pollice e l'indice, poi lo lasciava cadere sul dito, scendeva verso l'incavo della mano. Riconobbi la fede che avevo rubato. Ebbi un nodo alla gola, e le facce della giovane donna e del ragazzo accoltellato mi spararono addosso come proiettili.

Giancarlo si accorse del mio sguardo, quindi si alzò e distese il palmo di fronte al viso di Mirella. «Alzati» disse, la voce chiara e spaventosamente tranquilla.

La fede sparì nella tasca dei suoi pantaloncini. Le afferrò la mano e fece aderire il corpo al suo, era talmente piccola e magra che la inghiottiva. Strusciò le dita sui seni e sulle natiche, le strinse i fianchi e ficcò la lingua nella sua bocca da bambina. Mirella non si ritrasse né si divincolò, si lasciò baciare come se accettasse una lenta morte. Mio fratello e io restammo a guardarli di nascosto. Yuri sprofondava nel divano di pelle noncurante, l'attenzione catturata dal cellulare. Lo spettro dell'uomo alla scrivania continuava il suo lavoro senza alzare il capo, neanche per starnutire all'odore di lacca.

«Cos'ha?» domandò Simone.

«S'è impasticcata» disse Giancarlo, tenendola in piedi come si tengono i bambini che ancora gattonano. Distese il pugno e ci mostrò un mucchietto di cristalli. «S'è presa la *flakka*».

Per sballarsi a Campo dell'oro bastavano due canne o una compressa di Clonazepam, che assunta con l'alcol dava gli stessi effetti dell'eroina. Oppure la valanga di nuove droghe importate dall'est, che al quartiere giravano come uova di cioccolata a Pasqua. Costavano poco, quindi erano alla portata di tutti. Giancarlo era convinto che le sostanze stupefacenti tirassero fuori il meglio dalle persone, o il loro vero carattere.

Yuri si era rigirato le pasticche di mefedrone tra le dita grassocce. «'Sta roba fa diventare cannibale».

«Ti metti a mangiare le persone?» avevo domandato.

«La chiamano la droga degli zombie. Ogni droga c'ha un nome, a quanto pare». Aveva scosso il capo, titubante. «Ci perdi la testa. Ho visto i video su internet». L'aveva fissata, ferma tra le dita, subito dopo l'aveva intascata, come a nasconderla perfino ai suoi occhi. «Non c'ho le palle di provarla».

Mirella aveva anche fumato uno spinello e bevuto mezza birra, ma la *flakka* l'aveva annichilita. Si reggeva a malapena in piedi, le braccia di Giancarlo le cingevano la vita stretta. Ballavano un lento senza musica, i loro corpi si sfioravano come un'eclissi, e stavolta fu Mirella a baciarlo. Rimasero avvinghiati l'uno all'altra per quella che parve un'eternità, gli altri fecero finta di ignorarli. Io non riuscivo a discostare gli occhi.

«Alla fine gliele ho date, a quella» sbiascicò Mirella, alzandosi in punta di piedi, incrociando le mani dietro il suo collo per reggersi. «Dice stronzate su tuo padre. È nipote di uno sbirro».

«Fatti i cazzi tuoi» ringhiò Giancarlo.

«Dava problemi agli affari di tuo padre» chiarì Mirella, e disegnò due cerchi immaginari sul suo collo. Osservava incantata la carotide. «Ha messo in circolo brutte voci».

Giancarlo le pinzò il viso di porcellana con la mano. Lei provò a scostarsi, ma era troppo intontita. «Mio padre è l'uomo più forte di tutta Civitavecchia. Non ha bisogno dell'aiuto di una ragazzina».

«Ma non può difendersi nel posto dove si trova».

«Ha potere ovunque» disse Giancarlo. «Anche in carcere».

«Quando lo scoprirà, si incazzerà che hai scelto *quella*» bofonchiò con difficoltà, la stretta che le limitava l'uso della mascella. Mi sentii osservata.

Le teneva ancora il volto attanagliato nelle mani da gigante. Le guardò il viso, come a cercare qualcosa, forse una forma di dissenso, poi la lasciò andare. «Se uscirà. Faccio prima a diventare il capo di questo posto» disse in un sorriso agghiacciante. «Se divento il capo, sai che succede, vero?»

Lei diventò pallida come la porta antipanico.

«Hai avuto perdite al culetto per giorni».

Mirella respirava a fatica.

«Cagavi sangue» proseguì, e riprese la danza muta. «Non vuoi più cagare sangue» con due dita le accarezzò il volto delicato, «vero, bambina?»

«No, non lo voglio più» bofonchiò lei.

«Fai la brava bimba» disse Giancarlo, e le fece fare la giravolta. Mirella accennò un sorriso di plastica, le pupille due orbite vuote che ruotavano per la stanza. Cadde sul divano accanto a Yuri, come se fosse appena scesa da una giostra. Tossicchiò per un minuto o poco di più. Avrei voluto avvicinarmi e pulirle il catarro che le scendeva dalle labbra carnose. Cercai un fazzoletto nella mia borsa, ma avevo i palmi umidi e il pacchetto mi scivolò dalla presa.

Giancarlo mi venne incontro, lo sguardo acceso.

«Pensavo che questo posto fosse un parrucchiere» dissi guardandomi intorno, tentando un'aria indifferente.

«Lo è. Per questo deve pagare un prezzo» replicò.

«A te?»

Rise, però non rispose.

Indicai con il mento Mirella. Avrei voluto difenderla. Salvarla da se stessa, perché da lui non ci sarei riuscita. «Si raffredderà».

«Non provare pietà per quella puttana» disse Giancarlo, con tono gelido. «Vuole tagliarti la gola».

Mirella rabbrividì, rannicchiata su se stessa. Da un appendiabiti presi una mantellina e gliela appoggiai addosso. Il suo corpo mi sembrava rimpicciolito accanto a quello di Yuri. Una fitta di rabbia mi percorse le gambe, risalì le braccia e passò dallo stomaco. Volevo fare di più, però ero con le spalle al muro. Avrei potuto prenderla in braccio come un bambino e fuggire via. Sarebbe bastato per salvarci?

«Non è tanto, ma meglio di niente» dissi con dolcezza, sistemandole la mantellina sulle spalle indifese.

«Lasciami perdere» sbottò lei in un lamento. «Non ho bisogno di te».

Le toccai la fronte. «Sei bollente».

«Ho detto di lasciarmi perde'». E si voltò verso il muro.

Mi rialzai, la gola secca per le parole che erano morte tutte assieme, ammassate come erano ammassati gli scatoloni di lacca in fondo al magazzino.

Giancarlo mi aveva guardata per tutto il tempo.

19.

Eravamo rimasti in cinque nel magazzino. Yuri era uscito alla ricerca di Manuel. Mirella giaceva addormentata sul divano, il trucco le era colato fino agli zigomi e una patina nera le macchiava le guance pallide. Respirava piano, l'aria entrava e usciva, attraversava il suo corpo con delicatezza. Simone le sbirciava il petto. Si accorse del mio sguardo e ritornò a fissarsi le scarpe. L'uomo alla scrivania proseguiva i suoi controlli senza alzare la testa.

Dopo alcuni minuti di silenzio, Giancarlo si stiracchiò e fece uno sbadiglio. Aprì la porta antipanico del magazzino e uscì fuori nell'aria bollente. Si rollò una sigaretta con il drum e ci mise dentro una palla marrone. Riconobbi l'odore, talmente forte da coprire quello della lacca.

Appoggiato sullo stipite della porta, disse: «Hai mai provato la *flakka*?»

Sapevo che ce l'aveva con Simone, che infatti scosse la testa. «Non voglio bruciarmi il cervello».

«Fai bene». Giancarlo ridacchiò, ma non era una risata che trasmetteva allegria. Con un colpetto delle dita lasciò cadere un soffio di cenere. «È roba per perdenti».

«Pensavo che servisse a tirare fuori il carattere» dissi in un fiato.

La sua testa scattò nella mia direzione. Aveva l'aria seccata, come se gli avessi pizzicato un braccio. «Nella vita ci vuole moderazione, se no fai la fine di Mirella».

«Contenere una dipendenza non è cosa da tutti».

«Infatti lei non è dei nostri».

«Non intendevo questo» puntualizzai con tono afono.

«Cosa volevi dire, allora?» Le parole l'aveva sputate.

Simone strinse la mano a pugno.

«Il mio era un discorso in generale» risposi, tenendo dritte le spalle per non afflosciarmi a terra. «Qui i ragazzini non hanno controllo. Nessuno glielo insegna. È facile cadere in una dipendenza».

Giancarlo mi guardò, masticando saliva come un chewing-gum. «Nessuno ha chiesto la tua opinione» disse gelido. Restò a fumare la canna mentre guardava gli aerei tagliare il cielo. Il sole andava e veniva, scompariva dietro una nuvola e rispuntava per pochi secondi. Era una giornata di alternanze, e la gente correva indaffarata. Sembrava persa. Smarrita nel limbo della vita.

Buttò il mozzicone e rientrò nel magazzino. Acchiappò le freccette rosse e nere appoggiate su uno scatolone e puntò i piedi a un paio di metri dal bersaglio. «Facciamo due tiri, Simo'».

Scattai. «Gioco io».

Mio fratello disse che non era un problema, ma Giancarlo mi scrutava interessato.

«Va bene» acconsentì, mostrando i denti aguzzi. «Gioca la principessa».

Quel gioco non mi piaceva. Non era un passatempo che facevo, o che mai avevo fatto, in realtà. Preferivo leggere un romanzo, anche fino a tarda notte. Pensai a *Gli indifferenti* sul comodino – mi mancavano una manciata di pagine – e provai un senso di colpa, ma che si affievolì lentamente.

A quel punto non potevo tirarmi indietro. Non potevo dire: ho cambiato idea, non mi va. Ero costretta. Dovevo ubbidire, e lasciarmi guidare da lui.

Giancarlo divise i dardi per colore, tre neri a lui, altrettanti rossi a me. Restò per un paio di secondi sospeso, poi stirò il classico sorriso da squalo.

«Anzi... Perché non giochiamo con questo?» Estrasse un coltello a serramanico dalla tasca. Buttò le freccette da una parte e mi allungò il pugnale. «Inizia tu».

Incrociai lo sguardo di Simone come a chiedere: 'Che ne dici?'

Lui annuì.

«D'accordo».

Impugnai il coltello. Non era leggero come appariva. Schiacciai un bottone che permise l'apertura. La lama era affilata e appuntita, abbastanza da infilarsi nella carne di una persona. Mi domandai se quella fosse la lama che aveva tagliato la falange di Manuel. Magari no. Per recidere l'osso serviva probabilmente una lama più robusta.

«Dai» mi esortò Giancarlo, «vediamo chi è più bravo».

Osservai il bersaglio, mi domandai se convenisse tirare forte o fare un lancio secco, deciso. Mi sarei accontentata che non rimbalzasse contro la parete e cadesse a terra. Tirai senza pensarci troppo. Il coltello s'incastrò all'altezza del secondo anello, a pochi centimetri dal centro. Mi era andata bene.

Lui fischiò. «Sei una donna letale!» Sganciò la lama, andò in posizione di tiro e lanciò. Fece meno punti, ma la cosa non sembrò turbarlo. «La fortuna dei dilettanti. Sono tre lanci a testa, ve'?»

Come sempre, faceva lui le regole.

«Chi fa centro, vince» aggiunse senza aspettare risposta.

A perdere, perdemmo entrambi. Il pareggio non era una forma accettabile per uno come Giancarlo.

Dopo dieci minuti, rimise il coltello in tasca e chiese a me e a Simone di fargli compagnia fuori, in strada, ché stavamo disturbando il lavoro dell'uomo alla scrivania. Si sedette sui pallet, e ne approfittò per rollarsi una seconda canna.

«Vuoi fare un tiro?» chiese, quando l'accese.

Dissi di no.

Giancarlo distese il braccio verso mio fratello.

Lui aspirò il fumo, stavolta non tossì.

«È buona, ve'?» disse, prendendo un altro respiro. «Ti fa sta' in pace». Sputò il fumo che si disperse nell'aria. Con l'indice disegnò un cerchio immaginario, indicando i casermoni tutt'attorno. «Ma prima o poi, fotte il cervello. Serve equilibrio, ve l'ho detto». Passò di nuovo la canna a Simone reggendola tra pollice e indice come un ago incandescente. «Dai, ancora. Il secondo tiro è meglio del primo».

Ubbidì e respirò ancora una volta. Mio fratello disse che si sentiva confuso, ma euforico. Il cuore gli batteva più veloce del solito.

«Simo', lo sai che tu mi hai fatto una buona impressione da subito» cominciò Giancarlo.

«Quando t'ho visto, ho pensato: 'Questo c'ha la stoffa'» continuò, alzando la mano al cielo. «'Questo c'ha la stoffa per essere un Sorcio con le palle'».

Simone sfilò la canna a Giancarlo, io non dissi niente.

«Mi fido di te» stava dicendo ancora, «mi fido di te come mi fido di Manuel, e di Yuri». Evitò di guardarmi. «Per questo voglio darti un compito importante».

All'improvviso un cane invisibile mi azzannò dall'interno, era la paura.

«Devi controllare le zone di Santa Fermina» spiegò Giancarlo. «Voglio sapere chi comanda là, quali sono gli affari, come sono organizzati, se hanno punti deboli. Sarai i miei occhi e le mie orecchie».

«Da quando?»

«Senti quanto è euforico il pischello» esclamò, riservandogli un sorriso ampio. Aveva un dente cariato. «Così mi piaci, Simo'». Gli batté un pugno sulla spalla. «Ci dobbiamo allarga'. Campo dell'oro non mi basta. Non ci deve bastare».

Simone continuava ad annuire, io ascoltavo soltanto.

«Quelli sono tutti figli di papà» proseguì Giancarlo con un sussulto. Non capii se fu un brivido di repulsione o di pura invidia. Si portò l'indice alla tempia. «Ma qua dentro sono vuoti. Se hanno successo nella vita, è perché qualcun altro ha garantito per loro. Mi capite, ve'?» Adesso parlava a entrambi. Non aspettò cenni d'assenso. «Quelli là non se so' guadagnati niente. Sono automi. Sai cos'è un automa, Simo'?»

Mio fratello restò immobile, confuso, come se fosse seduto al banco di scuola.

«A tua sorella non lo chiedo perché so che lo sa... lei ha studiato». Mi fece l'occhiolino, falsamente complice. Tossì, il catarro gli raschiò la voce. «Stavo a di'. Un automa è una macchina, Simo'. Tipo robot. Manco robot, aspe'. I robot sono più intelligenti. Un automa riproduce i movimenti di una persona e basta, capito?» Tossicchiò ancora, a bocca aperta. «Un manichino elettrico, ecco cos'è».

Prese un altro respiro dalla canna, librò il fumo nell'aria. «Quelli vogliono anda'... che ne so, dimmi una città».

«Roma?» fece Simone.

«No no, a Roma ci puoi anda' pure te. Una città lontana».

«Parigi» suggerii.

«Parigi va bene. Quelli ci vanno quando vogliono». Schioccò le dita di fronte al viso di Simone. «Si vogliono laureare» schioccò di nuovo medio e pollice in un colpo secco, «diventano dottori o quel che cavolo diventano. Noi intanto restiamo capre. Fermi nella nostra vita».

Mio fratello acconsentì con un movimento della testa.

«Non meritano la fortuna che hanno avuto» riprese Giancarlo, dopo un'altra boccata. «Avete mai fatto caso alle mani? Manco un callo». Ci mostrò i suoi polpastrelli. Sembrava che li odiasse, come ogni parte del suo corpo. Forse era per questo che si ricopriva di vestiti griffati. Perché lui non era loro. Ma li avrebbe contaminati. Se non poteva essere loro, loro sarebbero diventati un prolungamento di Campo dell'oro.

«Simo', mi stai ascoltando?» Giancarlo gli afferrò il viso. «C'hai gli occhi rossi» aggiunse, spegnendo la canna con la punta della scarpa. «Fatti una dormita, che pari morto».

Si rialzò con i pugni nelle tasche dei jeans.

«Tu hai capito il mio discorso?» mi domandò.

Dissi di sì.

«Certo che l'hai capito, io e te siamo uguali. Il pischello ci arriverà, crescendo, ma anche lui è come noi». Si avvicinò al mio viso, conficcandomi gli occhi addosso come pugnali appuntiti. «Per colpa dei nostri genitori, dobbiamo rinunciare a quello che gli altri hanno. Perché loro non hanno osato. Si sono lasciati spaventare». Oscillando, ritornò alla porta antipanico. Mi dedicò un'ultima occhiata, stavolta più rapida. «Se la sono data a gambe, lasciandoci all'inferno. Ma noi non abbiamo paura, vero?» La domanda restò sospesa come pulviscolo al sole.

20.

Il Burattinaio era già una persona importante da quando ero una bambina. Mia madre mi aveva messo in guardia sin da subito.

«Quel signore è pericoloso» mi aveva detto, stringendomi le spalle. L'aveva indicato con uno sguardo carico d'apprensione. Papà era ancora con noi. «Stai alla larga da lui, intesi?»

Il Burattinaio aveva l'abitudine di girare per le strade con le mani intrecciate dietro la schiena, sembrava osservare la morte che saliva sui palazzi come un rampicante. Si fermava a guardare le rovine in silenzio, le labbra increspate in un disappunto perentorio. Lo vedevo a messa la domenica, quando nonna costringeva me e Simone a frequentare la parrocchia. Sedeva su una panca vicino all'uscita, vestito con giacca e cravatta, pregava e cantava seguendo Don Celestino. Tirava il colletto del figlio e gli faceva dire l'Ave Maria inginocchiato, le mani giunte di fronte al viso. Accanto a lui la moglie dagli occhi nerissimi ripeteva le preghiere a mezza bocca; improvvisava le parole e a volte le sbagliava. Me la ricordavo slanciata, con la pelle diafana, i capelli raccolti in un elastico. A un certo punto si venne a sapere che era morta, o che lui l'aveva fatta sparire da qualche parte in Italia, forse al nord. Perché, non si sapeva. Infedeltà, ripetevano le vecchie, in fondo il Burattinaio non era un uomo bellissimo. Secondo mia madre, erano tutte dicerie. «Sulla morte non si pettegola» mi rimproverava lei, la fronte corrugata.

In tutto questo, Giancarlo non lo ricordavo interamente. Di bambini l'oratorio ne era pieno, e a me comunque non piaceva frequentarlo. Meno tempo trascorrevo in parrocchia, meglio mi sentivo. Ma lo sguardo che riservava al padre, quando lo faceva inchinare sulle panche per pregare, non me lo scordavo di certo. Era uno sguardo adulto, glaciale, di totale dissenso.

Simone si ridestò confuso quando Giancarlo gridò i nostri nomi dal negozio, somigliava allo scoppio improvviso di un tuono. Mio fratello era rimasto rannicchiato sul pallet per mezz'ora, le mani indolenzite sotto la testa. L'avevo guardato dormire, mentre il sole continuava ad andare e a venire da dietro le nuvole.

Il suo stomaco brontolò nervoso. «Ho fame». Si stiracchiò in uno sbadiglio. Mi guardò sovrappensiero. «Mi gira la testa» disse.

«Non dovevi fumare».

Un altro urlo arrivò dal magazzino. Ci alzammo nello stesso momento.

«Bentornato tra di noi, pischelle'» disse Giancarlo, in un applauso breve. «Se dormivi un altro po', ti davo per morto». Il resto dei Sorci era in fila, gli occhi dritti davanti a sé, le spalle aperte e la schiena dritta. Di Mirella non c'era traccia. L'uomo stava ancora alla scrivania, ne vedevamo la nuca, ma le banconote erano sparite.

Giancarlo mi venne incontro e mi mise una mano sulla testa, premendo i polpastrelli come a cercare una maniglia. Mi fece male, ma non me ne lamentai. Mi unii a loro senza fiatare. Simone si ritrovò accanto Manuel, che tremava.

«Adesso che il pischello e la principessa c'hanno graziato della loro presenza» proseguì stizzito, incrociando le braccia al petto, «vi vorrei domanda' una cosa».

Yuri grugnì.

«Che c'è, Yu'? Non la vuoi sapere la domanda mia?»

Si avvicinò a un millimetro dal suo viso. Yuri era più grosso, ma era terrorizzato.

«Be'?»

Yuri non mosse un muscolo. Mi immaginai l'odore del suo alito: putrefazione e sangue. «Sì, la voglio sape' la domanda» balbettò.

Giancarlo distese un sorriso di squalo. «Certo che la vuoi sape'». Camminò avanti e indietro, tirò fuori il coltello a serramanico e giocherellò ad aprirlo e chiuderlo. L'indice esitava sulla lama, l'accarezzava con dolcezza. Ripeté il gesto una dozzina di volte. «Il mio caro amico ha notato una cosa» batté la mano sulla spalla dell'uomo seduto alla scrivania. «E m'ha dato una notizia brutta».

Manuel non smetteva di tremare.

«Tu sai la notizia, Manue'?»

Scosse la testa.

«Mi auguro per te che non la sai». Giancarlo continuò a passare il pollice sulla lama mentre ci guardava e si soffermava sulle nostre gole. «Il mio caro amico m'ha detto che so' spariti venti euro».

Ci fu un brusio generale.

«Avete capito bene, amici miei, fratelli miei» disse Giancarlo, emulando una finta incredulità nella voce. «Qualcuno tra di noi s'è rubato i soldi della mia famiglia».

Giancarlo si soffermò sul volto di Yuri, poi di Manuel.

Quando incrociò il mio sguardo, sentii l'urina spingere sull'uretra.

«Chi è stato?» domandò con un sospiro.

Nessuno rispose.

«Vogliamo gioca' al gioco del silenzio?» Giancarlo apriva e chiudeva il coltello pieghevole come se fosse preda di un tic nervoso. «Non pensate che vi convenga».

Quella sensazione che avevo provato a casa sua tornò prepotente. Era di fronte ai miei occhi, ma non riuscivo a vederlo. Un'evidenza che mi disturbava. Mentre lo osservavo gironzolare avanti e indietro, con passi lunghi ma studiati, capii che Giancarlo nascondeva qualcosa.

Si fermò di fronte a Manuel, che restava dritto, eppure traballante, gli occhi puntati sugli scatoloni di lacca per capelli e shampoo alla vaniglia, le mani lungo i fianchi come un militare. «Come sta tua madre?»

«B-bene» disse in un sussurro.

«Ancora campa» commentò lui in una risata perentoria, da far seccare il sangue nelle vene. L'arido che emanava era più feroce delle calde giornate estive: ricordava quei video su internet che testimoniavano i disboscamenti nelle foreste tropicali. Le foglie marroni che coprivano il terreno, i rami carbonizzati, i tronchi mozzati che spogliavano l'intimità della terra. Giancarlo era il fuoco.

«E vabbe', allora vogliamo gioca' al gioco del silenzio». Nessuno fiatò. «Bene, facciamo come volete voi. Però alle regole mie». Spianò il solito sorriso da piranha. «Voi state zitti, e io mi prendo un vostro dito». E scandì lentamente le ultime parole, indicandoci uno dopo l'altro con la lama. Manuel parve perdere i sensi per una frazione di secondo, quando si ritrovò il coltello puntato addosso. «Scegliete quello che vi piace di meno. Come vedete sono una persona buona, potevo strapparvi l'indice che tanto vi piace per infila' nella fregna della ragazza vostra». Mi fece l'occhiolino.

«È stato il pischello!» latrò Manuel. Si toccava il dito mozzato con una certa apprensione. «Ho sentito che gli servono i soldi».

Mi si gelò il sangue nelle vene. Simone era rimasto in silenzio.

Giancarlo aveva ubbidito al suono, la testa di lato come un cacciatore, e s'era messo di fronte a mio fratello. Si leccò le labbra. «È vero, pischelle'?»

«No» balbettò Simone.

Guardò gli altri. «Secondo voi è vero oppure no?»

«Sì che è vero» vociò Manuel, riacquisendo un po' di compostezza.

«Sta' zitto» replicò lui, reggendo il coltello in mano. «Allora?»

Yuri e Manuel alzarono la mano. L'uomo alla scrivania stringeva le labbra in un'unica fessura.

«La maggioranza ha deciso. Dammi il dito che ti piace di meno, pischelle'» disse Giancarlo, allungandogli il palmo. «Sceglilo d'istinto. Sarà quello a cui vuoi bene di meno».

Simone non gli avrebbe mai rubato dei soldi, questo Giancarlo lo sapeva. Il suo scopo era punire qualcuno, chiunque fosse; affermare la sua superiorità. Non gli interessava altro. In una delle riunioni, Giancarlo aveva detto che essere un uomo vuole dire affrontare le conseguenze, giuste o sbagliate che siano. Perché passare per traditori è peggio che morire.

Ruppi la fila.

«Nessuno ha preso niente».

Giancarlo strisciò sul pavimento come un serpente. «Cos'è tutta 'sta sicurezza?»

«Nessuno ha preso niente» ripetei, mantenendo lo sguardo su di lui.

«Allora ce l'ha lei!» ne approfittò Manuel.

Lo fulminai con un'occhiata. «Per farci cosa? Sballarmi il sabato sera in discoteca con Calvino?»

Si guardarono dubbiosi. Giancarlo aveva incrociato le braccia.

«Posso giurare per me e mio fratello» insistetti.

Simone sbuffò. «Non ti immischiare».

«Ma è la verità».

«Il pischello si fa difendere dalla sorella» lo schernì Manuel, saltellando sul posto. Con una parrucca e un naso rosso, sarebbe stato perfetto come pagliaccio. Lo ignorai.

«Qualcuno è stato» riprese Giancarlo, giocherellando di nuovo con il coltello a serramanico. «Venti euro sono spariti».

«Il pischello» ripeté Manuel in un colpo di tosse.

Eccola, la rabbia. S'era accesa all'improvviso come la giornata schiarita dalla scomparsa delle nuvole. «Ti ricordi come ci siamo conosciuti, Manue'?»

Manuel s'irrigidì. Non rispose.

«Svuotate le tasche» ordinò Giancarlo.

Tutti tirammo fuori il cellulare. Io in più avevo le chiavi, Simone il portafogli, Manuel cinque euro e Yuri un pacchetto di sigarette.

Fu a lui che Giancarlo si avvicinò.

Yuri respirava a fatica, il suo fiato veloce e affannoso, come se avesse corso.

Giancarlo gli appoggiò la mano sulla spalla, che scivolò dietro la schiena. «L'hai presi te, vero?»

Yuri scosse la testa, ma lui non lo notò.

«Quei soldi sono miei. Non è che se mio padre sta al gabbio, tua madre è libera dall'accordo. Chiaro?»

«Te l'ho detto, io non...»

«Basta!» gridò Giancarlo, sbattendo il piede sul pavimento. «Come ti permetti a ruba' a me? Che mi preoccupo tutti i giorni di farti mangiare?» Lo squadrò da capo a piedi, Yuri tremava come un bambino. «Mi devo pure impegna', grasso come sei».

Il ragazzone provò a rispondere, ma dalle sue labbra uscì un debole lamento. «Non sono stato io» balbettò, il sudore gli scivolava dalle tempie.

Lui lo ignorava. «Ti serviva per scopa' la pischella tua?»

Yuri deglutì. Gli osservai il pomo d'Adamo che ballava sul collo. «Non c'ho la donna».

Non si accorse nemmeno della testata che lo prese in pieno volto. Il ragazzone cadde per terra facendo traballare le confezioni di lacca. Il sangue prese a colargli dal naso e gli macchiò la maglietta. Giancarlo, intanto, si stava ripulendo la faccia con il dorso della mano. Barcollò per un metro, accarezzò la testa di Simone con una sorta di delicatezza e si sedette sulla poltrona.

«Non si scherza con me». Si tastò la fronte indolenzita con le dita. «Oggi il nostro caro Yuri ci ha dimostrato cosa succede quando si ruba in famiglia». Prese una pausa, una pausa lenta, studiata, che alimentava l'atmosfera densa di paura. «La fiducia tra di noi deve essere intatta. La prossima volta non sarò clemente».

La fila si ruppe e Manuel sgattaiolò fuori dal magazzino, in cerca d'aria. Simone e l'uomo alla scrivania tirarono su Yuri a fatica e lo appoggiarono contro il muro. Quando Maddalena entrò nel magazzino, esalò un grido alla vista del figlio.

Giancarlo intanto guardava la scena in silenzio, e giurai di aver visto un rapido sorriso storto sul suo viso.

Oggi

Mi ritrovo a separare il passato dal presente. Isolati dalla quotidianità i ricordi sono più visibili, posso notare le sottigliezze o le imperfezioni. Dipende sempre da quale angolazione si osserva la cosa. I miei ricordi sono fili che posso disporre sul pavimento: uno ha immagini di Civitavecchia, il secondo ricordi nuovi a Milano. Entrambi si reclamano, sono attratti da magnetismo, come una coppia che si desidera dal primo incontro. Ma ho bisogno di scomporre il presente e il passato per fare chiarezza. Salto da un ricordo all'altro per potermi indirizzare verso una narrazione più fluida. Altrimenti la storia risulterebbe confusa. Io stessa ho bisogno di dare un continuum alla mia vita, e a questi ultimi mesi.

La barista dai riccioli scuri pulisce il tavolino di fronte al mio. Ogni tanto alza lo sguardo verso di me, poi ritorna al suo lavoro. La calca di studenti si è affievolita, le lezioni sono ricominciate. Al bancone non è rimasto granché. Un panino incartato nella pellicola, una vaschetta di insalata e un mucchietto di tramezzini.

«Ti consiglio di prendere qualcosa» dice la donna, mentre passa lo straccio umido sul tavolo. «Tra un po' arrivano quelli di latino. Fanno da mezzogiorno alle due. Sono affamati».

Le chiedo con che cosa è farcito il panino. Lei lascia il panno sul tavolo e va dietro il bancone. Prende in mano il panino, lo avvicina al naso. Faccio caso adesso che ha un piercing alla narice destra. Un brillantino che è un puntino luminoso. «Fontina e prosciutto cotto» decreta, e lo rimette a posto.

«Allora meglio l'insalata».

«Per mangiarla dovrai fermarti» dice in un sorriso, indicando il quaderno sul tavolo.

Cala un silenzio imbarazzato.

Appoggia la vaschetta su un vassoio rosso, poi un pacchetto di grissini e le posate monouso.

«Non c'è la musica» dico, poco dopo.

«Cosa?» fa lei.

Alzo un dito al soffitto. «La radio non è accesa».

«Non ce l'abbiamo proprio, la radio».

Mi passa il vassoio e mi chiede cosa voglio da bere. Le rispondo che ho la caraffa d'acqua.

«Triste la vita senza musica» commento.

Lei scrolla le spalle e mi cambia la banconota che le ho dato.

«Quando lavoro, la accendo sempre» aggiungo, a disagio.

«Lavori anche tu in un bar?»

Infilo le monete di resto nel portafogli. «Alla Mela blu. Non so se hai presente. Sta in Viale Certosa».

Spalanca gli occhi. «Lontano da qua».

Stavolta tocca a me scrollare le spalle. «Ci pago l'affitto».

«Niente borsa di studio, eh?»

«Non ho neppure fatto domanda». Afferro il vassoio con entrambe le mani. «Non volevo prendere il posto di uno che sta peggio di me».

Il suo sguardo si addolcisce. Non ho il coraggio di confessarle la verità. Dopo tutto ciò che è successo con i Sorci, io non merito niente.

21.
Cinque mesi prima

Dalla stazione ferroviaria di Civitavecchia c'era un unico treno diretto per Milano. Passava alle 14:46 e costeggiava il litorale tirrenico fino a Genova, per svoltare a destra, verso la capitale lombarda. Ci impiegava all'incirca cinque ore per arrivare a destinazione, ed era l'alternativa economica per chi, come me, aveva bisogno di cavarsela con pochi risparmi in tasca. Era un treno bianco e serpentesco, formato da dieci carrozze, l'unico convoglio giornaliero che la mia città accoglieva per raggiungere il nord senza cambi o tariffe esagerate. Un treno militante, che raccoglieva i fuggitivi e li accompagnava verso un futuro migliore. Chi tornava moriva, e la gente lo sapeva bene. Il treno si ripresentava il giorno successivo alla stessa ora, come un indovinello da decifrare. 'Chi lo risolve si salva', sembrava fischiare in lontananza.

Quante volte mi ero seduta, con mezz'ora di anticipo, su una panchina al binario, fingendo di partire. Guardavo le persone con le enormi valigie e il biglietto stretto al petto, e mi domandavo cosa volesse dire fare i bagagli, salutare tutti, e andarsene. Poi il treno arrivava, le persone si piazzavano davanti alle porte scorrevoli e salivano gli scalini con foga, aggrappati a una speranza. Li vedevo controllare i biglietti, cercare con l'aria confusa la poltrona assegnata, chiedere permesso, 'mi scusi, quello è il mio posto', farsi aiutare a sollevare le valigie sulle cappelliere, e finalmente sedersi. Lasciarsi andare sulla poltrona con un sospiro, come se solo in quel momento fossero davvero al sicuro, scampati alla bestia. Dalla banchina li guardavo con invidia e mi promettevo: 'Un giorno anch'io'.

Nell'ultimo periodo non ero più andata alla stazione. Mancavano poco più di due settimane, ma me ne sembravano di meno. Sedermi sulla panchina e guardare per l'ennesima volta il convoglio salutare la città avrebbero alimentato la mia illusione. Perché di questo si trattava, in fondo. L'illusione di poter davvero utilizzare il biglietto che mia madre mi aveva comprato nonostante la bolletta del gas fosse scaduta da un pezzo. L'illusione che Campo dell'oro potesse restituirmi mio fratello.

La mia vita era diventata una crema pasticciera impazzita. Mia madre era bravissima a cucinare dolci, in particolare la crema. Riusciva a bilanciare le giuste dosi di latte, farina, uova e zucchero e trasformava quei pochi ingredienti in una merenda semplice, ma gratificante. Io invece combinavo un disastro. Dimenticavo la ricetta e non ricordavo mai se bastavano due tuorli d'uovo o se era meglio aggiungerne un terzo, se la farina andava insieme all'impasto o se bisognava mescolarla nel latte bollito. Per quanto cercassi di sforzarmi, di mettere in ordine la mia vita, mi ritrovavo a rimescolare le carte in tavola, e proprio come una crema pasticciera impazzita, non c'era niente che potessi fare per rimediare al danno. «L'unica cosa da fare è buttarla» aveva detto mamma, aprendo il coperchio del secchio. Ma non potevo buttare la vita e cominciarne un'altra.

*

Simone aveva dormito fino all'ora di pranzo. Gironzolava attorno al tavolo della cucina in cerca di qualcosa da mettere sotto i denti. Era assente, aveva gli occhi rossi, impastati di sonno. I suoi vestiti erano saturi di deodorante, quando mi passò vicino, l'odore nauseante mi pizzicò il naso. Non mi degnò di uno sguardo. Allungò la mano sul tavolo e agguantò una fetta di pane.

«Puzzi di canne» dissi, tagliando la mozzarella a dadini. All'insalata aggiunsi olive verdi denocciolate, pomodorini e pane bruscato. «Fatti una doccia».

«Mamma non viene a pranzo?»

Dissi di no. «Rientra nel pomeriggio».

Simone si sedette al tavolo e si tolse le cispe dagli occhi. Diede un altro morso al pane. «Meglio così».

Aprii una scatola di mais e sgocciolai l'acqua nel lavandino. «Non dovevi fumare».

Masticò il boccone. «Non potevo dirgli di no» aggiunse, con aria cupa.

«Cos'è quel magazzino?»

Sbadigliò a bocca aperta.

«Simo».

«Il Burattinaio l'ha preso per i suoi affari» rispose assonnato.

«Giancarlo spaccia?»

Simone scosse la testa. «Non è così stupido». Lo disse con un certo orgoglio. «Non vuole finire dentro come il padre».

«Però lo controlla». La mia non era una domanda. «Controlla lo spaccio».

Diede un altro morso. «Giancarlo?» Trattenne un risolino. «Non credo proprio».

Aggiunsi il mais dentro l'insalata. Misi un pizzico di sale fino, olio e grattugiai il pepe nero. La mente correva veloce. «Che ci fa lì, allora?»

Simone si alzò. «Perché non glielo chiedi tu?»

Mescolai l'insalata, un pomodorino sgusciò fuori dalla ciotola. Il tavolo si sporcò d'olio e d'acqua. Lo assaggiai, era dolce come un frutto.

«Non prendere più decisioni per me» disse con tono scocciato, appoggiato allo stipite della porta. «Ho fatto la figura del ragazzino».

«Ti avrebbe tagliato un dito».

Lui non disse niente.

«Te l'eri fatta sotto. Neanche parlavi» continuai, mandando giù un altro pomodorino.

Sbatté la mano sulla porta. «Me la cavo da solo».

«Sai cosa vuole Giancarlo da me?»

«Che gli dimostri fiducia, no?»

«Tu come gliel'hai dimostrata?» chiesi, con finta noncuranza.

Simone si rattristò all'improvviso. «Vado a lavarmi le mani».

Rimasi da sola, di fronte all'insalatiera, la cucina si illuminò come se si fosse appena fatto giorno, il sole era rifiorito dalle nuvole e il caldo era tornato.

Giancarlo chiedeva il pizzo alla madre di Yuri, e chissà a quanti altri.

Ore più tardi, sotto l'acqua corrente, riuscii a placare i pensieri. Il getto freddo mi bagnava la testa e scivolava sulle spalle, per essere risucchiato nel sifone assieme alle meringhe di bagnoschiuma. Mentre mi insaponavo i capelli pensavo a cosa preparare per cena. Forse mia madre avrebbe preferito un piatto di pasta. Quand'era rincasata dal lavoro nel primo pomeriggio aveva perfino inzuppato il pane nell'olio e raccolto il mais con la mollica.

In cucina trovai i piatti da lavare nel lavello. Decisi di ignorarli.

Indossai una maglietta nera e un paio di jeans. I panni sporchi li nascosi dentro la busta, insieme agli altri nell'armadio. Il tanfo di marijuana e hashish saturava la busta di plastica. Avrei dovuto mandare una lavatrice l'indomani. Infilai le scarpe e scelsi una borsa a tracolla dove inserii il cellulare e le chiavi di casa. Da sotto il cuscino presi il marsupio griffato e i soldi che avevo rubato. Li ficcai di corsa dentro la tracolla, con il terrore che mia madre li potesse vedere.

Simone era in camera di mamma. Li sentivo chiacchierare in modo energico sulla trama di un film.

Mi affacciai sulla soglia.

«Stai per uscire?» domandò lei.

«Vado da Lorenzo». La bugia era sempre la stessa. Evitai di guardare Simone.

«Ah» disse, dispiaciuta. Aveva una dozzina di DVD sparsi sul materasso. «Stavamo scegliendo che cosa guardare».

Simone stringeva la scatola di *Al di là dei sogni* con Robin Williams.

«Bello ma pesante» dissi, indicandolo con il mento.

«Simo non l'ha visto» spiegò laconica mamma.

Scrollai le spalle. Mio fratello esaminava la locandina del film. Non mi salutò. «A tra poco».

Allo Scalo arrivai a piedi. La distanza da casa era di dieci minuti, sette a passo svelto. Il sole era una palla incandescente che affondava nel mare, il cielo aveva assunto il tono dell'arancione pastello, sembrava pitturato dalle mani di un bambino. Sull'Aurelia un pub offriva un aperitivo striminzito. I ragazzi sugli sgabelli tracannavano birre ghiacciate e il loro chiacchiericcio era coperto dalla musica che fuoriusciva dalle casse e dal traffico.

Le onde s'infrangevano sugli scogli e i gabbiani volavano in cerchio sull'acqua a vari metri d'altezza. Giravano intorno come una danza, quando uno si tuffò e nel librarsi di nuovo nel cielo, riconobbi un pesce che si divincolava nelle zampe.

Se non ci fosse stato uno stabilimento balneare a circa un chilometro di distanza, forse quel lembo di terra sarebbe passato per una discarica. A dividere le due zone era la scogliera sporca di alga di muschio e lattine vuote di birra e Coca-Cola. Anni addietro mi ero arrampicata sugli scogli assieme a Lorenzo e mi ero infiltrata nello stabilimento senza pagare. Lì le madri prendevano in affitto un ombrellone per tutta l'estate e coprivano di crema solare i figli, potevi vederli correre sul bagnasciuga con la schiena imbiancata e un cappellino di stoffa sulla testa. I clienti andavano a pranzo al ristorante dello stabilimento, con le sedie di legno che sprofondavano nella sabbia. Il menu era scritto sulla lavagnetta all'ingresso del ristorante con gessi colorati, e mi ero sempre chiesta che sapore avesse il filetto di palamita con gazpacho o la tagliata di tonno con semi di papavero nero in salsa di soia.

Era un mondo che s'avvicinava a quello di Santa Severa, ma lo stabilimento era frequentato perlopiù dalla gente ricca di Santa Fermina.

Un giorno i proprietari dello stabilimento si erano accorti della nostra scaltrezza e volevano chiamare i carabinieri. Non avrei saputo dire cosa ci avesse traditi: la pelle scottata al sole, il telo sulla sabbia anziché pagare una sdraio o i panini rinsecchiti con la frittata?

Forse era stata colpa mia, che mi ero messa a giocare con un bambino mentre pranzavo. Lui mi aveva guardata con fare curioso, aveva la carnagione candida come la neve, i giocattoli sparsi sul bagnasciuga, un castello di sabbia mangiucchiato da una timida onda. Gli avevo chiesto il nome, e lui si era avvicinato a me balbettando: «Luca». La madre l'aveva richiamato subito dopo, e mi aveva squadrata da capo a piedi. Forse mi credeva una ragazzaccia, ché avevo i peli depilati sulle gambe con il rasoio e andavo al mare con i maschi, soprattutto perché provenivo dal quartiere popolare, e si sapeva che lì c'era la malavita.

Non eravamo più tornati. Avevamo salutato lo stabilimento quel giorno, fuggendo via di corsa, i piedi nudi sulla sabbia calda e il sole che picchiava sulle teste, con lo stomaco in subbuglio verso gli scogli sporchi di alghe e rifiuti, nelle bocche le risate trattenute per non renderci conto della realtà che ci apparteneva.

Aprii la borsa a tracolla e appoggiai il marsupio sulla scogliera. Presi le forbici e provai a tagliare i lembi di stoffa. Era difficile, se non impossibile. Lo pugnalai di nuovo con le forbici. Il retro presentò presto bozzi e deformazioni. Lo buttai nell'acqua, proprio sul bagnasciuga. Aspettai che morisse affogato. Intanto il sole era tramontato nel mare, e anche stavolta lo persi.

Sull'Aurelia scorsi un secchione dell'indifferenziata accanto a una macchina parcheggiata. Lanciai là il marsupio e feci dietrofront verso il quartiere. Mi sentii libera per metà. Avevo ancora i soldi che mi aveva dato Giancarlo, e non sapevo cosa farne.

Il vento si alzò dolcemente, e un paio di papaveri rossi che crescevano al margine della strada respirarono sotto la tenue luce del crepuscolo.

22.

Anche Simone aveva ordinato una birra. Nonostante la sua evidente giovinezza, il cameriere gliel'aveva portata senza farsi problemi e aveva stappato la bottiglia appannata prima di appoggiarla sul tavolino di metallo, accanto alle altre due. Aveva aggiunto i sottobicchieri di cartone, lasciato delle ciotole di patatine e arachidi, e si era defilato in fretta e furia.

Yuri allungò la mano e prese una patatina arricciata, ma troppo cotta, e la mandò giù in un boccone. Stava contemplando la strada, il traffico pomeridiano. Osservava i cerchioni delle macchine e commentava i modelli e le marche come se lo facesse di mestiere. Come se ci capisse di pneumatici, di cilindrate e di altre cose che per me invece erano diavolerie. Ogni tanto alzava lo sguardo dall'asfalto e lanciava un'occhiata fulminea a un campo da calcetto a una cinquantina di metri da noi.

Eravamo seduti là fuori da un'ora. Yuri stava alla seconda bottiglia di Beck's e alla terza ciotola di noccioline. Le mangiava come fossero caramelle, e intanto scorreva il ditone sullo schermo del cellulare. Il suo naso aveva ancora una brutta ecchimosi. Il caldo era soffocante.

«Simo', non mangi niente?» Si alzò dalla sedia, le sue gambe urtarono il tavolino, e la birra ondeggiò nei bicchieri. Richiamò l'attenzione del cameriere con un cenno della mano. «Ho voglia di un tramezzino, ce lo smezziamo?»

Mio fratello scrollò le spalle.

«Tu invece?» mi chiese Yuri, e quando incrociai i suoi occhi distolsi lo sguardo. Ripensavo all'episodio al magazzino, il sangue che fiottava, lui grande e grosso che tremava come un bambino di fronte a Giancarlo.

Il mio stomaco brontolò, ma non mi sentivo nella condizione di mangiare. Mi bastava l'alcol, che mi intontiva abbastanza da tranquillizzarmi. Scattavo appena mi sembrava di sentire in lontananza una sirena, però non lo davo a vedere. Se i Sorci se ne fossero accorti, sarebbe stato un problema. Dovevo essere al loro pari e comportarmi da adulta. Avevo bisogno della fiducia totale della banda, me ne rendevo conto, soprattutto di Giancarlo. Come faceva Simone a restare sereno? Qual era il suo segreto?

«Nessuno dei due?» continuò lui, deluso. «Che, state a dieta? Vabbe', me lo mangio tutto io, che ho bisogno di energie» concluse tra sé e sé, e andò verso la tavola calda trascinando i piedi, la figura enorme che oscillava al leggero soffio del vento.

Simone guardava il viavai di auto, poi le ragazze che passavano di fronte al bar con i vestiti aderenti e le gambe scoperte, e il suo sorriso ringraziava le alte temperature.

«Le città di mare sono così» disse Yuri, tornando. Ingoiò un'altra patatina, gli occhi fissi sui corpi snelli delle ragazzine, «l'inverno arriva più tardi, e ci godiamo un po' di sole, condito con tette grosse e culi sodi».

Avrei voluto sprofondare dentro la birra. Me lo chiedevo ogni giorno come fosse il sesso, cosa si provasse, ma non erano argomenti che condividevo con mio fratello.

Di nascosto su internet guardavo dei video, e cancellavo la cronologia così nessuno mi avrebbe scoperto. Questo però sembrava un film porno di serie C. «Quando gridano in quel modo è perché fingono» mi aveva confermato Lorenzo un giorno. Lui era più preparato di me, aveva avuto già rapporti sessuali. Mi aveva spiegato come funzionava l'incastro. «Hai presente quando infili la chiave nella toppa? Ecco, è uguale. Solo che in quel momento godi».

Ma Simone aveva quattordici anni. Era un bambino.

Eppure, adesso che sedeva accanto a me e Yuri, con la bottiglia in mano, sembrava più grande; e le ragazze lo guardavano. Non importava se eravamo nati nel quartiere povero e sbagliato. Cercavano un contatto visivo con lui. Me n'ero accorta, riconoscevo quel tipo di sguardo nelle altre donne. Stava crescendo anche per il mondo esterno, non era più il piccolino che voleva gli recitassi le filastrocche di Rodari.

Forse era questo il motivo per cui Yuri e gli altri non temevano di essere presi dalla polizia: eravamo protetti dall'aura di sicurezza che emanava la banda dei Sorci.

«Tu ce l'hai la donna, Yu'?» domandò Simone prendendo l'ennesima patatina dalla ciotola.

«Non ancora» rispose lui, e lanciò un'altra occhiata all'entrata del campo da calcetto. «C'è tempo per avere una donna fissa. La donna fissa è un impegno». Yuri incrociò le braccia sul tavolo. «Per ora è meglio averne tante».

Bevvi un sorso di birra.

«Mi piacerebbe provarci con una» disse Simone.

«Secondo me è presto» m'intromisi.

Yuri s'allungò sul tavolino: «Non sei vergine, ve'?»

Il cameriere, intanto, gli portò il tramezzino, le monete del resto gliele mise sul palmo della manona.

Mio fratello avvampò.

«Possiamo cambiare discorso?» borbottai, ma nessuno mi diede retta.

«Capisco» continuò pacato, dando un morso al tramezzino. «Giancarlo sistemerà tutto. Non ti preoccupare».

Un bip mi fece scattare. Il cellulare di Yuri vibrò sul tavolino. Lui lesse il messaggio, Simone si guardò intorno.

Al campo di calcio entrò un gruppetto di ragazzi. Non riuscii a contarli. Indossavano la divisa della squadra e una pettorina catarifrangente arancione.

Gli occhi di Yuri s'allargarono. «Eccoli là».

«Sono loro?» domandò Simone.

Il ragazzone annuì.

Uno dei giocatori si voltò verso di noi. Era alto, con spalle larghe e capelli corti e neri. Non lo conoscevo, neanche di vista. Un paio di compagni gli andarono incontro e parlottarono, lui teneva lo sguardo incollato su di noi.

«Abbiamo trovato il capo» disse Yuri, applaudendo con le manone. «Convinciamo lui, convinciamo tutti».

«Non ci daranno mai i loro territori» dissi, stringendo le mani attorno alla bottiglia fredda.

«Hai ragione, ma prima dobbiamo prova' con le buone, non credi?»

«Tutto questo è una farsa».

«Lo è» confermò Yuri. «Quella è gente che non ha mai condiviso niente, perché dovrebbe farlo ora?»

«Perché noi siamo più forti» azzardò Simone.

Yuri rise in un verso gutturale. «Pischelle', guardati meno cartoni animati». S'alzò e per un attimo oscurò il sole. Salì sul motorino con movimenti lenti e mise in moto.

«Dove vai?» domandai, alzandomi anch'io.

«Indovina un po'» disse facendomi l'occhiolino. Il naso color prugna sembrava una patata dolce. «Ci vediamo al garage».

Il ragazzo alto con i capelli corti e neri continuava a guardarci, ma Yuri lo ignorò. «Certo che voglia c'hanno questi di giocare con 'sto caldo» commentò, poi partì in direzione di Campo dell'oro.

Intanto Simone aveva acceso lo scooter a sua volta. «Devi tornare a piedi» disse.

«Non posso venire con te?»

«Yuri s'è portato via l'altro casco» spiegò montando in sella. Evitò di guardarmi. «Mi dispiace».

«Dispiace pure a me».

Restò in silenzio.

«La disgrazia della nostra terra» borbottò poco dopo.

«Non è stata colpa nostra nascere lì».

Simone restò fermo, i piedi piantati sull'asfalto. «In questa vita dobbiamo farcene una ragione». Diede gas, riprese equilibrio sulla strada e presto l'afa lo inghiottì all'orizzonte.

I Sorci erano fratelli che avevano scelto di esserlo, nessun vincolo di parentela li aveva obbligati a seguire lo stesso destino. Era una cosa che Giancarlo ripeteva spesso. Non riuscivo a entrare nella sua ottica, ma diventavo preda della sua cattura. Ci legava tutti, gli uni agli altri, come se fossimo un'unica e grande famiglia. Mi immaginavo un nastro che ci univa, come un bouquet di persone strette in una sola morsa.

«Insieme siamo più forti» diceva, con convinzione. E loro ci credevano, e nessuno si sognava di denunciare l'altro o di tradire il gruppo. Se qualcosa non andava per il verso giusto, Giancarlo affrontava il problema. Accorreva in soccorso a chi chiedeva aiuto. Era in grado di entrare nelle persone. Era prepotente, ma auspicava valori importanti. Poteva essere il legittimo erede dell'impero di suo padre.

23.

La mattina dopo, il panificio era pieno di gente e i ragazzini si spintonavano per raggiungere il bancone. Indossavano pantaloncini corti, infradito e occhiali da sole. Borbottavano dei posti allo Scalo e di quante ragazze sarebbero venute. Optai se fare la fila o ripassare più tardi, ma il colore del pane bianco come la neve mi fece venire l'acquolina alla bocca.

Mi intrufolai nella calca. Due ragazze dietro il bancone correvano qua e là per servire tutti nel più breve tempo possibile. Una stava incartando delle pizzette rosse di pasta sfoglia. Rimasi a osservare l'altra che tagliava con estrema precisione le strisce di focaccia. Mi accovacciai e presi una bottiglietta di tè alla pesca.

Quando il gruppetto uscì dal negozio calò un silenzio confortante. Li seguii con lo sguardo mentre attendevo il mio turno. Si sedettero sul muretto del parco davanti alla scuola media. Risero per una battuta che non riuscii a cogliere.

Lorenzo era seduto poco più in là su una panchina di metallo. Indossava i pantaloni neri di pelle e un paio di ciabatte rosa. I capelli gli incorniciavano il volto stanco. Alle mani aveva i soliti anelli e le unghie che gli avevo smaltato. Stava mangiando un pezzo di focaccia sbattendo le gambe sul terreno. I ragazzini l'avevano preso di mira, gli facevano gestacci e versi. Lui li ignorava con grazia. Una signora batté l'indice sulla mia spalla per dirmi che la fila s'era ridotta.

Iniziarono a tirargli i sassi. Non lo colpirono subito, i primi ciottoli si persero sull'asfalto e ruzzolarono accanto alle ruote delle auto. La strada era colma di macchine posteggiate in doppia fila, di gente che andava al mercato e al bar accanto.

I ragazzini non erano intenzionati a smettere. Volevano centrare il bersaglio, come se fossero al luna park. Ma a quel gioco non si vinceva niente, né un peluche né pesciolini rossi dagli occhi cristallini. «Frocio, frocio!» Lo colpirono sulla schiena e sulla testa, le loro risa esplosero dalle bocche larghe, e Lorenzo si ritrovò presto sotto una pioggia di sassi. Si coprì la nuca con le mani e la focaccia gli cadde per terra. Il gruppetto sogghignò divertito quando si accorse che nessuno prendeva le sue difese. Uscii dal panificio accecata dalla rabbia, eccola di nuovo, ora partiva dalle viscere. Attraversai la strada puntando il dito come se fosse una lancia.

«Andatevene» gli gridai contro. «Vi stacco la testa dal collo». Loro mi riconobbero, vociarono parole sconnesse, ma riuscii a decifrare un 'lavora per il Burattinaio', acciuffarono gli zaini da terra e corsero via, le risate ancora impresse sui loro volti.

Lorenzo incrociò il mio sguardo. Si massaggiava la testa contenendo una smorfia di dolore. «Hai anche una pistola sotto la maglietta?»

Mi sedetti accanto a lui. Gli tolsi il terriccio dai capelli. «Secondo te?»

Con mia sorpresa, sorrise. «Avere un'amica criminale alla fine serve».

«Non sono una criminale».

«Ho saputo cos'è successo alla spiaggia» disse, e ora non sorrideva più. «Opera dei Sorci».

Abbassai lo sguardo.

«Quell'uomo è finito al pronto soccorso» proseguì, ripulendosi i pantaloni di pelle.

Il mio cuore si strinse. Era come se a ogni sua parola diventasse più piccolo, incapace di contenerne altre.

«Yuri l'ha pugnalato» dissi.

«Non mi interessa chi è stato».

Il mondo diventò d'un tratto silenzioso. Lorenzo raccolse la focaccia da terra e la buttò dentro la spazzatura. Il suo volto era carico d'apprensione. «Cosa stai diventando?» mi chiese, e io non sapevo dargli una risposta che non fosse una bugia.

C'erano momenti in cui si respirava un clima sereno, quasi di felicità, e gli altri Sorci si comportavano come una vera famiglia. Manuel comprava cornetti per tutti, a me ne dava uno con la marmellata di albicocche, e Yuri mi preparava il caffè con un cucchiaino di zucchero. Mirella non mi rispondeva male. Quando tutte le cose andavano per il verso giusto, eravamo un'unità compatta, una testuggine romana difficile da abbattere.

La felicità la dimostravamo in modi diversi. Simone, per esempio, fischiettava a ogni ora del giorno. Me li ricordo ancora quei pomeriggi in cui veniva in cucina e canticchiava una canzone improvvisata, con l'aria di uno che è in pace con se stesso. Apriva il frigorifero, ci ficcava la testa dentro, pescava una lattina di Coca-Cola o un gelato, e tornava in camera sua.

Quei pomeriggi li ricordo meglio delle volte in cui mentivo a mia madre sui Sorci. Erano coltellate a cui non mi ero sottratta, e mi avevano scalfito ogni centimetro di pelle. Porto ancora le cicatrici, e le nascondo quando sono troppo visibili. Mi ero presa la responsabilità di fare mia quell'aggressione emotiva, e di sigillarla da una parte come una cosa pericolosa. Chiunque ne fosse venuto a contatto – mamma, Lorenzo, o chicchessia – si sarebbe insospettito, e di conseguenza infettato.

Gli altri Sorci si dimostravano contenti a modo loro. Giancarlo girava mezzo nudo, restava in boxer al garage e metteva delle musicassette dei Guns N' Roses o dei Pink Floyd. Le cantava storpiando le parole, e se qualcuno aveva da ridire sull'orrenda intonazione, le avrebbe prese. Aveva trovato quei cimeli nel garage, lascito del precedente proprietario, e non aveva voluto buttarle. Allora era entrato in un mercatino dell'usato e aveva rubato un vecchio stereo impolverato. Era la stessa canzone che era uscita dai finestrini dell'autocarro e mi aveva accompagnato per un pezzo di strada verso Santa Marinella. Si intitolava *Wish You Were Here*, e l'ascoltavo quando mamma piangeva sulla fotografia al Colosseo di lei e papà, e il suo dolore s'infiltrava nei muri e mi raggiungeva attraverso la porta. Ma presto la canzone mi riportava a quei furti, al sangue del ragazzo per terra, il coltello conficcato nella sua gamba, tutte immagini orribili di cui mi vergognavo, fino a desiderare di scomparire. A un certo punto Giancarlo mi aveva regalato lo stereo, assieme a tutte le cassette: s'era stancato del rock, aveva detto, definendola musica per i vecchi. Mirella mi aveva lanciato uno sguardo assassino quando lui mi aveva donato lo stereo in una carezza violenta sulla guancia, ma a me non importava. Ogni volta che era possibile, lasciavo galleggiare nell'aria le note morbide dei Pink Floyd, e scomparivo di nuovo.

Fu anche quello, mi disse Simone una sera, il motivo

per cui era fedele a Giancarlo: aveva una risoluzione per ogni suo problema. Ormai ero con i Sorci da una decina di giorni e stavo imparando a entrare nel loro modo di vedere le cose. Se mio fratello era triste, Giancarlo s'alzava di scatto e proponeva a tutti di andarsi a fare un giro in centro, magari di passare dallo Zozzo per bere delle birre. Era come se lui lo sapesse, come se sentisse lo stato d'animo di tutti.

Da me aveva captato un certo timore, ma non me lo lasciava intendere. Mi osservava spesso e mi ripeteva quanto fossimo uguali. «Io e te abbiamo sofferto allo stesso modo» diceva, e io avrei voluto credergli, anche se mi rendevo conto che non era vero.

Si preoccupava dei suoi compagni, del loro benessere. Ma presto capii che a Giancarlo del benessere di noi poveri diavoli non gliene importava nulla. Voleva solo mantenere un clima mite. 'Se saltano i nervi a qualcuno, salta tutta la banda' riflettevo tra me e me. E lui non se lo poteva permettere, non per i progetti di espansione che aveva in mente.

L'incontro con Lorenzo mi aveva turbato. «Campo dell'oro prende e non perdona» aveva detto, dopo che l'ennesimo bullo gli aveva gridato 'frocio' e altre ingiurie. Adesso mi sentivo proprio così, ingoiata dal quartiere.

Andai al mercato principale, in centro. Quando mio padre fumava troppo e faticava a tenere gli occhi aperti, mamma ci portava lì a comprare la frutta fresca, il pane morbido, il pesce e gli affettati. Diceva che aveva bisogno di una mano con la spesa, in realtà non voleva farci vedere in che condizioni si riduceva suo marito. Le consapevolezze arrivano tardi, quando i sacrifici si possono apprezzare, ma non ricambiare.

Il mercato era il momento della giornata che preferivo, girare per le bancarelle che vendevano profumi, abbigliamento, verdura, e tanta frutta, con l'odore delle fragole che mi raggiungeva fin dal parcheggio dove mia madre lasciava l'auto. La prima tappa era il bancone del pesce, esposti c'erano gamberi, sogliole, calamari, freschi nella loro morte, pescati la notte stessa, e io osservavo quei colori vivi, i loro occhi spalancati, immobili, che sembravano parlarmi. Simone ne era spaventato. Nel suo immaginario, i pesci sguazzavano nel mare come sirene, e allora perché adesso giacevano vitrei su quel tavolo bianco sporco di sangue?

Mia madre ci aveva spiegato che cosa accadeva alle piante, agli animali, alle persone nel momento finale della loro vita. Ci aveva portato al cimitero a trovare nonno. Lui riposava dentro un loculo rivestito di marmo bianco, la fotografia che lo raffigurava da giovane e sorridente. Con il dito calloso aveva indicato la tomba: «Sta là». La cosa mi aveva impressionato, invece mio fratello non aveva capito subito.

«Respira là dentro?» aveva chiesto Simone, ma lei aveva risposto che era inconsapevole di esserci.

«Quando si muore, tutto si spegne».

Allora lui aveva pianto e aveva supplicato di andare via. Mamma aveva comprato a entrambi il gelato, ma le immagini avevano continuato a tormentarmi. Quella notte non ero riuscita a prendere sonno, ripensavo a una persona – mia madre, papà o nonna – rinchiusa in uno spazio stretto, che soffocava. Sarei soffocata anche io. Quindi mi ero detta: 'Non voglio crescere. Perché se crescerò, poi dovrò morire'.

Negli anni successivi, al mercato non tornammo più. Complici il dolore, la povertà, l'abbandono di mio padre. Ora che acquistavo un cesto di fragole, non carpivo più il loro profumo. Con il tempo si perdono gli odori, i suoni, perfino il modo in cui si guardano le cose. Il tempo si prende tutto e non lascia spazio a niente. Ci sono solo i ricordi, e certi sono affilati come lame.

24.

Sotto casa, Simone stava colpendo il vecchio albicocco che nonna aveva piantato negli anni Ottanta. I frutti erano stati raccolti all'inizio della stagione, e attorno alle radici le formiche divoravano le albicocche marce.

Lui mi notò, ma non disse niente. Diede un altro pugno all'albero. Le nocche delle mani s'erano sbucciate e gli sanguinavano.

«Nonna non sarebbe d'accordo» dissi avvicinandomi.

Diede un'occhiata alle buste di carta che tenevo strette al petto. «Cos'hai comprato?»

«Frutti di alberi non maltrattati».

Sbuffò. Si passò una mano sulla fronte per pulirsi il sudore. Aveva la maglietta fradicia. «Giancarlo vuole i territori di Santa Fermina».

«Non glieli lasceranno facilmente. Perché insiste così tanto, secondo te?»

Appoggiò la mano sulla cavità del tronco. «Desiderio di espansione, che ne so».

«Sicuramente, ma ci dev'essere dell'altro».

«Non sono nella sua testa» ribatté, poi diede un altro pugno. L'albicocco incassava i suoi colpi e le foglie cadevano accanto in una danza sofferente. «Vuole farlo fare a me».

«Farti fare cosa?»

«Parlare con quei tizi». Diede altri pugni e calci, e solo quando sentì una fitta al polso si buttò ai piedi dell'albero e si afferrò la testa.

Mi inginocchiai al suo fianco. «Pensi che ti daranno ascolto?»

Scosse il capo. «Giancarlo è convinto di meritare la loro fortuna» disse, tenendo le mani sul viso. «Secondo lui non c'è equilibrio tra noi e loro».

«Non può sostituirsi alla natura».

«In realtà» disse Simone, prendendo una pausa, «lo sta già facendo».

Rizzai la testa verso i rami e notai i raggi del sole intrufolarsi timidamente tra le foglie. Com'era fresca l'aria lì sotto, e il canto delle cicale fu un piccolo conforto.

«Non cederanno la loro terra» dissi dopo un po'.

Simone si alzò. Camminò per il giardino e si fermò a osservare il cielo turgido di nuvole bianche. «Mamma mi ha chiesto cosa combini» sussurrò a braccia incrociate.

Non risposi.

«È preoccupata che qualcosa non va».

«Non ha tutti i torti».

Prese un respiro profondo. «Penso che la vicina le abbia detto qualcosa».

«La signora Amelia?»

Fece di sì. «Mamma mi ha fatto domande strane».

La signora Amelia aveva settant'anni e viveva da sola nell'appartamento di fronte al nostro. Aveva dei figli e un paio di nipotini che alle volte la venivano a trovare, in quelle occasioni il pianerottolo si riempiva di risate innocenti. Quando lo zucchero o la farina finiva, mia madre mi dava un barattolo e mi supplicava di andare a suonare alla sua porta per chiederle un pugno di questo o di quello perché la dispensa era vuota. Struccata e bianca come un cencio, bussavo il campanello nella speranza che la vicina non ci fosse. Ma lei spalancava la porta con un grande sorriso. Stava sempre a casa, girovagava per le stanze vuote borbottando, l'unica compagnia era la televisione. Allora le allungavo il barattolo con la promessa che prima o poi le avremmo regalato una confezione intera di zucchero, ma a lei bastava una fetta di crostata fatta da mia madre per bilanciare i conti. Era una donna pienotta, il seno le scendeva prosperoso sull'addome, e si tingeva i capelli bianchi di un color mogano. Passava la maggior parte del tempo affacciata alla finestra a guardare la strada e salutare la gente che camminava sotto il suo balcone. La mattina presto si metteva a chiacchierare con le altre anziane del condominio, tutte rigorosamente affacciate dal loro balcone di casa. Si assentava dalla postazione di controllo soltanto durante le feste natalizie e quelle pasquali, perché andava dai figli, ma il resto dell'anno si piazzava alla finestra. Aveva instaurato una grande amicizia con la postina e le due impiegate della ditta di pulizie delle scale, e nelle sere d'estate si radunava assieme agli altri anziani nei giardini, ci restava a chiacchierare per ore.

La signora Amelia aveva imparato a convivere con la solitudine: di solito le persone adottano un cane, un gatto, si iscrivono a un corso di teatro, tutto per non restare a casa la sera, di fronte a un piatto di pasta scondita. Invece da quando era vedova la usava a suo favore: le ciarle erano il suo pane quotidiano, ma in fondo appartenevano alla realtà del quartiere più di quanto sperassi. Secondo lei tutte le donne erano pettegole, e tutti gli uomini grandi ascoltatori.

Non mi piaceva andare da lei, perché mi tratteneva per dei minuti a chiacchierare, e non sapevo mai cosa dirle.

Proprio qualche giorno addietro mia madre stava sbucciando una patata bollente con il coltello, reggendola in un panno umido. Quando ero entrata in cucina, catturata dal profumo, mi aveva chiesto, quasi scusandosi: «Chiedi ad Amelia una noce di burro? Giusto per condire il purè».

«Sicura che ti basta, ragazzi'?» aveva domandato la signora, da dietro lo spicchio di porta. Aveva socchiuso l'uscio giusto per far passare il viso appuntito e rugoso.

«Sì grazie» avevo risposto in un sorriso di cortesia, stringendo il quadratino di burro tra le mani.

«A me piace metterci le sottilette nel purè» aveva detto lei, cantilenando. «O il formaggino, quello dei bambini».

Avevo annuito, a disagio.

«Come sta tu' madre?»

«Lavora sempre. È un po' stanca».

«Be', con quello che sta passando» aveva sospirato.

«Sta passando che?»

Gliel'avevo letto negli occhi piccoli e acquosi che sapeva qualcosa. «Che è stanca. Insomma, lavora, te stai per partire, no?»

In effetti mancava davvero poco, il calendario fissato al muro divorava i giorni come fossero caramelle.

«Dov'è che vai?»

«A Milano».

«Giusto. A Milano, me l'avevi detto». Non ero sicura di averlo fatto, invece. «A Milano c'è la nebbia, lo sai? Una mia amica c'è stata con i figli».

Avrei voluto andarmene, ma non era educato.

Lei aveva cambiato espressione all'istante come se fosse calata la notte. Era affamata di altri pettegolezzi. «Sono vere le voci che girano, ragazzi'?»

I suoi occhi acquosi avevano aspettato famelici. «Non capisco cosa vuole dire».

«Lo sanno tutti» aveva ribattuto.

Avevo la gola secca. «Credo di non capire».

Il suo sguardo s'era indurito. «Come immaginavo». Aveva chiuso la porta con un tonfo forte, che aveva rimbombato come uno sparo per la tromba delle scale.

A mamma avevo detto che la signora aveva finito il burro, e si scusava per non essere stata d'aiuto. In realtà l'avevo buttato in una fogna sotto casa. Lei alla fine aveva insaporito il purè con il parmigiano, noncurante della paura che si era impossessata del mio volto.

«È vero che non vai più a Milano?»

La domanda di Simone rimase sospesa nell'aria mentre guardavo una formica con la testa rossa che saliva su un'albicocca marcia.

Un papavero rosso era sbucato vicino all'albero, tra margherite bianche e nontiscordardimé. Ondeggiava alla leggera brezza, sembrava che stesse sospirando. Accecato dal sole, era una placida macchia rossa che risplendeva di qualcosa, forse di speranza. Avrei voluto sdraiarmi sull'erba, ascoltare il canto delle cicale e bruciarmi la pelle al sole. Ma d'istinto allungai la mano e lo strappai dalla terra. I petali erano macchiati perfettamente alla base di nero e il fusto era eretto, ricoperto di peli lunghi e biancastri.

«Sì, è vero» risposi, cacciando indietro le lacrime acerbe.

Da quando stavo con i Sorci, dormivo poco. I giorni procedevano veloci, noncuranti della partenza che si avvicinava. Mi alzavo presto per occuparmi della casa, facevo la spesa al mercato oppure passavo in macelleria. Rifacevo i letti, pulivo il bagno, la cucina e le tazze della colazione. Per mezzogiorno ero sfinita, e quando mia madre lavorava fino al primo pomeriggio, per pranzo preparavo a Simone un panino con il prosciutto crudo e filavo in camera a dormire. Ma c'era la facciata della vecchia vita da mantenere, e mamma non era scema. Quindi le preparavo la pasta, chiacchieravo con lei mentre mangiava tutto quello che trovava nel piatto, e aspettavo che si alzasse per prima. Mentre si faceva la doccia, restavo sul letto a fissare il soffitto, le crepe più evidenti nel muro giallo di muffa, ascoltando in sottofondo i Doors, a chiedermi come aveva fatto Jim Morrison a diventare il Re Lucertola. Estasiata dalla musica, mi immaginavo scene in cui mio padre tornava e ci salvava da Campo dell'oro. Non riuscivo a riposarmi come volevo, in testa mi ronzavano troppi pensieri. Poi aspettavo il solito messaggio di Yuri o di Giancarlo, e mi recavo al magazzino se c'era qualcosa da sbrigare o al box per ricevere indicazioni su quello che avrei fatto nel pomeriggio. A volte Giancarlo mi dava dei soldi, altre mi accompagnava direttamente lui ai negozi di abbigliamento. «Adesso che sei con me, devi vestirti in un certo modo» mi diceva, facendomi provare top attillati e pantaloncini stretti come quelli di Mirella. Compravo jeans e magliette che nascondevo dentro la tracolla. Li indossavo quando uscivo con i Sorci, e mi cambiavo prima di rientrare a casa per non destare sospetti.

Una rapida cena con mamma e Simone, e uscivo di nuovo. Lei andava a dormire, io e Simone dai Sorci. Le cuffie nelle orecchie, un pezzo rock che mi inibiva i sensi, ecco che ero di nuovo operativa fino a tarda notte. Mio fratello faticava a starmi dietro. Mamma non notava a che ora rincasavamo, era già assopita al nostro rientro.

Avrei potuto dirglielo, certo, ma non lo facevo mai. Mi frenava qualcosa, e lui se ne approfittava. Simone si addormentava appena metteva il capo sul cuscino, io non chiudevo occhio. Il mattino ritornava famelico, il circolo riprendeva il suo corso.

Per questo una sera ebbi difficoltà a trattenere lo sbadiglio. Eravamo al box a giocare a briscola, perché secondo Giancarlo 'il poker è da fichetti'. Io non partecipavo, li guardavo che si lanciavano assi e tre, re e regine, e imprecavano se perdevano. Il denaro passava da una mano all'altra strusciando sul tavolo di plastica.

Neanche Simone giocava. Restava immobile a fissare un punto del tavolo, forse il portacenere, forse il fondo della bottiglia di vino. Mi ricordavano i pranzi di Natale che duravano un'infinità, in cui tutti i parenti si radunavano e giocavano a carte. Puntavano un sacco di soldi e ci lasciavano almeno cento euro. Quando ero bambina, mio padre rimaneva fino a tardi e scommetteva pure l'anima. Aveva sempre bisogno di soldi per l'hashish. Le carte buone non gli arrivavano, ma era convinto che alla prossima mano le cose sarebbero migliorate. Dio era dalla sua parte, insisteva, però non si presentava mai. Faceva debiti con la stessa facilità con cui stappava le bottiglic di birra, e per estinguerli usava le banconote che i parenti davano a noi bambini come regalo di Natale. Prometteva che ce li avrebbe restituiti, ma era sempre al verde. Da quando se n'era andato avevo smesso di interessarmi ai giochi d'azzardo.

«Se c'hai denari devi rispondere» sbottò Giancarlo, scoprendo il ventaglio di carte di Manuel. Aveva due briscole di bastoni e un quattro di denari, i soli d'oro che brillavano a ogni angolo della carta. «Lo vedi che ho buttato il gallinaccio? È l'asso di denari. Mica puoi darmi questa briscolina» e gli rifilò il due di bastoni sotto gli occhi. «Vuoi fregarmi, Manue'?»

«No no» rispose subito Manuel, e buttò il quattro di denari sul tavolo, che venne divorato dall'asso dello stesso seme.

«Questi so' undici punti, e che cazzo» tuonò Giancarlo, raccogliendo le carte e aggiungendole al suo mazzetto di prese. Poi lo sparpagliò – era visibilmente più grande di quello del suo avversario – e cominciò a contare il punteggio. Festeggiò i suoi novanta punti tracannando la birra tutta d'un sorso.

«T'ho stracciato, Manue'». La schiuma agli angoli della bocca sembrava bava di lumaca. Raccolse i soldi dal tavolo e li infilò nel portafogli con un gesto fluido. «Sono un campione di briscola, ce l'ho nel sangue. Mio nonno vinceva i tornei».

Mi scappò un altro sbadiglio. Non riuscivo a trattenermi, quella poca birra che avevo bevuto mi aveva intontito. Ma dovevo aspettare che Giancarlo mi congedasse. Senza il suo permesso, non potevo tornarmene a casa. Guardai Simone, quasi addormentato sulla sedia. Nessuno poteva andarsene.

Giancarlo si stiracchiò, si alzò e aprì la serranda del box. Fuori la notte avvolgeva tutto. «Io c'ho fame, e voi?» Ci guardò uno a uno.

L'orologio di Batman segnava le due. Tra poche ore mi sarei svegliata per preparare la colazione a mia madre e riprendere la farsa domestica. Avevo intenzione di dire la verità a mamma, ma forse era la birra che mi incoraggiava. Soffocai un terzo sbadiglio.

«Yu'? Simo'?» Giancarlo accese una sigaretta e prese una boccata. «Non ditemi che non c'avete fame. Ho un buco allo stomaco».

Yuri annuì e prese il casco. Se lo mise sulla testa ma non lo allacciò. «Andiamo dallo Zozzo?»

«A quest'ora fanno pure i maritozzi con la panna» rispose Giancarlo, e con un gesto della mano ci invitò a seguirlo.

Il freddo della notte mi pizzicava le guance e le nocche delle mani. Sentivo gli arti intorpiditi, come pezzi di cemento incollati al manubrio del motorino. Simone si era seduto dietro di me, appoggiato alla mia schiena.

«Pischelle', stai dormendo?» lo chiamò Mirella, allacciata al corpo di Giancarlo.

Diedi gas stando attenta a non accelerare troppo da tamponare Manuel che mi procedeva davanti. Lo scooter scivolava sull'asfalto come olio. Giancarlo sosteneva che l'aveva comprato usato dal suo meccanico di fiducia, ma la carrozzeria era perfetta – non riportava un graffio. Non mi intendevo di motori, ma non dava problemi all'accensione. Sembrava nuovo di zecca. Forse lo era davvero.

Osservai le schiene degli altri e mi voltai verso il mare nero. Nella notte l'unico rumore era il suono delle marmitte modificate. Passammo sotto le abitazioni, le strade erano deserte, immacolate come le pagine di un romanzo fresco di stampa. Addentrarsi nelle vene della città era come penetrare l'anima dello scrittore.

Lo Zozzo era un negozio d'alimentari che era aperto anche di notte. Era a una manciata di chilometri da Campo dell'oro, e a pochi euro era possibile comprare pizza e birra. Lo chiamavano lo Zozzo perché il proprietario era un uomo magro, slanciato, vestito con una divisa da panificio, ma da quant'era sporca il bianco della stoffa era diventato giallo. Anche il locale meritava il nome: era sudicio, chissà qual era l'ultima volta che gli aveva dato una pulita. Ma nessuno veniva a controllare, si diceva che lo Zozzo fosse amico del Burattinaio, che gli garantiva una certa tranquillità.

Parcheggiai accanto al panificio. Simone scese dallo scooter barcollando. A entrare per primo fu Giancarlo: ordinò una pizza rossa così unta che le gocce d'olio gli bagnarono le dita. Yuri preferì un maritozzo con la panna; Simone prese anche lui una striscia di pizza, però bianca. Manuel non aveva fame, bevve soltanto una birra. Mirella si lasciò consigliare dallo Zozzo.

«Tu cosa prendi?» mi domandò Giancarlo.

L'odore di fritto mi dava la nausea. Ma lui aspettava. Percepivo il suo sguardo su di me. Indicai la pizza bianca di mio fratello: «Anche per me un pezzo».

Giancarlo si passò la lingua sulle labbra secche. Offrì lo spuntino a tutti come un padre premuroso, preoccupato del mondo che minacciava i suoi figli. E i movimenti del suo corpo – le spalle larghe, la schiena ritta, lo sguardo fisso – davano la certezza che quel mondo l'avrebbe presto sfidato.

Mentre mangiavamo in piedi, sotto un lampione che illuminava debolmente le teste, Mirella disse: «Lo Zozzo fa troppo buoni i supplì». Diede un altro morso alla palla di riso. «Chissà che ci mette».

«Secondo me ci sputa sopra» disse Yuri. «Sono troppo imburrati quei cosi».

«Secondo te nel maritozzo che ci mette? Lacrime di fata?» disse Manuel. Ci fu una risata generale. «L'unica roba bianca e dolce che c'ha, se la ritrova in mezzo alle gambe».

«Che schifo» sbottò Yuri, con il boccone. Cacciò indietro un conato di vomito. «Io non lo voglio sape' che ci mette dentro, va'».

Giancarlo finì la sua birra, metà pizza la avvolse nell'incarto e la appoggiò sul motorino. «Lo Zozzo sta in piedi da anni. Mio padre aveva l'età mia quando veniva a magna' qua. Tutti gli altri sono affondati». C'era serietà nella sua voce. Credeva ciecamente in quello che diceva: era come un piccolo ma potente incantesimo. «Dovete portare rispetto a chi lavora: non è gente che si sta a diverti'».

Tutti lo ascoltavamo in silenzio.

«Quindi voi non sputate nel piatto dove mangiate».

Nessuno obiettò. Simone e gli altri finirono di mangiare e bere in silenzio. Io incartai la pizza rimasta e la misi nella tracolla. Giancarlo mi osservava. Mi sentii goffa, ma non glielo feci notare. Gli unici rumori furono le bocche che masticavano e le auto che sostavano per rifocillarsi dallo Zozzo.

Manuel gettò la bottiglia vuota in un secchio e si accostò al muro a gambe divaricate. Tirò giù la zip dei pantaloni e cominciò a urinare.

Mirella cacciò un urlo, però era divertita. «Manue', ti vedo il cazzo».

Giancarlo mi fece un sorriso storto e lo imitò, appostandosi di fianco. Dopo anche Yuri urinò sul muro, l'ombra della sua figura grossa si confuse nella notte, e anche Simone lo seguì. Mi voltai verso il cielo coperto di stelle, mentre Mirella commentava le loro gesta. Risero brilli e soddisfatti con le pance piene; aloni di diverse dimensioni gareggiavano a distanza ravvicinata l'uno dall'altro. Rimontarono in sella ai propri motorini con un'allegria improvvisa sui volti accesi. Salii sullo scooter per ultima, mio fratello che mi precedeva sul fondo del sedile.

«Voglio anda' in un posto» disse Giancarlo, quando

avviò il motore. Gli altri non si opposero, ormai risvegliati dall'intorpidimento. Annuivo senza parlare. I Sorci si riappropriavano della quiete notturna. Era come se l'equilibrio delle cose si fosse ristabilito.

25.

Posteggiai in uno spiazzo tra il guardrail e la strada dissestata che portava allo Scalo. Giancarlo lasciò il casco sotto la sella: «Seguitemi», e corse verso il mare. Mirella rise come una pazza. Simone mi diede un colpetto sulla spalla quando mi disse di fare un sorriso. «Non è così male, no?» La notte, le stelle, l'estate appena nata. Li raggiunsi con una strana eccitazione in corpo. Filammo facendo attenzione a non cadere tra le buche e i sassi, le case sulla scogliera si frastagliavano al cielo come castelli abbandonati.

Il mare era spaventoso. Di un nero denso, infinito e impossibile. L'unica luce era uno spicchio di luna che accarezzava la superficie. Riconoscevo a malapena le onde che si lasciavano morire sul bagnasciuga in un sospiro spumoso. Il mio istinto fu quello di non raggiungere Giancarlo, che era arrivato sulla spiaggia cementata e si stava svestendo. Ma qualcosa, qualcosa nel profondo, mi fece proseguire. Forse la birra in circolo, che mi aveva allentato i freni inibitori, o forse il profumo di salsedine. Avevo voglia di lasciarmi andare, ma anche che qualcuno mi trattenesse. Nemmeno Manuel si lamentò della follia. Simone si spogliò assieme agli altri e rimase in mutande. Nel buio osservai i loro corpi nudi, il sesso dei ragazzi che penzolava inerte, e quando mio fratello si svestì, mi voltai dall'altra parte. Mirella era rimasta seduta sugli scogli, sembrava una perla nella notte.

Giancarlo e Yuri l'afferrarono di soppiatto e la buttarono in acqua vestita. Lei gridò, ma era divertita ed eccitata. Si tolse il top, e i seni erano piccoli e sodi.

Giancarlo mi venne incontro e inarcò le sopracciglia. «Spogliati».

Feci scivolare i pantaloncini lungo le gambe magre.

«Anche le mutande» disse, ma era un ordine.

Manuel e Yuri mi guardavano. A disagio, Simone contava le dita delle sue mani.

Quando rimasi nuda, Yuri applaudì con uno strano fervore. Giancarlo mi diede la mano. «Non era così difficile, visto?»

Mi buttai in acqua. Il mare era gelido, avrei voluto tornare alla riva e rivestirmi. Ma restai a nuotare con loro. Mi abituai alla temperatura e mi sentii un pesce che era tornato nel proprio habitat. Come se per tutto quel tempo mi avessero rinchiuso in un acquario.

I ragazzi giocarono come bambini. Giancarlo fece salire Simone sulle sue spalle e lo lanciò in mare. Affondò come un sasso e, ritornando in superficie, restò sul pelo dell'acqua a braccia e gambe allargate. Il cielo era cosparso di stelle, e anche Simone era una stella. Disse che si sentiva stranamente in pace.

«Non ci stanno gli squali, ve'?» domandò Manuel dopo un po'.

«Ma da quando ci stanno gli squali a Civitavecchia?» sbottò Yuri vicino al suo orecchio. Gli galleggiava accanto.

«Metti che ce ne sta uno?» insistette Manuel.

«È impossibile» replicò Mirella.

«Però non si può mai sape'».

«Sono attratti dall'odore del sangue, e non mi pare

che stai a sanguina'» intervenne Simone. «Sono più preoccupato delle meduse».

«Le meduse sono pericolose?» La voce di Manuel s'incrinò.

«Uno che conosco ha rischiato lo shock anafilattico» raccontò Simone, divertito. «Stava per avere un infarto».

Manuel si avvicinò a Yuri, come se insieme a lui fosse protetto. «Possiamo usci' dall'acqua?»

«Manue', hai una voce fastidiosa» lo ammonii.

«Le meduse non evolvono da quando sono comparse sulla Terra» disse Giancarlo.

Mirella rise. «Ma che stai a di'?»

«Che è, non mi credi?» ringhiò lui di rimando.

«'Il professore', ti chiameremo» lo canzonò Yuri.

«Se siete ignoranti non è colpa mia» sbottò Giancarlo. «C'è un tipo di medusa che è immortale».

Mirella ridacchiò, galleggiando attorno ai ragazzi, il seno sul pelo dell'acqua.

«Sono meduse strane, fanno una cosa che non le fa morire. Non mi ricordo come si chiama, ma è una figata» proseguì lui, gli altri lo ascoltavano come se stesse recitando un salmo.

Ma nessuno di loro credeva a un animale eterno. Mirella disse che lei era una medusa, con la sua solita voce di bambina. La riempirono di spruzzi d'acqua e tutto si risolse con una lunga risata.

Più tardi, a casa, mentre facevo colazione, mi sarei informata sulle proprietà delle meduse. Giancarlo aveva ragione. Fra le meduse c'era un'unica specie ritenuta immortale dai biologi marini, in quanto alcune sue cellule erano in grado di farla regredire allo stadio di polipo, così da poter generare una nuova colonia. Una fenice acquatica, che si rinnova dalle proprie ceneri.

Mi ero chiesta spesso se entrare nella banda dei Sorci fosse una rinascita per me e mio fratello. Se appartenessimo di più al mare che alla terra. Se quella seconda famiglia che lo aveva accolto a braccia aperte fosse giusta per lui, e di conseguenza anche per me. Simone aveva iniziato a provare un senso di adesione. Io non lo sapevo ancora, ma in un certo senso mi avevano imprigionato. I Sorci erano diventati l'unico posto al mondo per lui: era la forma più viva e vera di famiglia che sentisse in quel momento. E giusto o sbagliato che fosse, anch'io facevo parte di quell'ingranaggio.

Giancarlo si avvicinò. «Hai fegato» disse. Mi osservò le spalle nude, gli occhi balzarono famelici sul mio corpo. «Più di quanto mi hai dimostrato».

Aspettai un paio di secondi prima di rispondere. «Non ho paura del mare».

«Pensavo che avessi paura di me».

Eccola di nuovo, quella sensazione di sbagliato. Giancarlo mi metteva qualcosa sotto il naso, un qualcosa di evidente, eppure non l'afferravo. Cos'era? Paura? Desiderio? Oppure non c'entrava nulla? C'era una verità inconfessabile nella sua voce, nei suoi modi di fare. Forse aveva ragione, in un certo senso ci somigliavamo.

«Mostrarmi la tua nudità è un atto di coraggio non indifferente» continuò. Si mise di fronte a me, la luna alle spalle. «Ma non di fiducia».

«Non capisco cosa vuoi».

Mi sfiorò la spalla, le dita scivolarono sul mio braccio. Mi sentii sporca dove mi aveva toccato. «Di tante cose ho voglia, ma di poche ho bisogno». Trattenne il sorriso da piranha. «Pensavo, forse è il caso che ti occupi del garage».

Gli chiesi che cosa intendesse.

«Ci sono cose da buttare. Ragnatele da togliere» spiegò laconico. «Cose così».

«Vuoi che ti faccio da signora delle pulizie».

Giancarlo portò la nuca all'indietro e ritornò a galleggiare, il pene che soffocava sotto la superficie. «Lo decido io cosa sei».

«Cosa sono, allora?»

Lui teneva gli occhi chiusi. Aprì la bocca per rispondere, ma cambiò idea. Poi, dopo un po', disse: «Goditi questo silenzio. Il mare è nostro».

Nuotai verso la riva, dove Mirella era seduta sugli scogli. Ora, nuda, con la pelle diafana e il caschetto che le incorniciava il volto di porcellana, sembrava una sirena.

Mi guardava in cagnesco. «Tanto vuole solo scoparti» disse, tuffandosi. Sguazzò accanto a me, padrona del mare.

Rimanemmo nell'acqua, i corpi nudi che ondeggiavano accompagnati dalla delicata brezza marina. Simone era pronto per conquistare il mondo, ma non sapeva che là fuori c'erano bestie più grandi. A confronto, noi eravamo pesciolini d'acqua dolce.

Ma Giancarlo questo non gliel'avrebbe mai detto.

Oggi

Quando ripenso a quello che ho lasciato, mi tremano le gambe. Giancarlo è lontano, un migliaio di chilometri o poco meno, e io fingo di non temerlo. Non ho paura, mi dico, anche se quando giro per la città faccio attenzione a dove vado, mi volto per controllare se qualcuno mi segue, oppure faccio in modo di non entrare in posti stretti, come bagni pubblici o ascensori. Evito il contatto con la gente, parlo poco o nulla con i miei colleghi all'università, con loro mantengo una certa distanza. Quando torno a casa a piedi, soprattutto nei pomeriggi in cui le lezioni terminano presto, cammino sempre vicino a qualcuno: se è una coppia o un gruppo di ragazze mi sento più tranquilla, se invece sono uomini svolto e preferisco allungare di duecento metri, ma almeno non corro rischi.

Mi ritrovo a piangere tutto d'un tratto durante le pause, mentre i miei compagni scherzano tra loro e organizzano uscite al cinema, sgattaiolo fuori dalle lezioni e respiro l'aria fredda di Milano. Il gelo mi risveglia. Mentre ho la schiena appoggiata alla sedia, penso e scrivo che non posso essere come loro, io non sono come loro. Ho dentro questi mostri che proprio non riesco a debellare, attacchi di panico che ingoio la notte. Campo dell'oro ha preso la mia anima e l'ha tagliata in pezzi piccolissimi, come quando io e Simone prendevamo la carta da imballi, la trasformavamo in coriandoli colorati e li tiravamo nell'aria in attesa che ci cadessero in testa. Sono divisa in milioni di parti e mi ricucio di fronte allo specchio quando incontro il mio sguardo.

Sogno Giancarlo la notte e mi sento affogare di nuovo, l'acqua mi inghiotte e non mi fa respirare.

Il quartiere seduce, incanta come una sirena, e promette un paradiso che non possiede. Simone si è pentito, anch'io mi sono pentita, però il passato non può cambiare, e la legge ha stabilito il suo verdetto.

«Cos'è Campo dell'oro?» La barista dai riccioli scuri è dietro di me e sta leggendo un pezzo di quaderno. «Di sicuro non è una poesia di Leopardi».

Nascondo le parole con le mani come una bambina sorpresa a scrivere il diario segreto.

«Non volevo impicciarmi» si scusa, sedendosi di fronte a me. «Ma per un attimo pensavo che stessi piangendo».

Sento i miei occhi umidi, ma non voglio dargliela vinta.

Lei tira fuori un pacchetto di fazzoletti dal grembiule. Me lo porge, ha diversi anelli sulle dita smaltate.

Pesco un fazzoletto e lo apro sul naso. «Mi ricordi il mio migliore amico».

«Anche lui è un impiccione?» Ride, ma sembra a disagio.

«Porta gli anelli» rispondo, indicando le mie mani scarne e nude. «Ne ha uno per ogni dito».

«Mi chiamo Chiara» dice, mordendosi le labbra. Dà un'occhiata veloce al quaderno, poi torna da me. «Mi dispiace aver letto».

La osservo in silenzio. Sarebbe facile, ora, far esplodere la rabbia. Ma non voglio essere più quella persona. Non ho mai voluto esserlo.

Mi presento e le stringo la mano. «Scuse accettate».

«Perché stai scrivendo questo libro, comunque?» domanda, giocherellando con un anello.

«Non è un libro» rispondo con un piccolo sorriso, «è più una lunga lettera».

«Da quant'è che non scrivo una lettera» dice Chiara, portandosi un ricciolo dietro l'orecchio. «Con tutta questa tecnologia, abbiamo perso il piacere della carta».

«Più che il piacere della carta, abbiamo perso l'uso delle parole» mi ritrovo a commentare.

«Forse è per questo che leggiamo libri» annuisce lei, tormentando l'anello al dito. «Per ritrovarle, dette da qualcun altro».

26.

La mattina successiva allo Scalo, mia madre entrò in camera e alzò la serranda. I primi raggi del mattino s'infiltrarono nella penombra e mi accecarono per un istante. D'istinto portai il cuscino agli occhi.

«Tra sei giorni parti» fu il suo buongiorno, togliendomi il cuscino dal viso. «Hai fatto la valigia?»

Mugugnai un no.

«Come sospettavo» disse, e uscì dalla porta. «Vieni a fare colazione» mi urlò dal corridoio.

Dieci minuti più tardi ero seduta sul water, gli occhi impastati di sonno. Avevo i capelli sporchi di salsedine, attaccati e secchi come se fossero incollati. Mi sentivo sporca, avrei voluto entrare in doccia, ma preferii andare in cucina.

Mia madre aveva preparato la colazione. Sul tavolo c'erano tre tazze e un pacco di biscotti. Simone poco dopo trascinò i piedi e si lasciò cadere su una sedia, mezzo assopito.

Una canzone dei Simple Minds esplose dalla camera di mamma.

«È impazzita» commentò Simone, riaprendo gli occhi di fronte al caffellatte.

Quella notte eravamo andati a dormire alle quattro, e anche lui aveva i capelli appiccicosi e sporchi di salsedine. Desideravo riposarmi un paio d'ore, poi entrare in doccia e mangiare più tardi, verso l'ora di pranzo. Ma mia madre ritornò in cucina e mandò giù il caffè come un bicchierino di vodka.

«Finite di fare colazione, che abbiamo delle cose da sistemare» disse, ma era un ordine.

Quando posai la tazza sporca nel lavello, mia madre mi suggerì di seguirla in corridoio. Aveva acceso la luce del piccolo ripostiglio e aperto la scala.

«Dobbiamo tirare giù quello scatolone» spiegò, indicandolo con il dito. Era grande e color panna, stava sopra l'armadietto.

Mi arrampicai sulla scala mentre lei e mio fratello la tenevano salda. Presi la scatola, che aveva un manico, e la passai a mamma. La polvere fece starnutire Simone.

Nella scatola c'erano asciugamani nuovi di zecca e un accappatoio giallo canarino. Lei mi disse di scegliere quale avrei preferito portarmi a Milano, e mio fratello tossicchiò.

«Per me è indifferente» risposi a occhi bassi.

Mamma sbatté un piede per terra. «Scegli che devo lavarli».

«Ti ho detto che è indifferente».

Simone tossicchiò di nuovo.

«Hai mal di gola?» sbottò mia madre.

Scosse la testa, borbottò qualcosa sul lavarsi i denti e ci lasciò sole.

«Mi dici la verità?» sospirò lei, come se trattenesse l'aria da giorni. Aveva questo modo di fare che mi turbava un po'.

Assentii.

Sospirò un'altra volta. Il suo viso sembrava spento di

colore, come se avesse l'influenza. «Ti hanno rubato i soldi della caparra?»

«Per l'amor del cielo».

«Cos'è questa storia che non parti, allora?» insistette. Aveva lo sguardo stanco, le borse sotto gli occhi peggiorate.

«Vuoi che resto?»

Mia madre si strinse in un abbraccio.

«Vorrei che restassi sempre». Si avvicinò e mi accarezzò dove la notte prima mi aveva toccato Giancarlo. «Ma non funziona così. Bisogna lasciarli andare, i figli. Un giorno, se diventerai madre, ti ritroverai al mio stesso posto».

Mi sentii terribilmente ingrata.

«Voglio darti quello che non ho avuto io». Con la mano indicò la casa, i mobili stantii. «Per una vita migliore devi avere un'istruzione».

Lei aveva lasciato gli studi a sedici anni e aveva soltanto la licenza media. Era una mancanza che aveva provato a non far avere a me e a Simone, nonostante i sacrifici, le difficoltà, e l'abbandono di papà.

«Sarei un'egoista se ti chiedessi di restare» continuò mentre chiudeva la scala. Spense la luce del ripostiglio e si tolse le lacrime dagli occhi. «Adesso scegli un set di asciugamani, così mando la lavatrice».

Le dissi che avrei preferito quello azzurro.

Giancarlo mi convocò al box dopo pranzo. Mi inviò il solito SMS, chiedendomi di presentarmi con puntualità. *Portati l'occorrente per pulire*, aveva aggiunto, e per la rabbia avevo sbattuto il cellulare sul materasso.

Quando chiamava, bisognava scattare sull'attenti. Era una cosa che odiavo, ma che mi costringevo a rispettare.

Fosse stato solo per me, l'avrei mandato al diavolo. Salii sullo scooter invece, mi infilai il casco e salutai Simone affacciato alla finestra.

Mentre guidavo verso il garage, pensavo a che gioco stesse giocando. Da quando i Sorci si preoccupavano della pulizia? Da quello che ricordavo, poi, il box non era tenuto benissimo. Forse la sua mossa era umiliarmi davanti agli altri. Soprattutto di fronte a Mirella.

Di fronte al garage non trovai nessuno. C'era soltanto lo scooter di Giancarlo, e la serranda era tirata su per metà.

Mi avvicinai, il volto contratto e preoccupato. Ma da dentro sentii un chiacchiericcio allegro. Battei le nocche sulla saracinesca, il metallo caldo e scottato dal sole, e Giancarlo l'alzò in un colpo secco.

«Sbrigati che ho fretta» disse, e mi diede una pacca sulla spalla. Sembrava allegro.

Seduta sul divano letto c'era Mirella. S'era cambiata i pantaloncini, adesso indossava una gonna di jeans, e aveva il caschetto corvino pettinato. S'era messa il mascara sulle ciglia e il rossetto rosso. Sorrideva come non mi aveva mai sorriso.

«Dove devo iniziare?» domandai, a disagio.

Giancarlo mi strinse la spalla con la mano piena di calli e mi invitò a entrare. «Da dove ti pare, basta che ti sbrighi». Mirella ridacchiò, ma la ignorai.

Spazzai per terra. Raccolsi lattine di Coca-Cola, un pacchetto di patatine vuoto e ciuffi di tabacco. Ai lati del divano letto trovai dei fazzoletti umidi e trattenni un conato di vomito mentre li buttavo nel sacco nero della spazzatura. Intanto lei restava sdraiata a scattarsi selfie, Giancarlo la guardava e si leccava le labbra.

Fu in quel momento che una musica trap partì dal suo

cellulare. Giancarlo lo appoggiò sul tavolino e mi fece segno di non smettere. La musica era un ronzio nella testa che divenne presto un martellamento. Mi concentrai sulle mattonelle del pavimento, ma la pressione era diventata ingestibile. Con la scopa tolsi le ragnatele agli angoli del soffitto. L'orologio di Batman segnava le tre del pomeriggio, le cicale cantavano e il caldo era unto come olio bollente.

Qualcuno bussò sulla serranda.

«Ecco il pischello» esultò Giancarlo. Mirella rise dal divano letto.

Simone era entrato reggendo in mano il cellulare. Indossava una t-shirt verde e un paio di pantaloncini neri. Il suo sguardo era confuso.

«Avevo capito che era urgente» disse.

«Certo che è urgente, pischelle'» rispose Giancarlo, prendendolo per un braccio. «Oggi diventi un uomo».

Mirella continuava a sorridere in modo esagerato e mi faceva sentire sempre più a disagio.

«Non capisco» balbettò lui.

Giancarlo allungò il solito sorriso da squalo. «Un uccellino m'ha detto che sei vergine».

Simone si immobilizzò, imbarazzato. Mirella trattenne un risolino e si portò le mani alla bocca. Loro lo guardavano, in attesa.

«È la verità, pischelle'?» chiese pacato Giancarlo.

Mio fratello annuì, la vergogna gli montava in faccia.

A Mirella scappò un'altra risata. Il piranha aveva lo sguardo acceso.

«Dobbiamo sistema' la cosa» disse serio. «Per stare nella mia famiglia, devi essere un uomo». Gli fece segno di sedersi accanto a Mirella. Strinsi il bastone della scopa per non gridare. Simone era un pezzo di marmo. Camminò lentamente, superò la pila di cartoni che facevano da séparé e si accomodò sul materasso, le mani infilate tra le lenzuola.

«La mia bimba è qua apposta» disse Giancarlo, accarezzandole il caschetto con fare affettuoso. «Te la presto per un paio d'ore. Non ti preoccupa', pischelle'. Lei fa tutto quello che dico io».

Mirella strusciò il mento sul suo braccio, proprio come un cucciolo di cane smarrito.

«Simone è un bambino» scoppiai, la mano stretta sul bastone. «C'è tempo per tutto».

Giancarlo mi guardò come se mi avesse appena notata nella stanza. Si avvicinò ondeggiando. «Chi sei tu per dire cosa è giusto e cosa è sbagliato?»

Mi girava la testa come se fossi scesa da una giostra. Non volevo che la sua prima volta fosse così, non in quel modo. Mirella era tutto quello che desiderava, me n'ero accorta, ma era sbagliato. Lei meritava di meglio.

«Mirella non è un giocattolo» dissi, cercando con lo sguardo il sostegno di Simone.

Il sorriso esagerato sul volto di lei si spense. Si coprì le gambe con il lenzuolo e abbassò gli occhi.

Giancarlo esplose in una risata grassa, ma non aveva l'aria permissiva. Era come se la mia voce non esistesse. «Oggi il pischello diventa un uomo».

«Almeno hai chiesto a lei cosa ne pensa?» domandai, ma le parole erano uscite tremando. Rimanevo incollata al bastone per non afflosciarmi a terra.

Lanciò uno sguardo severo a Mirella, che indietreggiò sul divano letto, verso il muro. Portò le ginocchia al petto e affondò il viso nelle gambe.

«Embè?» sbottò Giancarlo.

Tremava come quel giorno al magazzino, scombussolata dalle droghe. Con la differenza che oggi era lucidissima. «Lo faccio» balbettò debolmente.

Giancarlo fece l'occhiolino a Simone e mi strattonò fuori. Chiuse la serranda dall'esterno, lasciandoli dentro come in un assurdo esperimento.

«La tua mancanza di fiducia inizia a seccarmi» sbottò, poco dopo. Mi portò di fronte allo scooter, la sua mano mi attanagliava il braccio. «Il pischello deve crescere e l'unico modo per farlo è diventa' un uomo. Questo passaggio è essenziale».

«Sì ma...»

«No no» mi azzittì lui, portando il polpastrello sulle mie labbra. «Forse non hai capito come funziona la vita. Non fare quella faccia, è così. Le persone come te non vincono mai. Non è un cazzo di film, Anna, che dici qualcosa di bello e allora le cose si sistemano». Tossicchiò, ma fu breve. «Qua le cose te le devi prendere con la forza. È necessario far male alle persone? Sì, lo è, se vuoi farcela. Non l'hai capito che rischi di fare la fine di tua madre? O di tuo padre».

Lo schiaffo cadde dall'alto. I miei occhi s'inumidirono all'istante.

«Perché non ci pensi, anziché fare la paladina delle donne?» La sua domanda mi entrò nella testa, affilata come il coltello a serramanico che teneva in tasca. «Mirella deve concedersi a tuo fratello per farlo diventare un uomo? Be', non abbiamo altre donne a parte te che possono farlo, no?»

Provai un forte disgusto misto a odio.

«Quella donna è solo un mezzo per raggiungere un obiettivo, e se non ti tratto come tratto lei, è perché ho visto qualcosa in te».

«Cos'è che hai visto?» balbettai. 'Perché io ti odio da morire' pensai.

«Suvvia, non giriamoci attorno. Dovresti averlo capito da un pezzo».

Scossi la testa, confusa.

«Peccato» commentò montando sul motorino. Girò la chiave nella toppa e il motore guaì come un cane ferito. Mi osservò per un breve istante, le mani strette sul manubrio. «Adesso vattene» disse gelido. Il sole brillava libero nel cielo, e io intanto mi sentivo in trappola.

Simone fu molto riservato su questo ricordo, e io non me la sentii di approfondire. Volevo lasciargli la sua intimità, sebbene mi sarebbe piaciuto saperne di più. Se c'è qualcuno che ha cura di un ricordo, vuol dire che è stato importante viverlo.

Mi garantì che fu delicato con Mirella, le baciò ogni parte del suo corpo e non osò fare cose che non desiderasse. L'amò in ogni momento, anche quando si rivestì e tornò da Giancarlo.

27.

La religione era la grande assente nella mia famiglia. Non sapevo se fosse un bene o un male. Mia madre non credeva, e di conseguenza non voleva che frequentassimo l'oratorio e la parrocchia. Mio padre era credente, ma non praticante. Ricordavo che aveva varie figure di santi infilate dappertutto: nel borsellino, nel vano portaoggetti dell'auto, perfino nel cassetto della biancheria intima. Quando gli avevo chiesto a cosa servissero, lui mi aveva risposto che lo proteggevano. Lo proteggevano quando andava a fare la spesa o fumava l'erba. Eppure, non aveva pensato a educarci alla dottrina cattolica. Non gli importava, in fondo. Per lui l'amore di Dio era unilaterale: proveniva dall'alto solo per fargli dono della sua bontà, e tanti cari saluti.

Nonostante mia madre lo vietasse categoricamente, da bambini nonna portava me e Simone a messa. Ci costringeva ad alzarci la domenica mattina presto per sederci sulle panche in prima fila, proprio davanti al parroco, e la trovavo una tortura, perché non conoscevo né le preghiere né le cantiche. I bambini bravi avevano una panca tutta per loro a sinistra dell'altare. Cantavano benissimo ed erano vestiti con abiti chiari e sobri, angioletti scesi dal paradiso per intonare le liriche. All'epoca c'era già Don Celestino, aveva meno rughe, ma la carnagione rossiccia come un nativo americano.

Quando era il momento della comunione, tutti si accodavano di fronte all'altare con le mani giunte. Il Burattinaio davanti alla moglie dai capelli lunghi e neri. Io restavo seduta al banco, da sola. Chi mi domandava perché non prendessi la comunione, rispondevo che non mi ero confessata. In realtà a me non piaceva che qualcuno mi ficcasse in bocca una piastrina insipida che s'attaccava al palato. Mi ricordava le cialde sulle torte di compleanno, che scansavo con la forchetta e lasciavo in una parte del piatto.

Invece Simone amava andare in chiesa. Cantava le canzoni e dopo la messa andava all'oratorio assieme agli altri bambini, ci restava un'oretta mentre nonna chiacchierava con le altre donne sul sagrato. Lui sembrava aver trovato il suo posto nel mondo. Io avevo il compito di controllarlo, e allora mi sedevo sull'erba e udivo i discorsi delle ragazzine della mia età. I bambini si rincorrevano e giocavano a calcio. Simone lanciava la palla lontanissimo e i bambini spalancavano la bocca, meravigliati per quel tiro. Tornava da me stanco e accaldato, ma con un sorriso stampato in faccia. Strappava fiori dalla terra e ci faceva un mazzetto che mi regalava.

Mia madre era contraria alla religione in generale, secondo lei eravamo troppo piccoli per capire quale dottrina seguire, avremmo dovuto scegliere da adulti. Nonna non era d'accordo. Quindi le messe della domenica mattina erano state un compromesso che mamma aveva dovuto accettare; l'alternativa sarebbe stata affidarci a papà. Avevo ricordi piacevoli dell'oratorio, non potevo dire lo stesso della messa. Avevo un'idea mia sulla religione e su Dio. Nella vita che conoscevo, non esisteva qualcuno che vegliava su di noi, e che permetteva tutta quella povertà.

Ma il pensiero di Dio non mi abbandonò mai veramente. Negli anni cambiai idea più di una volta. Quando si presentava una speranza, ci credevo anch'io, e mi sentivo meno sola. Forse Dio raggiungeva anche me al quartiere. Quando pregavo a modo mio mi sentivo appagata. Poi le cose restavano stazionarie e le speranze diventavano vaghe illusioni. Allora tornavo a dubitare della sua esistenza.

Questa altalena di credere e non credere persiste ancora oggi. Ci sono momenti in cui vorrei abbandonarmi all'amore puro, altri in cui mi rinchiudo in me stessa e penso che non potrò mai essere la donna devota che mia nonna avrebbe voluto. Campo dell'oro mi ha estirpato la purezza dall'anima e sarò dannata per l'eternità. Ci sono scelte che rimpiangerò per tutta la vita, carenze che non saprò colmare. La religione è una di queste.

Il pomeriggio in cui mio fratello perse la verginità entrai in chiesa.

Era un richiamo che non riuscii a ignorare. Dovevo darmi una possibilità. Nel profondo sapevo che me lo meritavo. Mi meritavo la felicità, anche se capii più tardi che non era quella a mancarmi davvero.

L'incenso mi pizzicava il naso, era un odore che mi faceva pensare ai volti severi dei santi. Un brivido di freddo mi procurò la pelle d'oca, ma fu piacevole. C'era poca gente. Due signore anziane si inginocchiarono sulle panche, e lo scricchiolio del legno accompagnò i loro sospiri. Recitavano le preghiere con un filo di voce.

Le panche erano distribuite a ventaglio, a sinistra, destra e davanti all'altare. La parrocchia aveva una forma moderna rispetto alle altre in centro città. La superficie era quadrata, sulle pareti c'erano affisse poche immagini che raffiguravano Gesù Cristo e la Madonna. Ai lati, come nascosti, c'erano due confessionali. Uno era occupato, intravedevo la figura di un uomo.

Mi avvicinai al bancone delle offerte, era una cassettina di legno con una piccola fessura in alto, simile a un sorriso. Mi guardai in giro, certa che nessuno mi stesse osservando. I pochi presenti pregavano, a testa bassa. Sospirai, mi sentivo controllata, ma forse non erano sguardi umani quelli che mi stavano tenendo sott'occhio. Dalla tasca dei pantaloni pescai i soldi che mi aveva dato Giancarlo e con un gesto rapido li inserii dentro la fessura. Quando mi sedetti sulla panca, ritornai a respirare. La mia azione era stata malvagia, ma non tutte le cattiverie finiscono con ferire. Alcune possono trasformarsi in bellezza e dare positività, colorare la vita di una persona meno fortunata, donare un riscatto. Il male non genera sempre male, in fondo.

Chiusi gli occhi e iniziai a pregare a modo mio. Avevo bisogno di lasciarmi andare, di sentirmi in pace. Il silenzio mi fu d'aiuto. Chiesi una mano a Dio. Non di tirare mio fratello fuori dai Sorci. A quello ci avrei pensato io. Ma una strategia per sfuggire da Campo dell'oro. Il male era dappertutto, cresceva come radici nelle persone. La mia famiglia doveva salvarsi.

Forse non avevo il diritto di chiedere certe cose. In fondo non l'avevo mai pregato, e non mi andava di essere quella che si affaccia a una religione quando le fa più comodo. D'un tratto mi sentii fuori posto. Qualcosa mi spingeva fuori con forza, o forse era solo la mia impressione. Cominciò a mancarmi l'aria. Così mi alzai e raggiunsi la luce fuori.

Il padre di Lorenzo stava fumando una sigaretta. Era appoggiato al corrimano delle scale e aveva lo sguardo perso nel vuoto. Lui era l'uomo nel confessionale. Non sapevo che frequentasse la parrocchia.

«Don Celestino dice che c'è salvezza» fu il suo saluto. Il suo alito sapeva di alcol. Mi domandai come faceva a reggersi in piedi. «Ma io non ci credo. Mio figlio è spacciato». Si voltò verso il giardino dell'oratorio, le braccia conserte, la sigaretta incastrata tra indice e medio. «Ne sarai contenta, l'hai fatto diventare una checca».

«Lorenzo è sempre stato così».

Buttò la sigaretta per terra e la schiacciò con il piede. «Si mette il rossetto».

«Non vedo qual è il problema».

«Prima o poi si farà ammazzare» sbottò lui, e tremai per la sua convinzione. Alzò lo sguardo verso la chiesa. «Per questo stai qua? Per chiede' aiuto?»

Gli dissi di sì in un sussurro.

«Non so mica se t'ascolta» replicò, indicando il cielo. «C'è un sacco di gente in coda».

«Prima o poi tocca a tutti».

Il padre di Lorenzo si strinse nelle braccia. «Non è la prima volta che vengo». Ritornò a fissare il giardino dell'oratorio. In quel momento era deserto. «Aspetto un miracolo, e dopo non succede un cazzo».

Cercai delle somiglianze tra lui e Lorenzo. Avevano lo stesso naso e i capelli scuri, neri come le terre bruciate dall'afa. Ma Lorenzo aveva conservato una genuinità che il padre non possedeva. Era grezzo, ritroso come un riccio di mare appena pescato. Chiuso agli altri, chiuso a se stesso. Non guardava il mondo esterno, ma nemmeno lui permetteva che gli altri lo guardassero da fuori. Non c'era contatto con l'estraneo, con il diverso e, in questo caso, neanche con il figlio. Le relazioni erano limitate, vissute solo in brevi discorsi – ‘come va?’ – ‘bene, te?’ – ‘io, bene’ – ‘okay’ – ‘come hai dormito?’ – ‘io bene, te?’ – ‘bene, bene’ – ‘okay’.

Avvolto da un alone di alcol, camminò instabile per un paio di passi. Gli filai accanto, pronta ad acchiapparlo se fosse scivolato. Poi si accucciò ad allacciarsi le scarpe, la testa decapitata verso il marmo della parrocchia. «Tu credi in Dio?»

No, gli dissi che non ci credevo.

«Allora che stai a fa’ qui?»

Non lo sapevo neanche io.

Si rialzò in piedi, barcollando di un poco, e si resse al corrimano. «La fede non è una cosa che puoi scegliere sul momento. O ce l’hai o non ce l’hai». Guardò la chiesa in un tremolio sconnesso. Forse tratteneva le lacrime o forse aveva soltanto voglia di urlare. Si fece il segno della croce. I suoi occhi erano vitrei. «Secondo me tu sei il diavolo».

Avrei voluto dirgli che aveva ragione.

28.

I giorni che precedono una partenza sono uguali agli altri. Non sono niente di speciale. C'è l'adrenalina, quella sì, e un'ampia dose di insicurezza. Ma la vita procede come sempre. E bisogna accettare l'andamento, i tempi di quello che si sta lasciando. Per rispetto verso noi stessi e verso ciò che siamo stati.

Quella sera apparecchiai la tavola come se non fosse una delle ultime volte. Scelsi una tovaglia con sfondo bianco e una spruzzata di girasoli. Era uno degli acquisti impulsivi di mia madre, da utilizzare in occasioni speciali che non si presentavano mai. Piegai i tovaglioli di carta, sopra ci sistemai forchetta e coltello. Lei entrò in casa appoggiando un melone sulla sedia. Disse che l'aveva comprato perché profumava di zucchero. Lo aprì e tolse i semi con un cucchiaio. Ne ricavò otto fette perfette.

«Non posso credere che tra pochi giorni andrai via» sussultò in un singhiozzo.

La tenni stretta, nascondendo il viso nelle sue spalle. Era più magra del solito. Riuscivo a sentirle le scapole. «Posso restare».

Si asciugò una lacrima. «Non pensarci neanche».

Il fattorino suonò al citofono. Presi il cartone enorme di pizza dalle sue mani mentre mia madre pagava. Aprii la scatola e il profumo si disperse per la cucina.

Provò a chiamare Simone al cellulare. Una seconda volta, un minuto dopo ce ne fu una terza. Faceva squillare il telefono finché non partiva la segreteria. Gli mandò un messaggio. Aspettammo che rispondesse, sedute a tavola, gli occhi che indugiavano sui tranci di pizza che fumavano vapore. Alla quinta telefonata, mamma cominciò ad agitarsi e compose il numero di casa di un suo compagno di scuola.

«Mi sa che andava al mare» mentii.

Mamma diede un'occhiata all'orologio. «Sono le otto e mezza. È tardi per il mare». Fece partire la chiamata.

Le sfilai il cordless dalle mani. «Dallo a me». Accostai l'orecchio al ricevitore.

«Se permetti» disse riprendendoselo, «preferisco parlarci io».

Rispose il padre del compagno di classe. Non sapevo come si chiamasse. Mamma ci discusse per un paio di minuti, giusto per appurare che Simone non fosse lì. Ringraziò e si scusò per l'ora. «Il figlio sta a cena fuori con un amico. Mi ha detto che non vede Simo dalla fine della scuola».

Il mio cuore batteva all'impazzata.

Si rimise a sedere e si afferrò la testa con le mani. «Con chi è stato tutte queste settimane?»

Le dissi che non lo sapevo.

Riprovò a chiamarlo. Andò alla finestra, il cordless saldo sull'orecchio. «È tardi, deve torna' a casa». Scostò le tende e guardò fuori, in strada. «Gli può succedere di tutto».

Furono inutili le sue telefonate, che finivano puntualmente con la segreteria, e le giustificazioni blande che le davo per calmarla. La pizza si raffreddò sul tavolo come un fiore appassito.

*

Sola in camera, le facce del ragazzo e della donna al mare tornavano prepotenti. Erano lì, sotto il pelo dell'acqua, risalivano in superficie quando abbassavo la guardia.

'Tu sei il diavolo' mi aveva detto il padre di Lorenzo.

Ma c'era stato un tempo in cui la malvagità non faceva breccia in me. Quando avevo cominciato a incattivirmi?

Forse il quartiere non c'entrava nulla. Forse quel male l'avevo dentro da sempre, e prima o poi sarebbe comunque saltato fuori. La rabbia mi accecava il giudizio, ed era stata il motivo per cui io e mio fratello ci eravamo allontanati dopo l'abbandono di papà.

Ma ricordavo il patto che avevamo sigillato da bambini. Nascosti in camera mia, mentre mio padre fumava hashish e mamma lavorava all'hotel, leggevamo *Il barone rampante* e sognavamo di vivere sugli alberi.

«Facciamo una promessa» gli avevo proposto, d'un tratto. Simone aveva appoggiato il libro sulla mensola e si era accomodato sul letto per dedicarmi la massima attenzione.

«Promettiamoci che restiamo per sempre fratello e sorella, okay?»

«Ma noi *siamo* fratello e sorella» aveva detto con l'aria perplessa.

«Non si può mai sapere» avevo ribattuto, scrollando le spalle. «Gli adulti non chiedono scusa».

«Come mamma e papà?»

«Come mamma e papà». Avevo annuito e indicato la porta. «Pure se viviamo lontani o litighiamo come i grandi, se tu ti fai la fidanzata o io mi sposo, noi restiamo uniti, d'accordo?»

Aveva assentito.

«Promettimelo».

«Te lo prometto» aveva detto, con un sorriso sdentato. «Tu lo prometti a me?»

L'avevo abbracciato fortissimo. «Sì, cascasse il mondo».

Simone rincasò alle dieci passate. Fuori il sole era tramontato e il buio s'era impossessato dei profili delle case. Era stanco e sporco, si defilò in bagno mentre riscaldavo la pizza nel forno. Mia madre batté i pugni sulla porta pretendendo spiegazioni.

Versai un po' d'aranciata in un bicchiere e glielo porsi. L'anidride carbonica risaliva frizzando. «Vedi? Te l'avevo detto, stava al mare».

Lei arricciò le labbra. Bevve un sorso e si pulì la bocca con il fazzoletto di carta. «Non serve difenderlo».

Un quarto d'ora più tardi mangiammo in silenzio. Simone aveva gli occhi arrossati e i capelli umidi che profumavano di shampoo. Mia madre lo osservava da dietro la bottiglia di aranciata e ogni tanto mi dedicava un'occhiata carica d'apprensione. Quando mi alzai per sparecchiare, lei si era già defilata nella sua camera.

Simone picchiettava con il polpastrello il bordo della pizza.

«Vogliamo parlare di oggi?»

Scosse la testa.

«Immagino che sia stato difficile».

«Mirella è la sua puttana» fiatò.

Gli accarezzai il braccio. «Mirella è una vittima, come tutti noi» dissi con dolcezza. «L'unico ad avere colpe è lui».

Non riusciva ancora a parlarne. Me ne accorgevo dal modo in cui teneva lo sguardo basso, pesante come era pesante il suo corpo. Preferì cambiare discorso. Mi disse che erano stati a Santa Fermina fino a poco prima. «Quel tizio non vuole andarsene».

Mi tornò in mente il ragazzo con i capelli corti e neri, il campo da calcetto, l'erba sintetica che splendeva in un verde acceso come se fosse vera. 'Forse è così che si capisce quando è un'illusione' pensai, tra me e me. 'Quando tutto è troppo perfetto, forse non è vero. Come la partenza per Milano'.

«Lui è il capo?» domandai in un sussurro.

«Non ne hanno uno» disse Simone, cupo. «È un gruppo diverso dal nostro».

«Giancarlo lo sa?»

«Giancarlo era fuori di sé» commentò, con la gola secca. Tossicchiò.

«Be', cosa si aspettava?»

«Non è questo il punto» borbottò, sedendosi meglio sulla sedia. Gli tolsi la mano dal braccio. «Loro non vogliono mischiarsi a noi. Ci hanno dato un ultimatum. Dobbiamo sparire o ce la faranno pagare».

Se inizialmente Giancarlo voleva conquistare il loro territorio perché li invidiava, adesso l'avrebbe agognato per poterli smembrare pezzo dopo pezzo.

«Vuole che vai di nuovo laggiù?»

Lui annuì, gli vidi il cuore in gola.

Mia madre ricomparve in cucina mentre Simone buttava il suo trancio di pizza intatto nella pattumiera. Aveva in braccio una dozzina di DVD.

«Che film ci guardiamo?»

Mi irrigidii, ma fu Simone a parlare per me: «Abbiamo una festa, ma'».

Lei parve cadere dalle nuvole. «Anna, parti dopodomani». Cercò il mio sguardo, ma non lo trovò. Non potevo darle il supporto che meritava, e per questo mi sentii morire dentro. «Pensavo di passare la serata insieme».

«Abbiamo una festa» ripeté Simone. La sua voce piatta e ferma stabiliva una decisione tassativa. Mamma non si muoveva, era come se fosse diventata una statua di sale. Simone si allungò su di lei – un'altra estate e l'avrebbe superata in altezza – e le baciò la fronte. «Buona notte» aggiunse, e uscì di casa.

«Lo controllo io» dissi con convinzione prima di seguirlo, ma fu chiaro a entrambe l'odore putrido nelle mie parole.

29.

L'incontro era alla Frasca, una pineta a nord di Civitavecchia, al suo confine. Per attraversare la città da parte a parte, prendendo varie traverse e strade secondarie, il percorso si allungava di due chilometri. Venti minuti di motorino o di macchina, ché gli autobus fino alla Frasca non arrivavano. A piedi era pericoloso, perché la strada che collegava la città da nord a sud era trafficata da auto in corsa e tir pesanti. Forse mio padre sarebbe passato da lì durante il giorno: lavorava all'officina che sorgeva nella zona industriale, ma a Simone non lo confidai.

Su quella strada non morivano solo i pedoni. Qua e là sul guardrail spuntavano fotografie e mazzi di fiori secchi, cartelli con le date dell'incidente e altarini improvvisati. La gente li ignorava, come le epigrafi nei cimiteri. Allora, qual era il senso di quel ricordo, se nessuno gli prestava attenzione?

Così Simone aveva insistito perché mi fermassi per poterne osservare uno, in fondo eravamo in anticipo. Avevo parcheggiato lo scooter accanto alla carreggiata, messo il cavalletto e con il casco indosso avevo scrutato il viso del morto. Simone osservava la fotografia a braccia conserte. Era un ragazzo giovane, di circa vent'anni, deceduto in quel punto cinque mesi addietro. Lui si guardò intorno, come a cercarne traccia. Per terra c'erano mozziconi di sigaretta, bottiglie di plastica e frammenti di fanali rotti. Nessuna impronta di anima o qualcosa che il ragazzo avesse lasciato nel mondo dei vivi. Se n'era andato per sempre. L'altarino era stato allestito con scritte, candele ormai spente e peluche a forma di cuore. Doveva mancare molto alla sua famiglia e ai suoi amici. Forse aveva avuto una ragazza. Chissà se lei si era fidanzata di nuovo o se lo aspettava invano nella speranza di un ritorno. 'La speranza gioca brutti scherzi. Ti porta allo stremo' fu il mio pensiero.

«Andiamo» disse Simone dopo un po'.

Scavallai il motorino e rimontai in sella. Lui si sedette dietro di me in silenzio. Non guardò più la fotografia del ragazzo morto. Controllai che nessuno stesse arrivando nella mia corsia, poi partii spedita verso la Frasca.

Osservai la centrale elettrica sovrastare l'orizzonte. Spuntava irriverente in quattro ciminiere come quattro funghi velenosi dalla terra. I fumi perlacei si mescolavano alle nuvole bianche, ma li respiravamo anche noi, non solo il cielo. Il nero della notte ormai era un tutt'uno con il mare.

Simone strinse le mani nell'incavo della sella. Lo sentivo agitarsi.

«Tutto okay?» gridai.

Lui mi rispose di guardare avanti.

L'Aurelia si dipanava in varie arterie secondarie che portavano al mare. Svoltai alla prima. Sentivo addosso il sapore della salsedine, e un vento leggero soffiò verso di noi come la carezza di una madre.

Mi infilai in una via alberata. Gli uccelli cinguettavano con aria festosa nonostante fosse notte. Un moscone mi sfiorò la guancia, distraendomi per un attimo dalla guida. Attorno si estendevano campi spogli, abbandonati alla siccità e all'inquinamento: sotto la luna marcivano bottiglie di plastica, materassi ed elettrodomestici. Il mare era una passata di vernice scura, ma lo sapevo che si estendeva lontano dalla costa, oltre le acque civitavecchiesi. Forse raggiungeva il cielo. Ebbi l'ardente desiderio di allungare la mano e acchiapparlo, quell'infinito. Ma Simone mi disse di prendere la prima a destra e lasciai perdere.

La Frasca era una spiaggia di sassi naturali nascosta dalla pineta. Frequentata perlopiù da ragazzi di sedici, diciassette anni, ma anche da alcuni più grandi, era il pezzo di terra che concedeva un po' di privacy per via delle chiome che abbracciavano la costa. I ragazzini restavano fino a tarda notte, si accampavano lì per vedere l'alba. Si radunavano in gruppi da sei, sette persone, ballavano attorno ai falò, bevevano birra, fumavano hashish e si calavano LSD, in un'orgia perpetua fino alla nascita del sole dal pelo dell'acqua. Erano le feste dei ragazzini ricchi, quelli del centro, dove persone come noi non erano invitate. Non credevo che a Giancarlo interessassero quegli incontri. Non accettava la loro pietà, preferiva le discoteche e i centri sociali, se voleva farsi una scopata. Oppure chiamava Mirella, se proprio non trovava di meglio. Ma accettare la loro pietà, no, quello mai. Non si sarebbe inchinato alla feccia. Erano loro che avrebbero dovuto adattarsi a lui.

Una musica pop rimbombava tra i pini. Yuri ballava con Mirella, mentre Manuel fumava seduto su un telo da mare. Giancarlo stava rollando una canna.

Il vento mi alitò addosso. Allargai le braccia per respirare il profumo del mare. Riconobbi i gabbiani camminare sulla spiaggia e infilare le zampe nei rifiuti. Le piume ormai grigie come l'asfalto.

Giancarlo sputò per terra e diede un calcio a una bottiglia di birra. «Mortacci loro. Sono proprio delle bestie».

«Che c'è, Simo'?» disse, quando si accorse che lo stava osservando. «Non mi dai una mano a puli'?»

Entrambi raccolsero i rifiuti e li buttarono in un secchio all'angolo della strada. I gabbiani non ne furono contenti e volarono poco più in là. Pescarono dalla spiaggia buste di plastica, pacchetti di sigarette, lattine; mio fratello trovò un preservativo e sbraitò con la faccia schifata.

«Tu resti a guardarci?» gridò Giancarlo da lontano. Mi avvicinai e raccolsi una bottiglia di plastica. Lo esaminavo di nascosto. Arrancava come se avesse corso per chilometri. Con la mano si ripulì la fronte e indicò gli altri sotto gli alberi.

«Andiamo a berci una birra» disse.

Si sedettero sulle radici del primo albero che incontrarono. La musica si alternava al rumore delle onde che s'infrangevano sugli scogli. Io restai in piedi appoggiata al tronco.

Mirella smise di ballare e si acciambellò sulle ginocchia di Giancarlo. Lo baciò, ma lui la ritrasse per aspirare una boccata dalla canna. «Che lavoro del cazzo che c'hanno gli spazzini». Sputò fuori il fumo. «Con questo caldo ci metteranno una vita». Mi lanciò un'occhiata. «A puli' tutta la città, dico».

Annuii.

«Però è da ammirare. Noi insozziamo le strade, buttiamo le cicche per terra, pisciamo sui muri. Questi puliscono la nostra merda. Sono da stimare» ribadì, dopo un altro tiro. «Mi passi la birra?»

Simone si alzò all'istante. «Vado io».

Giancarlo gli afferrò il braccio e lo riportò in basso, accanto a sé. «Stai calmo. Siediti».

«Non ci metto niente» replicò lui.

«Tua sorella sta in piedi, Simo'». Prese un'altra boccata di fumo e appoggiò la nuca sul tronco dell'albero. «Perché non vai tu, principe'?»

30.

Yuri stappò la bottiglia. Il livido sul suo naso era diventato verdognolo. Sulle guance abbondanti si intuiva una timida barba rossiccia. Mi porse la birra come se mi stesse passando un segreto. Era calda. «Stasera è incazzato».

«Il tizio di Santa Fermina» sussurrai, non muovendo un muscolo.

Lui assentì con un leggero cenno del capo. «Non vogliono unirsi a noi».

«Perché è tanto importante per lui?»

Scrollò le spalle enormi e mandò giù un sorso. «Forse gli pesa essere nato monco».

«Nato monco?»

Yuri sembrava rattristato. «Chi nasce a Campo dell'oro gli manca sempre qualcosa».

Di mancanze eravamo saturi tutti.

«A quell'infame ci penserò io» stava dicendo Giancarlo, come a mettere subito in chiaro le cose. «Per ora non l'ho sfiorato nemmeno con un dito. Sapete qual è la regola, no?» Buttò la cenere per terra, intanto Mirella annuiva. «Prima amici, dopo nemici. Ma ho faticato tanto per non pestarlo a sangue. Mi sono trattenuto, per il bene della nostra famiglia». Mi strappò la bottiglia dalle mani. «Menarlo avrebbe complicato le cose, tra l'altro».

Giancarlo si alzò e stiracchiò le gambe. Si ripulì i jeans

macchiati di terra. Mirella notò degli aghi di pino infilati nelle scarpe e allora glieli tolse, ma lui non ci fece caso. Venne verso di me con un guizzo e mi afferrò la vita.

«Facciamo un ballo?» Il suo alito puzzava di alcol e fumo. «Sei una principessa, concedimelo».

Rimanemmo così, immobili in mezzo alla pineta, lui schiacciato contro il mio corpo, lo sguardo di Mirella lo percepivo calare sulla schiena.

«Yu', metti la musica» gridò Giancarlo.

Yuri fece partire una canzone disco, ma lui sbraitò che non andava bene. «Perché 'ste cose monotone, cazzo! Metti Smetana».

«Smetana?» ripeté Yuri, disorientato.

«Ha composto *La Moldava,* pezzo di asino» sbraitò Giancarlo.

Mi portò la mano sulla sua spalla e l'altra me la fece mettere a coppa sul fianco. Secondo lui era di vitale importanza conoscere la posizione, se volevo imparare.

«Ma io non voglio imparare» dissi a denti stretti.

«Una principessa *deve* ballare» replicò lui.

Quando *La Moldava* risuonò per la Frasca, Yuri e gli altri trattennero sguardi scioccati. Era la prima volta che i Sorci ascoltavano musica classica. Da dietro la spalla di Giancarlo, notai Mirella tirare fuori dalla tasca una pasticca e ingoiarla con un sorso di birra.

«Porta indietro il piede» disse Giancarlo.

Non mi sentivo in grado. Ero scoordinata e tutta quella storia mi faceva saltare i nervi. Ma Giancarlo non dava peso alla mia goffaggine. Parlava per darmi indicazioni. Quando riuscii a replicare i suoi movimenti, lui si fermò. Andò da Mirella con un passo aggraziato e le sfilò i vestiti di fronte a tutti. Rimase in intimo e portò le mani al petto.

«Adesso balla con lei» mi ordinò impassibile. Manuel fumava in disparte e ci osservava. «Non voglio screzi nella mia famiglia».

Restai ferma dov'ero.

Lui mi osservava dalla testa ai piedi. Aveva gli occhi lucidi, forse aveva fumato troppo. «Non sto a gioca'».

Ecco di nuovo la rabbia. Il cuore mi pulsava nelle orecchie. Ricordai la freddezza di Yuri quando aveva accoltellato il ragazzo alla gamba. Anche per quello Giancarlo aveva chiesto una prova? Quanti ne aveva feriti Yuri, prima di convincerlo?

«C'è un prezzo da pagare per ogni cosa che si desidera» continuò Giancarlo. «Se vuoi far parte della famiglia, devi rispondere alle mie regole».

Mi limitai ad assentire, anche se a fatica. Sapevo con chi avevo a che fare. Avrei calpestato i miei princìpi, gli insegnamenti di mia madre nel combattere per la parità di genere. Ma se reprimere una parte di me stessa avrebbe significato proteggere mio fratello, allora l'avrei fatto. Mi sarei messa da parte e avrei ubbidito a Giancarlo, anche a costo di partecipare a quel gioco malato.

Lui cominciava a stufarsi. Batteva il piede sulla terra. «Se t'avvicini mica ti mozzica eh».

Avanzai di qualche metro verso Mirella. Sentivo il respiro del mare e del vento tra i pini. Era il suono della natura, talmente rassicurante e pulito da farmi quasi dimenticare di trovarmi lì. Ma io *ero lì*. Allungai una mano sul fianco di Mirella. La accompagnai verso uno spiazzo e cominciammo a ballare. *La Moldava* era ripartita daccapo. Lei tremava dal freddo, anche se il clima era mite. Affondò la testa nei miei capelli e contenne un gemito.

«Sei proprio una pippa, Anna» disse Giancarlo con una risata.

Mi scusai.

Mirella piangeva nell'incavo della mia spalla. Sussurrava qualcosa, ma tra i singhiozzi non capivo le sue parole.

«Non ti preoccupa'» disse lui, e mi sfiorò la spalla con due dita. Chissà che aveva da sorridere. «L'importante è iniziare».

Mirella profumava di fiori e indossava laccetti colorati al posto dei bracciali. Continuava a tremare e le domandai sottovoce se voleva fermarsi.

«Meglio di no» bisbigliò. «Lui s'arrabbia».

Mi bloccai ugualmente. Sciolsi la presa e raccolsi da terra i suoi vestiti. Erano gli stessi pantaloncini neri e la stessa canottiera perlata da cui s'erano scollati i brillantini. Gli shorts dovevano piacerle molto, in fondo le calzavano alla perfezione.

«Che stai a fa'?» sbottò Giancarlo. Mi venne incontro, sbraitando parolacce e intimidazioni. «Non t'ho detto di fermarti».

«Ho voglia di una birra» mentii, senza guardare Mirella che si rivestiva tremando di freddo o forse di paura. «O le principesse non la possono bere?»

I suoi occhi erano piatti come quelli di una bambola. «Ce n'è metà» disse offrendomi la sua bottiglia. Allungai la mano, ma lui fu più veloce. Con uno scatto repentino me la versò addosso. Tutti scoppiarono a ridere, mio fratello trattenne a stento un'espressione nervosa.

Giancarlo aspettava la mia reazione con aria divertita. «Buona la birra?»

Trepidavo per l'indignazione, nella mia testa le risate si moltiplicavano, la rabbia si inerpicò fino alla punta della lingua, pronta a sferzare l'aria di odio e risentimento.

Voleva un pretesto per punirmi, dimostrare a tutti cosa significava disobbedire. Non gliel'avrei data vinta.

«Buonissima» dissi con tutta la calma possibile.
Lui mi osservò intensamente, intento a valutare la mia prossima mossa. Aprì la bocca, gli intravidi i denti storti. Chissà se aveva mai morso qualcuno, con quegli incisivi.
«Bene» disse. Poi si voltò verso Yuri e gli chiese un'altra birra, senza scollarmi lo sguardo di dosso.

Mirella s'era seduta sugli scogli. Il mare era calmo, ma sapevo che dentro di lei si stava consumando una tempesta. La raggiunsi, saltando sugli scogli come se stessi giocando a campana. Restai imbambolata a guardarla mentre tirava fuori dalla tasca un pacchetto argentato. Ingoiò un cristallo e scrutò il mare.
«Scherzi con il fuoco» disse, guardando davanti a sé. «Lui vuole comanda'». Aveva lo smalto consumato alle unghie, e i capelli ricchi di un nevischio sebaceo. Sull'avambraccio notai un nuovo tatuaggio, un diamante stilizzato con varie sfumature celesti.
«T'ha fatto male?»
«Ma che?»
«Il tatuaggio» indicai con il dito. «Hai sentito dolore?»
Mirella riempì le guance come un pesce palla. «Mi fate tutti la stessa domanda».
«A me farebbe paura».
«Principe', tu vomiti appena ti infilano l'ago nella pelle». Mirella avvicinò l'avambraccio destro e mi mostrò il disegno. Con l'indice affusolato indicò il centro del diamante. «Qua voglio farmi scrivere 'G e M', però la 'e' deve essere con i ghirigori».
«Non ho presente».
«Ma che stai a di'» sbottò in un risolino. «La 'e' con i ghirigori la mettono dappertutto. Pure sull'insegna dei ristoranti».

Le dissi che proprio non capivo di cosa stesse parlando.

«Ma che sei rincoglionita? Non hai mai visto la 'e' con i ghirigori?»

Scossi la testa.

«Sei proprio una sfigata».

Preferii stare zitta.

«Non posso credere che non sai come è la 'e' con i ghirigori» insistette lei. «Aspe'» aggiunse scavando nella tasca. Pescò un piccolo portafoglio di Dolce & Gabbana. La congiunzione che legava i due cognomi aveva curve e riccioli. «Ecco, è questa».

«Ah» dissi con un sospiro. «Si chiama 'e commerciale'».

«Non è vero».

«Ti giuro».

«Te lo stai a inventa' per evita' la figura di merda».

«Ti dico di no».

«Io non ci credo» borbottò Mirella. «Voi principesse fate di tutto per salvarvi la faccia».

«Se fossi una principessa non starei qua» sbottai allora.

Mi guardò spalancando gli occhi. Poi scoppiò a ridere a squarciagola. Appoggiò la testa sulla mia spalla e fece le fusa come un gatto. «Non sei male, in fondo». Poi tirò fuori la bustina argentata dai pantaloncini e me la passò con indiscrezione. «Prova la *flakka*».

«Preferisco di no».

«Aiuta a non pensare» mi promise, gli occhi due satelliti affamati di mondi.

Le carezzai il caschetto con dolcezza. Avrebbe potuto essere mia sorella. «Se non penso, sono morta».

31.

Mi svegliai poco prima dell'alba. Simone si era addormentato sull'asciugamano abbracciato a Mirella. Yuri s'era coperto con la giacca a vento e biascicava nel sonno. Manuel dormiva seduto contro il tronco di un pino, stringeva a sé una bottiglia di birra come fosse un peluche.

Giancarlo era l'unico sveglio. Stava in piedi sugli scogli dove poche ore prima Mirella mi aveva offerto la *flakka*. Fumava mentre guardava il mare.

«C'è qualcosa di magico ogni volta» disse quando mi fermai accanto a lui. «Il mare lo sa che non è colpa nostra».

Deglutii.

Si voltò a guardarmi. Non aveva più gli occhi lucidi. Indicò Simone e Mirella che dormivano avvinghiati. «S'è preso una cotta per la donna mia».

«È un ragazzino».

Giancarlo sorrise, tornando al mare. «Anch'io ero un ragazzino quando ho fottuto la donna di mio padre».

«Simone non è così».

Lui non rispose. Il sole nacque dolcemente dall'orizzonte. Era un mezzo cerchio brillante che si svegliava con timidezza.

«Tuo padre non c'è più, vero?» domandò dopo un po'.

«Non è morto».

«Intendo dire che è scappato». Aspirò una boccata di fumo.

«L'ho rivisto anni fa» dissi a bruciapelo. «Una sola volta».

«Poi basta?»

«Poi basta».

Prese un sasso piatto e lo lanciò nell'acqua. «Pezzo di merda, ve'?»

«Ognuno ha il suo castigo».

«Non credo al karma» sbottò. Respirò un altro tiro dalla canna. «È troppo estenuante aspettare la vita successiva per la vendetta».

«Perché, vuoi vendicarti di tuo padre?»

Di nuovo non rispose, però roteò le pupille come a darmi conferma.

«Dicono che nella filosofia si trovano le risposte» sussurrò poco dopo. «Che aiuti a perdonare. Io non riesco». Inspirò rumorosamente, passandosi il dorso della mano sul naso.

«La filosofia apre la mente».

«Forse fin troppo» commentò in un borbottio. «Io poi non ci capisco granché. Non ho mica studiato» aggiunse con freddezza, la fronte aggrottata in una forma di rancore.

Quel dubbio che avevo provato fin dall'inizio, prima a casa sua e poi a seguire, ora si fece chiaro ai miei occhi. Come potevo non essermene accorta subito? Accecata dalla sua prepotenza, dal suo desiderio di espansione, mi ero lasciata soggiogare come gli altri Sorci e il resto del quartiere.

Aveva fregato tutti, anche me.

«Ho capito perché Simone è nella banda» dissi.

Giancarlo inarcò le sopracciglia. Prese un'ultima boccata, poi buttò il mozzicone per terra. Lo schiacciò con la punta della scarpa.

«Tu hai voluto ferirmi».

Scoppiò a ridere, ma era una risata artificiosa. «Sei troppo egocentrica, persino per una principessa».

«Quante volte hai desiderato andartene?»

Raccolse un altro sasso e lo lanciò nel mare. Affondò rapido e sulla superficie si formarono dei cerchi concentrici. «Perché vorrei andarmene?»

Lo ignorai. «A quale università volevi iscriverti?»

Giancarlo stavolta rise come un folle e mi diede una pacca sulla spalla. «Vatti a bere un caffè, principe'».

Il modo di parlare in dialetto quando stava con gli altri, l'uso dell'italiano quando si rivolgeva a me, la conoscenza della musica classica. «Non credo più alla tua farsa» sbottai, allontanandomi da lui. «Hai rovinato la mia vita».

Fece un salto nella mia direzione e mi attanagliò il viso. Sentivo le sue dita affondare nella pelle. «La tua vita non l'ho ancora rovinata». Il suo fiato sapeva di morte. «Non sai cosa ho in testa».

«I tuoi piani di espansione» dissi in un ringhio.

«È il sogno della famiglia».

«Non giustifica quello che mi hai fatto». La mia voce si spense.

«Sta' zitta». Mi lasciò andare il viso. Il sole era diventato integro nel cielo, mentre io mi sentivo a pezzi. «Come puoi vivere con la consapevolezza che quelli hanno tutto, e tu niente?» Sputò come a marcare la domanda. «Vivi in un palazzo che ti cade in testa. Tuo padre ha lasciato te e la tua famiglia in mezzo alla merda. Non capisci che ti sto dando l'occasione di riscattarti?»

«Rubare borse e territori non è riscattarsi».

«Ognuno fa quello che può» ringhiò. «Chi t'ha messo in testa che gli altri sono meglio di noi?» Non si aspettava una risposta. Non mi stava chiedendo un parere, mi stava informando delle decisioni che aveva già preso. I suoi occhi erano neri come lo era stata la notte. «Non hai voglia di sapere come sarebbe andata, se tuo padre fosse rimasto?»

Restai in silenzio, lo sguardo basso.

«Unisciti alla mia causa. Tuo fratello l'ha fatto».

Guardai al volo Simone che dormiva abbracciato a Mirella e sentii un nodo stretto in gola. «C'è un modo migliore».

«Non esiste un modo migliore» replicò lui, portandosi le mani alla testa, paonazzo in viso. «Le cose o te le prendi con la forza oppure muori di fame. Non c'è una via di mezzo».

«Io credo che un futuro migliore esiste, per chi se lo merita».

Giancarlo si bloccò. Rimase a guardami in silenzio, lo sguardo inchiodato nel mio. «Per questo non mi fido di te» disse dopo un po'.

«Ti ho dato tutto».

«Non è abbastanza» ribadì piegando la testa di lato. Aveva una cispa nell'occhio, ma non lo rendeva più umano. «Non mi hai dimostrato devozione».

«Non sei un dio, ricordi?»

«Ho aspirazioni più alte». Giancarlo spianò il sorriso da piranha ed ebbi un tremito di paura. «Io voglio uccidere Dio».

Dieci minuti dopo svegliai Simone. Lui aprì gli occhi, assonnato, e guardò con dolcezza Mirella. Le tolse un ago di pino dal caschetto e le carezzò la guancia candida.

Lo aiutai ad alzarsi e si stiracchiò mentre i gabbiani si tuffavano nell'acqua per cacciare qualche pesce. L'aria era fresca, sapeva più di primavera che d'estate, anche se a breve sarebbe calato il caldo.

«Dobbiamo andare prima che mamma si accorga della nostra assenza» gli sussurrai. Lui fu d'accordo.

Mise in moto il motorino. Indossò il casco e salutò Giancarlo con un cenno del capo.

Era tornato dagli scogli. Mi prese per un braccio e mi allontanò dallo scooter.

«Il ricchione non lo devi più vedere».

«Cosa?»

«Non voglio che la gente si faccia strane idee sulla mia famiglia» decretò. «Tronca con il frocio o ci penserò io».

«Lorenzo è il mio migliore amico».

«Se vuoi davvero dimostrarmi fiducia, comincia da qua» tagliò corto.

Montai sul motorino, il cuore che batteva all'impazzata. Non staccai lo sguardo da Giancarlo mentre infilavo il casco. Simone mi chiese cosa mi avesse detto e gli risposi che ne avremmo riparlato a casa. Partii con il desiderio di fuggire, per portare in salvo almeno mio fratello.

Oggi

Sono giorni che vivo in una bolla. Sento tutto ovattato, come se avessi picchi di irrealtà. Ieri sera, per esempio, sono andata al cinema. Avevo bisogno di uscire di casa. Non riesco a far finta che tutto sia okay, tanto più con la coinquilina che gira per l'appartamento. Credo di non piacerle, non sono abbastanza socievole, è una brava ragazza ma non ce la faccio a fidarmi di nuovo, a bucare quella retina che divide l'incertezza dalla completa sicurezza di sé. Per ora voglio stare per i fatti miei.

L'unico posto accessibile alle mie tasche è il cinema. Ne ho trovato uno vicino, è economico, piccolissimo, con un'unica saletta, resiste al dominio dei multisala. Ho voluto preservare la sua esistenza ancora per un po'. Ma per metà della proiezione è stato come se non fossi seduta sulla poltrona. Al posto mio c'ero io ma non mi riconoscevo come persona. Sapevo che era il mio corpo, eppure la mente svolazzava da tutt'altra parte. Un distacco che mi ha procurato una fitta d'ansia. Ho creduto di morire. 'Ecco, adesso muoio qua, in mezzo a tutte queste persone. Come la prenderà mamma?'

Da quando me ne sono andata, il maremoto torna a visitarmi tutte le notti. Affogo, i polmoni si riempiono d'acqua, ma non muoio davvero.

*

Non so come guarire. Perché mi sono resa conto, ieri sera, mentre aspettavo che la coinquilina uscisse dal bagno, be', mi sono resa conto che la mia è una malattia della mente. Ho continui attacchi di panico, e nei miei sogni si alternano tsunami e gli occhi nerissimi di Giancarlo. Perché lui è là fuori, da qualche parte, e mi aspetta. Si vorrà vendicare, in un modo o nell'altro. 'Non credo al karma', mi torna in mente la sua voce tagliente. Alla fine l'ho scampata io. Quando mi verrà a prendere, non avrò più possibilità di fuga.

Gli studenti di latino sono venuti e hanno fatto razzia dei tramezzini. Chiara mi ha fatto l'occhiolino dal bancone come a sussurrare: «Che t'avevo detto?» Prepara caffè e cappuccini, poi quando il bar si svuota si siede di fronte a me.

«Cinque euro che nevica entro stasera» dice, indicando fuori.

Continua a piovere a dirotto. «La neve non l'ho mai vista».

Lei spalanca la bocca come un cartone animato. «Non dire stronzate».

«Giuro».

«Mai andata in vacanza in montagna?»

Ridacchio ma non le rispondo.

«Capito» fa lei, serrando le labbra. Gioca con un riccio. «La neve è molto bella».

Torno al mio quaderno.

«Ancora non hai finito la lettera?»

«Mancano dei passaggi» dico.

«A chi stai scrivendo? Al fidanzato?»

La guardo, ha un sorriso disteso e sincero. Mi chiedo come faccia a essere così ilare. «Tu perché lavori qua?»

«Perché mi piace pagarmi l'affitto». Ride e sembra che i suoi riccioli neri ridano con lei. «A parte gli scherzi, la paga è buona e gli studenti sono sexy».

«Gli studenti di Lettere?»

Il sorriso le ha raggiunto gli occhi. «Non c'è niente di più sexy di un uomo che sa recitarti *L'infinito* a memoria».

«Al convegno di ieri un professore ha ripetuto i versi del quinto canto dell'*Inferno*» dico staccando la penna dal foglio. «Posso giurarti che non era affatto sexy».

Si allunga sul tavolo e mi sussurra all'orecchio: «Perché non hai ancora visto il professore di filologia romanza».

Il mio cellulare suona, ma quando noto il nome sul display rifiuto la chiamata. Il mio cuore vacilla, non ho coraggio di sentire la sua voce.

«Ahia» commenta, alzandosi. «Forse la lettera sarà più lunga di quanto pensassi».

32.

Raggiungemmo il centro città prima del previsto. Il traffico era fluido come panna fresca. Non faceva ancora tanto caldo, il sole sulla pelle era piacevole e le cicale tacevano. L'unico suono era il cinguettio delle allodole dagli alti pini ai lati della strada. Simone si stringeva a me e ogni tanto lo sentivo sbadigliare contro la mia schiena.

I negozi erano già aperti e presto il canto delle allodole fu sostituito dalle urla dei commercianti che vendevano frutta e verdura, pane, pesce pescato la notte stessa. Le vecchie, con i loro porta-spesa in stoffa rossa, blu o marrone, scendevano di casa in ciabatte e andavano a far compere di buonora per accaparrarsi i prodotti migliori. La strada che collegava il mercato al panificio profumava di pasticcini, caffè, carne macinata, ed era così invitante che sarei rimasta lì fino all'ora di pranzo. Sarei rimasta, se mi avesse aiutata a non pensare.

L'odore del pane appena sfornato ridestò Simone, che mi pregò di comprare la pizza bianca così unta d'olio che bagnava la carta in cui era avvolta.

«Là c'è un parcheggio». Indicò un posto vuoto vicino alla salumeria.

«È un po' distante dal panificio» considerai.

«Eddai, non ci metti niente» brontolò. Si accarezzò lo stomaco con la mano. «Ho una fame da lupo».

Lasciai lo scooter dove mi aveva segnalato. Gli dissi di aspettarmi, che c'era fila al panificio.

«Intanto mi riposo» sussurrò, appoggiando la testa sul manubrio.

Il panificio stava dall'altra parte della strada. Il mercato era gremito di persone. I commercianti strillavano prezzi e invogliavano i clienti ad avvicinarsi. Superai una bancarella che vendeva borse di perline. Mi ricordò Lorenzo, ma subito il sorriso sul mio viso si spense.

Giancarlo mi aveva ordinato di non vedere più il mio migliore amico. Che cosa gli avrebbe fatto se non avessi ubbidito?

Arrivata al panificio strappai il numero dalla macchinetta. Il bigliettino stampato era il ventiquattro e mi misi in coda dietro una signora anziana che trascinava un carrello di stoffa. Mi alzai sulle punte per dare una sbirciata al bancone e mi mancò la terra sotto i piedi.

Mio padre era di fronte a me. Si era voltato per guardarsi intorno e aveva incrociato il mio sguardo.

Mollai il bigliettino, che cadde sul pavimento in una piroetta. Mi irrigidii sui piedi. Volevo andarmene, ma i muscoli non reagivano.

Lui mi venne incontro. Aveva gli occhi turgidi di attesa. Sembrava sospeso, come sospesi erano stati tutti questi anni da quando se n'era andato. Indossava la divisa scura dell'officina.

«Come ti sei fatta grande» disse, tremante.

La voce non era cambiata. Quante volte l'avevo sognata negli anni passati, con il desiderio di risentirla di nuovo. Ora che mi era di fronte non sapevo dire se quel desiderio lo conservassi ancora. Ma la voce che aveva gridato contro mia madre, pianto per la marijuana finita e scagliato Simone contro il termosifone, era sorprendentemente la stessa. Era proprio vero che le persone mutavano in tutto, ma non in quella.

Mi sentivo sporca, inadatta, avrei voluto dirgli tante cose, pregarlo di tornare, di salvarci dal quartiere, ma non aprii bocca. Non riuscivo, era più forte di me. «Devo andare» dissi soltanto.

Lui mi seguì. «Aspetta!»

«Non ho niente da dirti» sbottai accelerando il passo verso l'uscita del negozio. Avevo impiegato tanti anni a ricucirmi. Non potevo rompermi in altri pezzi per inseguire una improbabile riappacificazione.

«Anna, aspetta!» mi supplicò. «Sono cambiato».

Non aveva le occhiaie bluastre, né la barba lunga di una settimana. Forse aveva smesso di drogarsi. Ma una cosa che avevo imparato da quando se n'era andato era che l'aspetto di una persona non conta niente.

«Hai già fatto la tua scelta». Uscii dal negozio mentre chiamavano il suo numero. Lui mi guardò per un paio di secondi, incerto se inseguirmi o meno, poi si avvicinò al bancone.

Quando Simone mi vide arrivare a mani vuote, si arrabbiò. Nascosi il pianto in gola, lui non doveva soffrire gli scherzi del destino.

Rimontai sullo scooter trattenendo le lacrime. «Andiamo al bar, ti vanno cappuccino e cornetto?»

Simone annuì. Non si accorse di nulla.

Dopo colazione rientrai in casa e mi defilai in bagno: sciacquai le mani e il viso, avevo bisogno di lavarmi, di togliere lo sporco che avevo addosso. Come se le parole di Giancarlo o quelle di mio padre potessero sparire con un po' di sapone. Simone chiuse la porta principale, mi disse che si sarebbe riposato per un paio d'ore ed entrò in camera sua.

Mia madre era andata al lavoro. Prevedevo che ci avrebbe conciato per le feste al suo rientro, però ora la mia preoccupazione era focalizzata su altro. Buttai i vestiti che indossavo nel sacco nero e lo nascosi dentro l'armadio, dandogli dei colpetti con il pugno per spingerlo in fondo. Ormai il sacco era lievitato abbastanza, forse avrei dovuto mandare la lavatrice, ma avevo cose più urgenti di cui occuparmi.

Entrai in doccia e aprii l'acqua. Il getto mi bagnò i capelli e poi le spalle, era freddo e mi ricordava il mare. Strofinai la pelle finché non si arrossò. Avevo bisogno di sentirmi pulita. Al resto ci avrei pensato più tardi.

33.

La prima volta che avevo visto mio padre fumare hashish avevo sette anni. Ma il ricordo alle giostre era tenue rispetto ai successivi – complice forse l'età, che ammorbidiva le sensazioni brutte ed evidenziava quelle piacevoli. Ma quando avevo compreso che il suo fumare era un cancro per mia madre e Simone, avevo compiuto da poco dieci anni. Era il giorno che avevo saltato scuola per andare con Lorenzo a vedere Fabio fuori dalla scuola media. Lui s'era preso una cotta per questo ragazzo più grande che nemmeno sapeva della sua esistenza. Lo conosceva di vista perché sua madre andava a rifornirsi alla macelleria gestita dai genitori di Fabio. Lorenzo l'aveva notato che aiutava il padre a spostare la carne sul bancone e se n'era innamorato.

Così eravamo rimasti appollaiati sul muretto del parco giochi di fronte alla scuola media, in attesa. Lorenzo sosteneva che Fabio lo guardava a sua volta e che se lo avessero saputo i genitori non gli avrebbero lasciato la macelleria. Ma lui s'era intestardito comunque col presentarsi e aveva preparato un discorso strappalacrime che aveva rubato ai film della televisione.

Il parchetto di fronte alla scuola media era famoso per lo spaccio di erba e altre sostanze, mia madre non voleva che ci andassi. Quella mattina avevo notato mio padre allontanarsi dai pusher e nascondere il pacco incartato con il giornale dentro il marsupio. Mi ero sentita morire, perché se mi avesse vista in giro a quell'ora sarebbe stato chiaro che avevo saltato la scuola, e poi come glielo avrei spiegato a mia madre che avevo accompagnato Lorenzo a conoscere un ragazzo?

La sorpresa di trovarci entrambi in quel posto all'insaputa di mamma – lui invece doveva essere al lavoro – ci fece promettere che nessuno dei due avrebbe mai più fatto parola di quell'incontro. Che a cena avrei finto di essere andata a scuola, e lui avrebbe raccontato un episodio con i colleghi durante la pausa pranzo. Mamma non aveva scoperto le nostre bugie, e pensavo di aver taciuto per il suo bene.

Ma papà aveva continuato a fumare hashish e marijuana, anche quando aveva perso il lavoro l'anno successivo. Anche quando non avevamo i soldi per mangiare, lui comprava la droga con l'ultimo euro che aveva in tasca, perché la dipendenza era ormai spietata. L'idea di smettere non l'aveva mai sfiorato: Dio aveva grandi piani per lui. E io l'avevo protetto a modo mio, me n'ero stata zitta quando i miei genitori litigavano oltre le porte della mia camera, mentre raccontavo le filastrocche di Rodari a Simone. Mi ero sentita in colpa, quando mia madre nell'unico giorno di riposo controllava i pagamenti da fare e sfogliava i volantini dei discount per sfruttare le offerte. «Qua la carne costa poco, forse non è italiana; le uova sono di galline allevate in gabbia, provenienza: estero, però sono dieci e ce le possiamo permettere; il pesce non si può proprio comprare». Si afferrava la testa con le mani callose e restava a fissare il tavolo di legno per ore intere. Quante volte avrei voluto abbracciarla, dirle che papà buttava i soldi in quel modo. Invece le preparavo il caffè e le portavo dei biscotti confezionati sul piattino. Lei si illuminava: li mangiava inzuppati nel caffè amaro mentre scriveva la lista della spesa, e io mi sentivo un po' meglio.

Ma lei ovviamente era a conoscenza della situazione di papà. Per questo era rimasta con lui tutti quegli anni: l'aveva tollerato, almeno finché non era diventato un pericolo per me e Simone. Aveva scelto noi per proteggerci.

Uscii dalla doccia e mi vestii al volo. Sapevo cosa dovevo fare.

Sotto il portone di Lorenzo suonai il citofono tre volte. Tre trilli, uno dietro l'altro. Lui mi aprì subito.

Si era appena svegliato. Stava facendo colazione in cucina, il latte e caffè fumante sul tavolo, accanto un pacco di cereali integrali.

«Chi hai ammazzato stamattina?» fu il suo buongiorno. Mi disse di fare piano che suo padre stava ancora dormendo, aveva fatto la notte al porto. Si portò indietro i capelli dal viso e iniziò a mangiare.

Mi sedetti accanto a lui. «Domani dovrei salire sul treno».

«Dovresti?» ripeté, masticando a bocca aperta. «Scappa da questo posto e di' addio a tutti».

Gli afferrai un dito e lo portai vicino al viso. Lo smalto era ancora perfetto. «Non avrai nessuno che ti farà le unghie».

«Pagherò un'estetista» borbottò, ritraendo la mano.

«Ce l'hai ancora con me?»

«Non ce l'ho mai avuta con te» sussurrò, la punta nel naso nascosta nella tazza. «Sono solo preoccupato».

«Anch'io sono preoccupata» dissi a mezza voce. Iniziai a rigirarmi tra le dita un cereale che gli era sfuggito dalla scatola. «Ma per te».

«Per me?»

Non gli raccontai della minaccia di Giancarlo. Lui non avrebbe capito, anzi si sarebbe messo nei guai pur di tenergli testa.

«Forse è meglio che non ci vediamo più» mormorai, spingendo il cereale contro il tavolo, le briciole si dispersero sulla superficie.

«In carcere potrò venirti a trovare» commentò sarcastico.

Diedi un pugno al tavolo, la tazza tintinnò. «Non è un gioco, Lore'. Smettila di fare battute».

«Questo è il mio carattere» disse a denti stretti. «Non posso fare altro se non riderci su».

«Ma è sbagliato, cazzo». Mi alzai e girai per la cucina.

Guardai fuori dalla finestra, nel giardino era fiorita una rosa gialla. Tutte le altre – quelle rosse, che i condòmini piantavano ogni anno – non erano nate, come se per loro non ci fosse posto. «Sono a un vicolo cieco. Non so come uscirne».

Si tirò in su, contro lo schienale della sedia. Aveva l'espressione seria sul volto. «Puoi sempre tornare indietro».

Ridacchiai, ma fu una risata amara. «Non ho una DeLorean».

«Non intendo indietro nel tempo» disse alzando gli occhi al soffitto. «Quando ti trovi in una strada chiusa, che fai? Torni indietro, no?»

Mi sedetti di nuovo a peso morto. «Prima ho rivisto mio padre».

«Com'è successo?» domandò con dolcezza, allungando la mano sul mio braccio.

Gli raccontai l'incontro casuale al panificio, quello che avevo provato, il desiderio di rivederlo che si era trasformato presto in un'illusione. I sentimenti che nutrivo per lui non erano diversi da come li ricordavo. Non era cambiato niente. Neanche la sua voce. Gliela descrissi, immaginando un pentagramma musicale.

«Simone l'ha visto?»

Scossi la testa.

«Immaginavo».

Presi una grossa quantità d'ossigeno. Dovevo riempirmi, in qualche modo. «Ti ricordi quand'eravamo bambini?»

Lui annuì. «Era molto più facile».

«*Tu* lo rendevi più facile» sussurrai. Gli strinsi le mani, stavolta non le ritrasse. «Non so come farò senza di te».

«Allora partirai?»

Scossi la testa.

«Come no?» Lorenzo era confuso. «Che significa?»

«Forse è meglio se non ci vediamo più» ripetei a bassa voce.

«Hai scelto i Sorci?» Provò a staccarsi, ma lo tenni stretto. «Lasciami, cazzo».

«Non ho scelto loro» dissi, alzando di poco il tono. Forse stavo urlando. «Ma mio fratello».

Lorenzo si dimenava, però lo stringevo a me, ancora per poco. «Non finirà bene questa storia».

«Ecco perché è meglio che tu ne stia fuori».

Riuscì a sottrarsi dalla mia presa con uno strattone e la tazza con il latte e caffè si rovesciò sul tavolo. Come una cascata schizzò sul suo pigiama e per terra. «Cazzo» gridò, alzandosi di colpo. Aveva una macchia nocciola sui pantaloncini.

Strappai due fogli di carta assorbente e li appoggiai sul pavimento. Mi ricordò il latte mischiato al sangue di mio fratello, e la chiazza rossa che aveva lasciato l'uomo pugnalato da Yuri.

«Mi dispiace» dissi sottovoce. «Ma forse non possiamo essere più amici».

«Meglio così, figlio mio». Il padre di Lorenzo era entrato in cucina, la canottiera pregna di sudore che gli evidenziava la pancia gonfia, la barba spruzzata d'argento sulle guance. Mi puntava l'indice contro, come una pistola. «Questa donna è il diavolo».

Non tornai subito a casa. Simone dormiva, e avevo promesso a mamma che mi sarei occupata della valanga di vestiti da stendere, mentre altri giacevano nella cesta, da stirare. Le cose le facevo per inerzia o non le facevo affatto. Non avevo più la stessa coercizione che mi imponevo per affrontare i doveri domestici. Era come se funzionassi male, a metà. Sapevo che il mio contributo le avrebbe alleviato un peso enorme, eppure preferii camminare. Camminare era un modo per distrarmi, far vagare la mente. Lasciare indietro il peso che mi portavo addosso. O forse quell'atto stesso di passeggiare tra le file di casermoni, come loculi spogli, mi rendeva cosciente di essere parte del posto dove ero nata. Certe consapevolezze arrivano con il tempo. Campo dell'oro non mi avrebbe mai lasciato, perché io ero lui. Le strade dissestate non guarivano dalle buche nell'asfalto, il quartiere viveva in un perfetto stato di deterioramento, e anch'io mi sentivo così: malata di un morbo che non avevo contratto. Riflettevo dentro quelle rovine, quelle angosce, quella povertà, e tutto sembrava trovare un senso nei discorsi di Giancarlo. Eravamo nati nella violenza. Dentro di noi c'era qualcosa, qualcosa di oscuro. Mia madre me ne aveva parlato, tempo addietro: il male era presente ancor prima che arrivassero i Sorci, ancor prima che i Ricci e gli altri delinquenti mettessero a soqquadro tutto. Un sedimento perverso covava in ognuno di noi, e io l'avevo udito: era la mia rabbia, il mio dolore; si esprimeva con le mie parole, prendeva in prestito la voce, il corpo. Metterlo a tacere significava mettere a tacere una parte di me, ma ero sollevata di questa scelta. Non avevo aspirazioni di conoscermi nel profondo: ero terrorizzata da quello che avevo dentro.

Andarsene avrebbe forse alleviato i presupposti di quel seme, chetandoli; non l'avrebbe ucciso, questo no, però sarebbe stato un valido espediente di una vita normale o quasi. Restare, invece, lo alimentava; e il male si esprime sempre in ambienti scarni di luce. Dalle ombre era asceso Giancarlo, affamato e assetato, folle nella ricerca di un mondo diverso, per lui migliore, e questo mondo era convinto che gli appartenesse di diritto. Non sussistevano colpe, la sfortuna era stata nascere nella miseria, ma questo non esimeva dal desiderare di più. Mi ero ritrovata a comprenderlo, e forse in un certo senso gli somigliavo, aveva ragione lui. Ma la mia comprensione aveva dei limiti, non supponeva che condividessi i suoi metodi. Capire non è approvare. Togliere agli altri una parte della loro terra non era anch'essa una violenza? La stessa violenza di cui noi eravamo figli, e frattanto ne saremmo diventati genitori. Però io non avevo fatto nulla per impedirla. Ero restata all'angolo, spettatrice passiva del cortometraggio che Giancarlo ci costringeva a guardare.

Forse aveva ragione il padre di Lorenzo, ero diventata il diavolo.

Ma cos'è il diavolo? Una figura diversa dalla nostra di cui fatichiamo ad accettare l'esistenza. L'unico modo per sopperire alla sua presenza è quello di attribuirgli una connotazione negativa. Se qualcosa spaventa o intimorisce, allora è opera del diavolo. Tutto ciò che è fuori dai canoni, colorato, inusuale, crea un disequilibrio nella vita ordinaria delle persone. Cambiare la società è cambiare l'individuo, mostrargli un modo diverso è accettare l'estraneo. Ma questi sono cambiamenti lunghi, frammentati nel tempo, è necessaria una presa di coscienza. Bisognerebbe purificarsi, anche se il processo è pericoloso. Non tutti riescono, c'è chi torna indietro a com'era prima per una forma blanda di sopravvivenza. Per questo, il male a Campo dell'oro aveva corrotto lentamente le anime di tutti. Anche la mia. Perché dannare è un atto facile, non richiede sforzo rispetto alla comprensione.

Quando rientrai in casa, mio fratello non c'era.

34.

Lo ritrovò Manuel, poche ore dopo. L'avevano portato dal parrucchiere. Al telefono Yuri mi disse che era svenuto. «Forse la bassa pressione per il caldo» aggiunse, ma sembrava a disagio. Avevo riconosciuto la bugia nelle sue parole, ormai ero familiare con quella sensazione di solletico sotto la lingua. Dicono che un gran bugiardo distingue una menzogna istantaneamente, e mi vergognai di trovare conferma in me stessa.

Andai a piedi fino al negozio. Le scarpe toccavano l'asfalto come una corsa a piedi nudi sulla sabbia rovente. Anziché raggiungere il mare, il punto d'arrivo erano le condizioni in cui si trovava mio fratello, il moto a luogo alimentato dalla paura e dalle asserzioni false che potevano nascondere qualsiasi condizione.

La madre di Yuri mi venne incontro, mi chiese se fosse il caso di avvertire i miei genitori. «Secondo me deve andare in ospedale» dichiarò a labbra strette, stringendomi le mani come a chiudere subito la questione. Annuii non sapendo con che cosa fossi d'accordo, e spalancai la porta del magazzino.

Simone era seduto su una sedia, i palmi delle mani pieni di abrasioni, il sacchetto di ghiaccio istantaneo sul braccio destro, dove un brutto ematoma si era espanso. Attorno a lui c'erano i Sorci. Giancarlo sbraitava al cellulare, Manuel aveva preso delle garze sterili e Yuri metteva a posto la cassetta del pronto soccorso. Mirella gli era accanto, gli accarezzava i capelli corti canticchiando a labbra serrate qualcosa simile a una melodia per bambini.

Provai a toccarlo, ma Simone si allontanò da me con un movimento fluido. Non mi guardava negli occhi.

«Non ci credo manco morta che sei svenuto».

Si toccò gli ematomi e tratteggiò una linea immaginaria con il dito, per unirli. «Loro dicono che sono caduto, no?» domandò, indicando Giancarlo con lo sguardo.

Sentii il bruciore gastrico invadermi la bocca. «Mi vuoi dire cos'è successo?»

Simone strinse i denti mentre si massaggiava il braccio. Mirella lo carezzò con dolcezza, lui la ignorò. «Quei pezzi di merda» fiatò. Nella sua voce non c'era rabbia. Parlava con freddezza.

Mio fratello guardò di nuovo Giancarlo, in attesa. Gli fece un cenno d'assenso, il telefono ancora schiacciato sull'orecchio.

Simone mi raccontò che era andato in perlustrazione a Santa Fermina, a parlare con i ragazzi del calcetto. S'era messo di fronte all'entrata del campo, sotto una pensilina per proteggersi dal sole. «Faceva un caldo della madonna» aggiunse, stringendo i denti per una fitta improvvisa al fianco. Ma al campo non c'era nessuno. Era aperto il bar di fronte, alcune persone erano sedute sui tavolini lì fuori.

«Un'ora più tardi me li vedo arrivare» disse, abbassando lo sguardo. «Erano in tre».

Mandai giù un boccone di saliva.

«'Che cazzo ci fai qua?' mi ha chiesto uno di loro. Aveva i capelli neri e corti, le spalle giganti.

«'Non rompermi il cazzo' gli ho risposto, ma non è servito a nulla.

«Il ragazzo con le spalle giganti era uno scimmione: con una spinta mi ha portato verso l'entrata degli spogliatoi. Lì il sole batteva forte. 'Tu non ti muovi'.

«'Dammi quello che c'hai in tasca' mi ha detto un altro, alto e magro, in tuta da ginnastica. Qua sono iniziati i guai».

Giancarlo diede un pugno allo scatolone di lacca per capelli. «Sono morti, quei figli di puttana».

Simone raccontò che lo scimmione e il terzo ragazzo (che indossava anche lui la divisa del calcetto) lo avevano preso di peso e lo avevano trascinato dentro gli spogliatoi. In quel momento erano deserti. Da lontano si sentivano i rumori del traffico e le risate di bambini che correvano sui marciapiedi. Lo avevano tenuto fermo mentre il tizio con la tuta gli controllava le tasche dei pantaloni. «Trovàti il cellulare e il portafogli» aveva fischiato.

«'Stai a fa' un errore grande' gli ho detto. 'Non hai idea in quali impicci ti stai mettendo'.

«Ma quella gente mi conosce. 'So a chi sei fedele'. Mi ha attaccato il suo viso addosso. C'aveva un botto di lentiggini. 'Questo è il nostro territorio. È sempre stato nostro, anche quando ciucciavi il latte dalla tetta di tua madre'».

«Come si permette» fiatai, la rabbia sulla punta della lingua.

«Gli ho mollato un calcio, ma quel pezzo di merda mi ha preso la gamba».

Da lì in poi raccontò con meno dettagli. Forse se ne vergognava, o forse non voleva ripercorrere l'episodio. Non insistetti. Lo scimmione gli tirò le orecchie e lo costrinse ad abbassare la testa. Disse che aveva trattenuto le urla, perché gli uomini non urlano.

«'Abbiamo capito che vuole combinare il capo tuo'. Nello sguardo dello scimmione non c'era traccia di paura. 'Giancarlo sta giocando con il fuoco'».

Avrebbe voluto schiacciargli la faccia, aggiunse, per togliergli quel ghigno. «'Voi controllate Campo dell'oro, ma Civitavecchia non è vostra. Ci sono altre famiglie che se la spartiscono'. Mi ha afferrato di nuovo per l'orecchio. 'Mi devi ascolta' bene. Vai dal capo tuo e gli dici di abbassa' le penne. Che questo è il nostro territorio. Conosciamo i suoi progetti, e siamo stati fermi perché non volevamo casini'. Ha fatto un altro ghigno. 'Le voci girano. Le voci girano in fretta. Ce lo venisse a dire in faccia, che vuole i nostri territori'».

Giancarlo teneva le braccia incrociate mentre Simone raccontava. Aveva rimesso il cellulare in tasca.

«'I miei fratelli lo aspettano. Ma gli conviene restare in quella fogna, se ci tiene alla pelle'».

Simone non aveva avuto la possibilità di rispondere. Un altro pugno gli aveva tolto il respiro, disse. Si era accucciato su se stesso, il fiato corto, il dolore esploso dalla botta che si espandeva per tutto il corpo. Ne erano seguiti altri, di colpi. Si era ritrovato disteso per terra, il sapore di sangue e di polvere in bocca. I calci sembravano durare in eterno, come spade conficcate nelle costole.

Quando Simone finì il racconto, Giancarlo iniziò a lanciare le freccette sul quadrante, cadevano per terra come cadevano le sue grida. Nessuna riusciva a incastrarsi. I dardi rimbalzavano con un leggero suono metallico. Yuri li raccoglieva piegandosi con difficoltà e glieli riportava come un cane addestrato con una pallina di carta. A ogni tiro, Giancarlo descriveva come li avrebbe torturati.

«Gli stacco tutti i denti. Capito, Yu'? Tutti i denti». E quello annuiva con un entusiasmo esagerato.

Giancarlo tirò la freccetta che scivolò tra gli scatoloni di shampoo e balsamo. Trattenne una bestemmia e Yuri si precipitò a recuperare ancora una volta il dardo, con la stessa agilità alla spiaggia. «Prima quelli dietro, che tanto non servono a un cazzo. Dopo passo a quelli davanti. Mi devono implorare».

Nessuno metteva in dubbio la sua follia.

«Glieli tiro fuori con la pinza. Voglio vedere quanto sangue cacciano quei bastardi». Si voltò verso Simone, come se lo avesse visto in quell'istante. «Quanti soldi t'hanno preso?»

«Non ti so dire» rispose mio fratello.

Giancarlo era paonazzo. «Vedi di ricordare, sennò i denti comincio a staccarli a te».

Mio fratello mi guardò e si aiutò con le dita per contare le banconote che aveva nel portafogli. «Saranno stati cento euro».

«Una piotta, cazzo!» sbraitò lui. Diede un calcio contro uno scatolone, che si rivoltò di lato. Le confezioni di shampoo rotolarono sul pavimento. L'odore di lacca per capelli fu più forte del solito. «Gli abbiamo regalato cento euro a quei pezzi di merda».

«Ho provato a difendermi» disse Simone, «ma erano in tre».

Giancarlo calciò altri scatoloni. «Non me ne frega niente. Devi imparare a difenderti. Sennò succedono i casini».

«Andiamo a riprenderci i soldi» propose Yuri.

«Pezzi di merda» commentò Manuel.

Giancarlo era sul punto di esplodere.

«Dobbiamo anda' a riprenderci la roba» ripeté Yuri.

«Secondo me dobbiamo rimanda' di un paio di giorni» disse Manuel. «Quelli ci aspettano».

«Chissenefrega se ci aspettano» sbottò Yuri. «Sbagliamo a rimandare. Dobbiamo agire ora».

«Ha detto pure un'altra cosa» disse Simone.

Giancarlo si massaggiò le tempie. «Embè?»

Contò tre secondi. Doveva sputare il rospo. «Secondo lui, presto ti abbandoneranno tutti».

Il gelo calò nel magazzino. L'aria diventò compatta come ghiaccio. Simone non riusciva a respirare.

«Che cazzo stai a di'?» sputò Yuri.

«Tutti stiamo con lui» disse Mirella.

«Mica sono matto a tradirlo» aggiunse Manuel, massaggiandosi il dito mozzo.

Giancarlo diede una martellata al tavolo. Le bottiglie di birra tintinnarono. Una di queste cadde di lato e rovesciò il contenuto per terra. Adesso l'odore di birra si mischiò al fumo e al sudore e alla lacca per capelli.

«Vi siete scordati chi comanda?»

Tutti abbassammo la testa. L'unico suono era la birra che gocciolava sul pavimento come lacrime.

«Yuri ha ragione, dobbiamo farci valere». Accarezzò il solco lasciato dalla martellata sul tavolo. «Ma adesso il pischello ha bisogno di riposarsi». Si avvicinò a Simone e gli diede una carezza sulla nuca. «Più tardi vi mando un messaggio per dirvi dove raggiungermi. Gli imperi si costruiscono con strategie». Alzò lo sguardo fermo verso di noi. «Intanto procuratevi altri martelli».

35.

Simone aveva insistito per andare alla stazione. Gli faceva male il braccio, perciò guidai io lo scooter. L'avevo scortato di fronte alla gelateria e gli avevo pagato un cono alla cioccolata fondente. Col caldo che faceva, si stava già sciogliendo in fretta. La panna gli aveva sporcato le guance ma lui non se n'era accorto. S'era seduto sulla panchina di fronte al binario tre. Un treno merci sfrecciò nella direzione di Roma e portò con sé un polverone di terra.

Presi un fazzoletto dalla tracolla e gli tolsi la panna dal viso. «Dobbiamo andare in ospedale per controllare se è tutto a posto».

Scosse la testa. «Mamma non può saperlo».

«Lo verrà a sapere, Simo'». Dall'altoparlante una voce maschile annunciò il regionale per Grosseto. «Se ne accorgerà appena ti vedrà».

Scostò il gelato dalla bocca e trattenne un conato. «Mi viene da vomitare».

«Si sistemerà tutto, vedrai».

Non ne era tanto sicuro. «A volte è pesante stare con loro» ammise, ma a bassa voce. «Hanno una rabbia che mi spaventa».

Osservai un gabbiano sparire all'orizzonte, lo invidiai.

Mi disse che non riusciva a mangiare. Lasciai cadere il cono dentro un secchio vicino all'obliteratrice.

«Per fortuna che sei qui» sussurrò, le lacrime come una patina agli occhi.

Gli strinsi le mani con dolcezza. «Alla fine non è stato un errore entrare nella banda, no?»

Simone fece un sorriso tirato. Guardò i binari di fronte a sé. «Domani devi prendere quel treno».

«Non posso andare via, lo sai».

Fece una smorfia di dolore. «Devi salvarti, almeno tu».

Lo ignorai e presi un grande respiro. «C'è sempre tempo per tornare come prima, prima dei Sorci».

Esitò. «Nessuno abbandona la banda».

«Ma tu vuoi uscirne?»

Alzò lo sguardo su di me. Per un breve ma lento momento, i nostri sguardi s'incrociarono. In quell'attimo riconobbi il bambino che mi chiedeva di leggergli le filastrocche di Rodari, però durò troppo poco, il tempo di un respiro.

«La tua situazione è diversa» insistette. «Tu non sei ufficialmente dentro».

«Lo so, Giancarlo non è convinto».

«Giancarlo ti teme» mi corresse con semplicità. «Tu metti in dubbio il suo operato». Si era portato il sacchetto del ghiaccio istantaneo e ogni tanto lo applicava sul braccio, anche se l'effetto era svanito. «Per questo devi andartene».

«Non capisci» dissi con la voce strozzata. «Non posso fare come papà...»

Non si aspettava che lo nominassi. La sua espressione era decisa, ma tormentata. «Tu non sei come lui».

«A volte penso di esserlo stata, in passato».

Il regionale per Grosseto si fermò al binario due. Alcune persone salirono, ma molte di più scesero.

Simone attese che il treno lasciasse la stazione. «Papà è scappato. Tu sei qua».

Non avevo il coraggio di dirgli che l'avevo visto proprio quella mattina, al panificio. «Gente come il Burattinaio è pericolosa».

«So che sta in carcere».

«Lui sì, ma Giancarlo no». Mi sedetti contro la panchina. Il sole mi imbruniva la pelle, e un rivolo di sudore scivolò dalla tempia. «Mi sembra pure più folle del padre».

Simone non rispose. Guardava di fronte a sé il binario. Con movimenti lenti e studiati, appoggiò la testa sulle mie gambe. Chiuse gli occhi.

Per vari minuti restammo in silenzio ad ascoltare i rumori della stazione. Una leggera brezza soffiò nella nostra direzione, sapeva di mare.

«Dovremmo morire» disse sottovoce.

Rabbrividii. «Cosa?»

«Dovremmo morire» ripeté, ancora con gli occhi chiusi. «Per rinascere. Rinascere da un'altra parte, in un'altra famiglia».

Mi sfuggì una risata, ma stavolta era amara. «Quei tizi ti hanno proprio conciato per le feste».

«Guarda che sono serio» sbottò, offeso.

«Okay, d'accordo». Gli accarezzai il viso. «Lasceresti mamma?»

«Mamma senza di noi può rifarsi una vita» disse, ma forse non ci credeva davvero. «Siamo noi che la teniamo ancorata».

«Si distruggerebbe dal dolore».

«Hai ragione». Fece una pausa. «Ma sono convinto che se moriamo, possiamo ricominciare daccapo».

«Purtroppo non c'è la certezza del dopo».

Simone riaprì gli occhi. Brillavano di mare. «Sono convinto che quando moriamo rinasciamo da un'altra parte».

«Suicidarsi non è la risposta».

«Dillo a Platone» ribatté lui.

«In realtà è Socrate» lo corressi, con un sorriso. «Socrate si è suicidato bevendo la cicuta».

Restò a guardare il binario. «Faccio sempre confusione» si scusò dopo un po'.

Gli diedi un bacio sulla nuca. «Non possiamo fare come Robin Williams».

Lui si zittì.

«Te l'avevo detto che quel film era pesante».

Restammo a guardare i papaveri rossi che spuntavano dai binari. Un altro treno merci passò all'improvviso e i fiori sparirono sotto le rotaie. Quando il convoglio se ne andò, i papaveri ritornarono in piedi, il rosso vivo che macchiava la ghiaia.

«Credo che dovremo essere come questi papaveri» disse, osservando come si piegavano al respiro dolce della brezza marina. «Fragili da seguire il vento, ma forti abbastanza da non spezzarsi».

Simone chiuse gli occhi.

«Giancarlo ti punirà» continuò. «L'ho sentito».

«Non voglio avere paura di lui».

«Io sì» mormorò, e adesso notai che piangeva in silenzio. «Ma stai tranquilla».

Simone non si preoccupava delle conseguenze, né delle varie minacce che avrebbe ricevuto. Quella ribellione era un punto di rottura tra lui e i Sorci, questo lo sapevo. Ma Giancarlo gli aveva chiesto di prendere una decisione estrema, e lui aveva scelto la nostra fratellanza.

36.

Quando aiutai mio fratello a rientrare in casa, nostra madre cacciò un urlo. Mi venne incontro con le mani nei capelli.

«Non ci posso credere» sibilava isterica. «Che è successo al mio bambino?»

Simone si era seduto al tavolo, massaggiandosi il braccio. Diceva che gli faceva male il fianco sinistro. Gli preparai un bicchiere d'acqua e cercai nel cassetto all'ingresso gli antidolorifici, ma non trovai la scatola.

«Ditemi cos'è successo» ripeteva ad alta voce, ancora instabile.

«Smettila!» le gridai.

Lei si bloccò come se si fosse rimpicciolita.

«Dobbiamo capire se ha un'emorragia interna» dissi allora, lanciandole uno sguardo sofferto. «Mi puoi aiutare?»

Mamma fece stendere Simone sul letto. Lo spogliò, finché non rimase in boxer. Evitai di guardarlo, ma i miei occhi ricadevano sulle gambe villose.

«Cosa posso fare?»

Lei stava attorcigliando i vestiti di mio fratello sporchi di terra e li scagliò in un angolo della stanza. «Prendi una bacinella e due asciugamani».

In bagno riempii una bacinella d'acqua tiepida, aggiunsi un po' di bagnoschiuma al latte di cocco. In camera di mia madre accesi la luce e aprii i cassetti. Sul comodino la foto di lei e papà al Colosseo non c'era più. Spensi la luce e sguazzai fuori dalla stanza, l'asciugamano stretto nel pugno.

Mamma ne intinse un lembo nell'acqua e lo usò come pezza. Lo passò sulle braccia, sotto le ascelle, lo inzuppò di nuovo e glielo strofinò sul petto e la pancia. Lo toccava in vari punti, ogni tanto lui digrignava i denti, ma non diceva nulla.

«Anna, prendigli i vestiti puliti» ordinò lei.

«Ma sta bene?»

«Ti ho detto prendigli i vestiti puliti» ripeté.

«Ha ferite interne?»

Disse di no.

Sospirai sollevata. «Secondo me ha bisogno di un antidolorifico».

«Stanno in corridoio, nel cassetto».

«Non li ho trovati».

Il suo sguardo era vacuo, spento.

«Ma'?»

«Prova in bagno» disse, piano, come se le mancasse il fiato. «A volte li metto lì».

Cinque minuti più tardi sedevamo in cucina, ognuna persa nei propri pensieri, una tazza di caffè ciascuna. La mia era vuota; mamma neanche l'aveva toccata.

«Dimmi cos'è successo» chiese, guardando l'orologio da muro. «È mio figlio».

«Ha litigato con un ragazzetto» fu la prima cosa che mi passò per la mente.

Alzò il viso in uno scatto. «La smetti con le bugie?» Si passò le mani sulla faccia e dondolò sulla sedia.

Non sapevo cosa dire. Avevo la gola secca.

Guardò la tazzina, come se se ne fosse appena ricordata. Bevve in un sorso il caffè. Poi andò al frigorifero e tirò fuori una confezione di carne. Sembrava petto di pollo. La appoggiò sul lavello.

«Non mi piace mentire». Mi dava le spalle. «Perciò mi aspetto la verità da te». Sparì dalla cucina e ritornò poco dopo. Lasciò sul pavimento il sacco nero dei miei vestiti sporchi.

«Nel tuo armadio ho trovato questo».

«Ma', io...»

Mi bloccò con un gesto della mano. «Non puoi negare che sei cambiata. Anche tuo fratello è cambiato. Questi cosi» disse, indicando il bustone nero, «puzzano di canne. So che odore ha l'hashish, Anna. Vuoi fare la fine di tuo padre?»

«Io non ho fumato».

Si inginocchiò vicino a me. «Lo so che non hai fumato. Ma si dicono cose in giro...» Le ultime parole le sussurrò. «Cose su voi due».

Non le risposi. Nel mio silenzio c'era tutto. Ripensai ai papaveri rossi che si piegavano alla forza del vento, ma non si spezzavano. *Nella fragilità, c'è la forza.*

«Simone ha litigato con un ragazzetto» ribadii, stavolta convinta nell'intonazione. «Non è successo niente, mamma».

Lei scosse il capo, sospirando. Si lasciò cadere sulla sedia come a voler addormentarsi. Sembrava più distrutta di quando papà ci aveva abbandonati.

Simone entrò in cucina, sulla faccia aveva una smorfia di dolore, ma la conteneva come io contenevo la verità.

«Dobbiamo andare». Infilò il casco in testa. «Giancarlo ha detto che è urgente».

37.

Simone e io guardavamo il sole rifugiarsi nel mare. I raggi cremisi si allungavano tra le travi del pontile come le braccia di un uomo morente.

«Alla fine ce l'abbiamo fatta a vedere il tramonto» mi disse increspando le labbra.

«Non è la stessa cosa».

C'era odore di pesce fresco e di dolci profumi femminili. Le ragazze passeggiavano per il viale in gruppi da tre o più, vestite con shorts o abiti attillati, le gambe nude abbronzate. Dal tavolo, Simone lanciava sguardi furtivi, sperando di incrociare i loro occhi.

«Non ci spera', Simo', non te la danno» disse Manuel, infilzando una fetta d'ananas con la forchettina di plastica. La portò alla bocca e il succo gli bagnò la barba. Si pulì con il dorso della mano. «Quelle sono verginelle». Gli era spuntato un nuovo brufolo sulla fronte, proprio al centro. A volte mi scordavo che aveva tre anni meno di me. «Fai prima a pagare una puttana».

Eravamo seduti sulle sedie di plastica del bar, di fronte alla spiaggia del Pirgo. Si diceva che i topi di fogna nuotassero in quelle acque, attratti dai rifiuti dei ristoranti sul viale, ma non li avevo mai visti.

«A me non dà soddisfazione» disse Yuri, spulciando i semi dell'anguria con la punta del coltello. S'era messo il brillantino all'orecchio destro, un punto luce che distoglieva la visione dal naso verdognolo. «Mi sembra tutto finto. Come nei porno, avete presente? Si vede che sono attori. Per le puttane è uguale».

«Sono pagate per fingere, Yu'». Giancarlo masticò un dado di melone giallo. «Se no ti si ammoscia». Tutti gli altri risero.

«Lo sappiamo che ti manca una ragazza» aggiunse Manuel, e gli diede una gomitata. Yuri alzò gli occhi al cielo. «Da quant'è che non scopi? Due, tre mesi?»

«Dillo che ti faresti pure una racchia» disse Giancarlo, e si guardò in giro, come a cercarla. Puntò la forchettina verso un pub distante una ventina di metri. «Tipo quella là, che non si scoperebbe manco mio nonno».

Tutti si voltarono a osservare la ragazza incriminata. Era robusta, le gambe rotonde dentro i pantaloni e la pancia nascosta in una maglia larga. Stava mangiando un gelato con una amica, più magra di lei. Una era l'opposto dell'altra, eppure chiacchieravano in allegria, e anche loro si guardavano in giro, a caccia. Mi sentii simile a lei. Anch'io ero rimasta nell'ombra per tanto tempo, presa in giro per i libri che leggevo, per i vestiti di seconda mano, allontanata per la provenienza proletaria che non mi ero scelta.

«Come stai, Simo'?» domandò Giancarlo. «Ti sei ripreso?»

Mio fratello scostò lo sguardo dal vuoto. «Uhm» mugugnò.

«Le cose stanno per cambiare» proseguì con convinzione. Batté la mano sul tavolino di plastica. «Vi ho chiesto di vederci per una questione precisa. Mi dovete ascolta' tutti».

Yuri spense il telefono e lo intascò, le manone che non

sapeva dove nascondere. Manuel, che stava ancora guardando la ragazza robusta, si girò svogliato.

Giancarlo si sistemò meglio sulla sedia. «Dobbiamo dimostrare a quei bastardi chi è il più forte» disse con calma. Tagliò un altro cubetto di melone. Lo mandò giù come una pastiglia. «C'hanno mancato di rispetto. Si sono presi una piotta. Chi ci dice che domani non si prenderanno di più?» Li guardò, gli occhi sempre più neri e densi. «Magari verranno da te, o te, o te» continuò, indicandoci uno per uno.

«Che c'hai in mente?»

Distese il solito sorriso da piranha. «Ottima domanda, Yu'. Davvero ottima domanda». Gli diede un pugno sulla spalla. «Che c'ho in mente». Mangiò l'ultimo pezzo di melone e cominciò a parlare a bocca piena: «Dobbiamo espanderci. Lo sapete già, è un progetto che ho in testa da quando mio padre l'hanno messo dentro». Deglutì e chiamò il cameriere con un fischio. Il ragazzo si voltò verso di lui. «Una bottiglia d'acqua».

Il tizio si avvicinò titubante. Faceva in modo di non guardare gli altri Sorci. «Naturale o frizzante?»

Provai a vedermi da fuori, e non mi piacevo: anche io incutevo terrore?

«Come pare a te. Quella che hai in frigo».

«Le ho entrambe» rispose il ragazzo, a disagio. Attese un istante, le mani nella tasca del grembiule. «Quindi naturale o frizzante?»

Giancarlo strinse i pugni. «Ti sembro un coglione?»

Il cameriere s'irrigidì. Non aveva più di vent'anni. Potevo scorgere sul suo volto i segni lasciati dall'acne. «N-no» disse.

«Allora perché mi dici la stessa cosa due volte?» fiatò lui.

«Io... Io...» balbettò il cameriere.

«*Io* ti dico una cosa» fece Giancarlo. Indicò se stesso e i Sorci al tavolo. «Ti sembro uno che vuole perdere tempo?»

Scosse la testa.

«Bene. Non mi piace l'arroganza con cui hai risposto».

«Mi dispiace, non volevo offendere».

Giancarlo lo guardò dalla testa ai piedi. Era un ragazzino, in confronto a lui, in confronto perfino a Simone. «Da dove vieni?»

«Da Civitavecchia».

Sbuffò scocciato. «Dico il quartiere».

«Santa Fermina» disse con un filo di voce.

La faccia di Giancarlo mutò da divertita a disgustata. Stava iniziando a provare un'avversione verso chiunque fosse di Santa Fermina. Oltre a essere ricca e a mandare i figli all'università, quella gente non sottostava ai suoi desideri di espansione, non gli concedeva i privilegi che i ragazzini di Campo dell'oro non potevano permettersi. Che lui, Giancarlo, non aveva potuto permettersi.

Gli fece segno con la mano di andarsene. «Sbrigati a portarmi la bottiglia d'acqua».

«Non ci stanno più i ragazzini umili di una volta» disse Yuri dopo che se ne fu andato.

«C'hai ragione» disse Giancarlo. Si rollò una canna. «Quello c'ha la puzza sotto il naso. C'avete fatto caso come se la tirava che è di Santa Fermina?» Sputò per terra. «Si credono i padroni del mondo. Ma giuro» e fece roteare la canna sul tavolo «che noi saremo più ricchi di loro».

Il cameriere portò la bottiglia d'acqua. La appoggiò sul tavolo e se ne tornò di corsa al bancone. Giancarlo la stappò e bevve attaccato all'imboccatura. «Proprio frizzante la doveva scegliere» commentò, scuotendo la testa con disappunto. Si inumidì le labbra e intrecciò le dita attorno alla bottiglia. «Domani sera abbiamo un colpo da fare. Un colpo grosso stavolta».

Yuri si raddrizzò sulla schiena. «Di che si tratta?»

«Dobbiamo fargliela pagare» disse Giancarlo, bevendo di nuovo dalla bottiglia. «Avete preso i martelli come vi avevo detto?»

Manuel si sistemò nervosamente sulla sedia. «A cosa ci servono?»

Giancarlo inarcò le sopracciglia, contrariato.

«Non posso finire nei casini» aggiunse Manuel, incastrando il corpo tra i braccioli di plastica. «A mia madre viene un infarto».

«Che c'hai nel cervello?» sbottò Giancarlo. «Ci dobbiamo riprendere i soldi che hanno fregato al pischello».

Simone si sentì gli occhi addosso.

Giancarlo si voltò verso di lui. «Quante piotte hanno preso? Tre?»

«Una» rispose Simone, con il tono di chi deve ripetere l'ovvio.

«Ecco, appunto, tre piotte». Bevve un altro sorso d'acqua. «In ogni caso è il rispetto che è mancato».

Ci fu un silenzio generale.

Giancarlo si alzò. «Domani andiamo a rompere le ossa ai figli di papà, e poi a ballare. Magari qualcuno potrà pure farsi una scopata». Mi fece l'occhiolino, inorridii. «È arrivata l'ora di prenderci ciò che vogliamo. Devono capire chi comanda».

Mirella salutò dalla strada, corse verso di noi, e il vestito estivo si alzò mostrando le sue gambe nude. Il caschetto corvino era pettinato e le incorniciava il volto da bambola. Simone non le staccava gli occhi di dosso. Lei gli diede un buffetto sulla guancia: «Povero pischello, che t'hanno fatto».

Giancarlo prese il casco e il cellulare. Andò alla cassa e pagò il conto per tutti. Lo udii dire al proprietario del bar: «La prossima volta non voglio vedere quel coglione di Santa Fermina». Ficcò il resto in un barattolo per la mancia, salutò dei ragazzi seduti a un tavolo e disse a tutti di seguirlo coi motorini.

Simone montò con difficoltà dietro di me. Gli altri erano già lontani quando partii.

Quando guidavo lo scooter l'aria fresca mi scompigliava i capelli. Acceleravo apposta per sentirmi viva. Mentre sguazzavo tra le auto in coda, ripensavo ai piani di Giancarlo, li ripeteva da quando avevo rubato a Santa Severa. Mi fermai a un semaforo rosso, e appoggiai i piedi per terra per non perdere l'equilibrio.

«La vedo brutta» disse Simone alle mie spalle.

Giancarlo aveva iniziato a prendersi piccole prede e adesso puntava a un pesce più grosso. Fin qui tutto logico. Ma se voleva prendersi un intero territorio, perché aveva mandato mio fratello a parlare con quella gente? Un ragazzino inesperto non aveva la stessa esperienza né la stessa credibilità. Yuri, tanto per dire, avrebbe già fatto un effetto molto diverso. A che gioco stava giocando?

Scattò il verde e ripartii, superando l'auto che mi si era accostata.

38.

Quando arrivammo al negozio di parrucchiera non trovammo nessuno. I parcheggi a lisca di pesce erano vuoti. Spensi il motore, sfilai il casco ed entrai dall'ingresso principale. «Aspettami fuori» dissi a Simone.

Dentro c'erano tre clienti, una signora di mezza età era seduta sul divano in pelle e aspettava leggendo una rivista, bagnava la punta dell'indice e voltava pagina, assorta nel gossip. Intanto la madre di Yuri rasava i capelli a un bambino che piangeva a intermittenza. Il nonno gli accarezzava la schiena per farlo calmare, ma serviva a ben poco.

La donna mi salutò con un cenno. Teneva fermo il capo del piccolo con le mani, le dita laccate di rosso. «Ci sei solo tu, Anna» disse.

«Non è passato nessuno?»

Scosse la testa. «Ma non stavi con gli altri?»

«Abbiamo fatto strade diverse».

«Controlla al garage» rispose. Circumnavigò la nuca del giovane cliente e una ciocca di capelli cadde sul pavimento. Il bimbo pianse di nuovo. Allora lei alzò gli occhi al cielo indispettita e spense il rasoio. Si allontanò di qualche passo, i tacchi che strusciavano sul pavimento, e prese un bicchiere d'acqua dall'erogatore in fondo alla sala.

Il nonno si accucciò davanti al nipote e gli asciugò le lacrime con il pollice. «Manca poco» promise, in un sorriso senza denti. «Sei fai il bravo, dopo ti compro un gelato».

«Prova al garage» ripeté la madre di Yuri. Riaccese il rasoio e pinzò la testa del bambino per tenerla immobile. «Se no chiamali al cellulare, sant'Iddio».

Non erano lontani. Superai il mercato e svoltai verso il parco giochi. Il rombo delle marmitte era un eco tra i casermoni. «Parcheggia là» disse mio fratello indicando il marciapiede.

Manuel, basso e ossuto, orbitava con il motorino attorno a Lorenzo. Quella sera indossava gli scarponcini neri in pelle anche se faceva caldo, e aveva con sé la borsetta di perline. Gridava di voler tornare a casa, la sua voce profonda stonava con i vestiti aggraziati.

Manuel rise e fece un secondo giro con lo scooter.

Lasciai il motorino vicino all'entrata del parco giochi, accanto agli spalti dell'area di pattinaggio. Simone mi dedicò uno sguardo carico di preoccupazione.

«Ce l'avete fatta» esclamò Giancarlo, alzando una lattina di birra. I suoi occhi mi squadrarono. «Facciamo un applauso». Tutti batterono le mani.

Lorenzo si sedette per terra quando mi vide arrivare. I suoi occhi erano spaventati, gridavano aiuto. Il ricordo del suo profumo alle rose mi inebriò la mente.

Giancarlo mi fece segno di seguirlo sugli spalti. Stava seduto più in alto di tutti. Rollava una canna, la passava tra le dita per darle una forma. Si leccò le labbra. «Che te ne pare?»

Mi sedetti accanto a lui. Mirella non c'era.

L'accese. «Vuoi?»

Dissi di no.

Una mosca si posò sulla sua testa, però non se ne preoccupò. «Allora, hai trovato qualcosa da darmi?»

«Mi stai minacciando?»

Rise, e quella risata scarna, priva di gioia, dolore, empatia, mi ricordò che, dove ci trovavamo, anche Dio aveva paura di immischiarsi. «Tutti mi hanno dato qualcosa».

«Anche mio fratello?»

Prese un tiro. «Non te l'ha detto?» Accavallò le gambe, divertito. «Mi ha salvato con quella sospensione, a fine maggio».

Ritornai nell'ufficio del preside, convocata perché avevano trovato Simone con l'hashish nel bagno dei maschi. «A scuola la droga era tua» dissi.

Allargò le braccia, colto in flagrante. «Neanche mio padre sarebbe riuscito a farmi prendere la maturità con una sospensione alla fine dell'anno». Sputò il fumo al cielo nero. «Il suo sacrificio è stato il mio biglietto per la libertà dalla scuola».

«Che cosa vuoi? Soldi?»

«I soldi non lasciano traccia, si spendono e basta» disse con semplicità. «Io voglio qualcosa che mi rimane. Qualcosa di valore».

«Non possiedo niente, la macchina è di mia madre».

Giancarlo scosse la testa, la canna appoggiata sulle labbra. «Sai cosa mi serve, per essere sicuro che gli altri sono fedeli?» Inspirò. «No, non devozione. Non sono un dio, né voglio esserlo. Come sai ho altre aspirazioni».

Lorenzo era seduto per terra, si nascondeva il volto tra le ginocchia. Manuel lo controllava.

«La paura» sussurrai.

«Neanche. La paura porta a tradire. Non è un sentimento fisso, come l'odio, ma si muove a seconda di quello che c'è in gioco». Attese un secondo, contava gli attimi come se stesse componendo una sinfonia. «A me servono le tue azioni».

«Le mie azioni?»

«Azioni, scelte, chiamale come ti pare. Ho bisogno che mi dimostri quanto oltre puoi spingerti». Spostava la testa di lato, ogni tanto aguzzava il sorriso da piranha, poi lo spegneva, in attesa di una mia reazione. «Ho visto fino a dove emerge la tua rabbia».

Avrei voluto fuggire, portarmi appresso Lorenzo e mio fratello, riuscire a salvare mia madre, spiegarle tutto. C'erano immagini che potevo decidere, realtà alternative che mi placavano l'ansia interna. Dovevo stare calma. Chiusi gli occhi, esclusi l'esterno, mi proiettai in una città distante, forse Milano, forse New York, qualunque posto ma non questo. 'Io non appartengo più a Campo dell'oro', era la mia preghiera. Ma la voce di Giancarlo mi raggiunse con lentezza. Si fece più chiara e forte come la sveglia che suona nel bel mezzo di un sogno. Non riuscivo ad andare da nessun'altra parte, per quanto mi sforzassi restavo lì, seduta su quegli spalti di marmo, la marmitta che sbraitava nella notte, Manuel che girava intorno a Lorenzo come una danza sinistra, il mio migliore amico rannicchiato per terra in attesa della condanna a morte.

Deglutii, anche se avevo la bocca secca.

«Tu agisci per amore, non per paura». Giancarlo lanciò la canna accesa verso i cespugli. «Un affetto come quello per il pischello è… ricattabile».

Scattai in piedi, lui mi fece sedere con uno strattone.

«Non voglio fargli male. Per nostra fortuna, il pischello è un fratello anche mio. Ma ho visto come tratti l'amico tuo ricchione». Il suo sguardo si posò su Lorenzo. «L'affetto che provi per lui».

Ritrovai la mia voce. «Che gli hai fatto?»

Alzò le mani al cielo. «Io ancora niente».

Ordinò a Yuri di tirargli giù i pantaloni. Lorenzo si divincolò, gridò impaurito, la voce che raschiava la gola, ma l'altro era più forte. Gli bloccò la schiena con una manona, gli schiacciò le vertebre e Lorenzo gridò dal dolore. Con l'altra manona lo spogliò, fu un gesto fluido, meccanico quasi, le natiche erano chiare e coperte di peli neri. Tutti risero divertiti, Simone osservava la scena con le braccia incrociate. Un attimo dopo, Lorenzo si rivestì pieno di vergogna, le dita smaltate strette sui pantaloni.

«C'è un altro modo» azzardai.

«Non c'è» replicò Giancarlo, con tranquillità. «Non mi fido di te, Anna. Non posso fidarmi finché non mi dimostrerai che fai parte della nostra famiglia». Tirò fuori il coltello a serramanico. «Dimostrami che meriti di stare nei Sorci».

Oggi

Ultimamente penso sempre a mia madre. Non sarebbe contenta di me se sapesse cosa ho fatto. Nemmeno io sono contenta di me. Mi rendo conto che avrei potuto evitarlo, se avessi agito in modo diverso. Però certe cose restano indelebili, nonostante ci sforziamo di cancellarle. Come una macchia di candeggina sulla maglietta, l'alone bianco che si fa spazio nel tessuto, così evidente e ingombrante. Vorrei tornare indietro, cambiare il lavaggio, dire: 'Sì, la candeggina macchia i panni, questa volta non ce la metto, lo so per certo perché ho sbagliato'. Ma il passato resta lo stesso, dimostrazione è il presente, spia delle azioni che ho compiuto e che non posso modificare. Come la macchia. O indossi la maglia con i suoi difetti oppure la butti. Ma non posso buttare il passato. Non è rispettoso verso chi il passato l'ha vissuto.

A Milano è nevicato per un'oretta. La barista dai capelli ricci ha azzeccato la previsione. C'è stata una spruzzata leggera, ma è bastata per imbiancare le macchine parcheggiate, i marciapiedi, i rami degli alberi, tutto si è trasformato. Dalla città grigia qual era, adesso sembra il paradiso. Me l'ha fatto notare lei, ha bussato sul tavolo e ha detto: «Mi devi cinque euro». Allora ho lasciato lì il quaderno e le mie cose e sono corsa fuori, all'università c'è questo cortile piccolo e stretto che collega le sedi e gli studenti lo usano per fumarsi una sigaretta nel quarto d'ora accademico. Ma a me è bastato, come spazio. Mi sono messa a danzare, giravo su me stessa a occhi chiusi, ho allungato la lingua e ho aspettato di mangiare un fiocco di neve. Ho osservato come scendevano lentamente verso di me. Non ho avuto freddo, anche se quando respiravo il mio fiato era condensato.

Quando sono rientrata nel bar, con i capelli umidi, Chiara mi ha guardata sorridendo. Per lei credo che la neve sia normale, ma per me è una festa a cui non ho saputo rinunciare.

Per la prima volta dopo tanto tempo, l'acqua non mi ha affogata, ma accarezzata con dolcezza.

Chiara mi porta una cioccolata calda. Sopra ci ha spruzzato una nuvola di panna. «Così ti riscaldi». Mi indica la testa.

La ringrazio e le chiedo quant'è.

«Offro io». Guarda fuori, alza le sopracciglia. «Già mi devi cinque euro».

Si siede di nuovo davanti a me. Al bar non c'è nessuno.

«Alex ama la neve» dice, reggendosi il volto con le mani. «Una volta s'è preso la febbre per giocarci tutto il pomeriggio».

«Alex è il tuo compagno?»

Ride. Ha una risata cristallina, come se non avesse mai conosciuto la tristezza. «Mio figlio. Ha quattro anni».

«È un bambino fortunato».

Il telefono suona di nuovo, ma non rispondo.

«Ti sta chiamando il destinatario della lettera?»

Annuisco.

«Non è meglio parlarci a voce?»

Sospiro e riapro il quaderno. «Ci sono parole che appartengono alla carta, altre al vento».

38.

«Che cazzo stai a fa'?»

Giancarlo stava scendendo dagli spalti a grandi passi per raggiungermi. Avevo rifiutato il coltello a serramanico che mi offriva e mi ero messa accanto a Lorenzo. Manuel mi guardava in cagnesco, tradito. Yuri scuoteva il testone, ma nello sguardo aveva una tristezza che sapeva di condanna.

Non avevo il coraggio di guardare Lorenzo in faccia. «Lascialo tornare a casa» ho detto.

«Non ci siamo capiti» tuonò Giancarlo, la sua spalla mi arrivava al naso. «Qua comando io». Mi diede uno spintone, caddi per terra. «Sono io che decido chi va via oppure no. Se io dico che il finocchio resta, non devi replicare, siamo intesi?» E con un gesto fulmineo, gli strappò la borsa di perline dal braccio.

Gli occhi di Lorenzo erano pieni di disperazione. Allungò le mani curate verso di lui, per difendersi dall'arrivo di un calcio.

«Levati, finocchio, levati!» gridava Giancarlo, indietreggiando, spaventato come se avesse un morbo.

Manuel era sceso dal motorino e gli svuotò addosso una lattina di birra. Gli bagnò i capelli stirati con la piastra, i vestiti che profumavano di rose.

Giancarlo e Yuri si passavano la borsetta di perline. Ero

circondata, non potevo fuggire. Una coppia assisteva affacciata al balcone di un palazzo. Dentro di me zampillò il desiderio di chiedere aiuto, ma non sapevo se qualcuno sarebbe accorso. La delusione mi fece desistere.

«T'avevo detto di non uscire più con il frocio» disse Giancarlo, giocherellando con la borsa di perline. «Altrimenti ci avrei pensato io. Te lo ricordi, ve'?»

Non risposi e lui mi diede uno schiaffo. La guancia destra avvampò dal dolore. Mi morsi la lingua. La carne pulsava all'interno della bocca, riconobbi il sapore dolce del sangue.

«Non so se sei cogliona o tosta» disse, quasi come se mi stesse facendo un complimento. La sua mano mi accarezzò il viso, indugiò per qualche secondo sulla pelle, con due dita fece pressione contro la mia guancia. Soffocai un urlo, ma lui se ne accorse.

Fece segno a Simone di restare dov'era. «T'ho fatto male?» mi domandò, in un sorriso sghembo. Il calore del suo corpo mi raggiunse come una vampata estiva. «Abbiamo un codice, sai. Non meniamo alle donne. Ma tu... tu mi fai incazza'». Mi osservai le gambe: tremavano, vittime di un terremoto. «Mi prudono le mani, e quando mi prudono, be', non è un buon segno. Ti vorrei spiaccicare la faccia per terra, lasciare una bella impronta. Sai che bello che ci verrebbe?» Contemplò la pista di pattinaggio, poi si voltò verso di me.

«Adesso dimmi, che devo fa'?»

Non risposi.

Mi diede un altro schiaffo, stavolta bruciò di meno. La saliva mi bagnò le labbra, o forse era sangue. Però non gli scollai gli occhi di dosso.

Giocava con il coltello a serramanico. Lo apriva e lo chiudeva in uno scatto flebile, lo faceva roteare nella mano e lo avvicinava agli occhi per osservare la lama. Me lo puntò contro. «Amputarti un piede?»

Indietreggiai di un metro. Non c'era via di scampo. Era come stare in cella.

Appoggiò l'indice sulla lama. «Oppure tagliarti la gola? Il pischello m'ha detto che non ve la passate bene. Una storpia costa un sacco di soldi. Una morta, di meno».

Una lacrima mi scivolò sulla guancia. La ripulii.

«Ti faccio paura?» Si fece più vicino. Con le dita mi sollevò il mento e mi guardò di nuovo negli occhi. «No, non ti faccio paura. Per niente, ve'?»

Mi sfuggì un singhiozzo, mi coprii la bocca con la mano. Avrei voluto piangere, ma il pianto era un lusso concesso ai sopravvissuti.

Giancarlo invitò Manuel con la mano. «Yu', sì, pure tu».

I tre bloccarono Lorenzo. Manuel s'era agganciato al braccio destro, Giancarlo a quello sinistro e Yuri lo pinzava dalla schiena. Lorenzo si divincolò, pregò di tornare a casa e di avere indietro la borsa, ma i Sorci ridevano come matti a ogni nuovo lamento.

«Noi abbiamo un codice, è vero. Lo rispetterò. L'ho creato io, in fondo. Se non lo rispetto, non posso pensare che lo faranno gli altri». Lorenzo si divincolò e Giancarlo gli diede uno strattone. «Stai fermo, non farmi incazza'». Tornò a me. «Fare il mio mestiere è duro. Sai, quello del capo. Prendere decisioni che non mi vanno proprio, per il bene superiore. Educarvi, morti di fame, e farvi diventare qualcuno». Indicò con il mento Yuri e Manuel. «Erano come bambini abbandonati per strada. Dimenticati dai genitori, figurati da Dio. Non sapevano niente, solo rubacchiare».

Avevo la bocca impastata di sangue, ma scelsi comunque di parlare: «Perché, adesso non rubano?»

«Rubare, che parola. Mica rubano. Non vanno a fregare gelati nei bar. Non più. Si prendono ciò che è loro di diritto. E ciò che è loro, è anche mio. Il nostro è un rapporto più forte del sangue».

Ordinò a Manuel di tirare su la maglietta a Lorenzo, che tentò una resistenza. Yuri sudava dalla fronte e respirava a fatica per tenerlo fermo mentre Manuel gli teneva la maglia alzata. Presto mi ritrovai di fronte al petto nudo di Lorenzo, la ricrescita della ceretta.

Giancarlo aveva lo sguardo impenetrabile. Da una tasca dei jeans tirò fuori un accendino. Girò la rotella e la fiamma si accese flebile, ma minacciosa. «Dimostrami che sei fedele, principe'».

Mi avvicinai a loro, lentamente, senza distogliere lo sguardo dalla fiamma che danzava al movimento leggero del vento. Fragile come erano fragili i papaveri che avevo visto alla stazione con mio fratello.

Giancarlo lasciò andare il pulsante e la fiamma si smorzò. Con un gesto fluido, mi porse l'accendino. «Brucia-gli la pelle».

Rimasi con la mano ferma a mezz'aria, come se qualcuno avesse scattato una fotografia. L'accendino pesava come una pistola. «Non posso».

Si passò la lingua sulle labbra. «Che vuol dire che non puoi?»

Volevo accucciarmi in un angolo e aspettare che l'incubo terminasse. Ma la realtà era questa. Per quanto desiderassi fuggirne, ne facevo parte. Ero un brandello di quel momento.

«È il mio migliore amico». Vomitai le parole come pietre.

«A me non frega un cazzo. Ti dico una cosa, e tu la esegui».

«Non riesco» ripetei in un sussurro.

«Non riesci?» fece eco Giancarlo con tono sbalordito.

«No, io...»

«Sai che gli facevano ai disertori durante la guerra?»

Sì, lo sapevo.

«Me lo raccontava mio nonno» disse Giancarlo. «Ne ha viste di esecuzioni». Con la mano simulò una pistola e me la puntò alla fronte. «Uno sparo in testa ed è finito tutto. Per sempre».

Mi guardavo le mani.

«Ma io non mi limito a spararti in testa» continuò, lo sguardo indurito. «Vado da tua madre, e pure tuo padre, se necessario». Mi passò due dita sulla guancia come la lama di un coltello. «Li scuoio vivi. Voglio vedere le loro budella. Devono implorarmi di farli fuori».

Simone scese dagli spalti. Camminò lentamente verso di noi. «Dallo a me». Mi prese l'accendino dalle mani.

Si osservò intorno. Le finestre dei palazzi erano chiuse e spente. Nessuno passava per il parco. Non poteva chiedere aiuto, sempre se qualcuno avesse avuto il coraggio di avvicinarsi. Era l'ora di cena. Il cielo era scuro e iniziavano a spuntare le prime stelle.

«Pischello, insegna a tua sorella come si fa».

Giancarlo lo guardava, carico di attesa. Si leccava le labbra come se le avesse sporche di cioccolato, tutta quella violenza lo eccitava.

Lorenzo si dimenava, ma Yuri teneva la presa salda, evitando di guardarmi. Manuel teneva la maglietta alzata sul suo petto, negli occhi la fame di vendetta di chi stavolta era il carnefice e non la vittima.

Simone soppesò l'accendino nelle mani, come a valutarne la fattura. Poi con un gesto secco lo scaraventò nel buio, verso l'erba alta.

39.

Un'ora dopo, seduta sul mio letto, avevo aperto *Il gabbiano Jonathan Livingston* sulle gambe. I bordi del libro erano consumati, le pagine ingiallite, con gli angoli arricciati per tutte le volte che avevano tenuto il segno. Rileggevo le parti che Simone aveva sottolineato negli anni.

Lorenzo bussò alla porta ed entrò senza aspettare un mio invito.

«Tua madre vuole sapere cosa preparare per cena».

Gli dissi che non m'importava.

«Rimango qua» aggiunse.

«Sei sicuro?»

Scrollò le spalle. «Se torno a casa conciato così, mio padre mi dà il resto».

Sfogliavo il libro, in maniera distratta.

«Secondo te perché ci ha lasciati andare?» domandò Lorenzo.

Alzai gli occhi su di lui. Mi vergognavo a guardarlo in faccia. «Perché gli serve mio fratello per portare a termine le sue idee folli».

Mia madre aveva acceso la TV in cucina, il suo svago diveniva un palliativo. La notte serpeggiava nella casa semibuia e i grilli frinivano dalle finestre aperte.

Presi la scatola blu di velluto dall'armadio. La aprii di

fronte a Lorenzo e gli feci vedere il bracciale d'oro con le perle turchesi.

«Era della mia bisnonna» dissi, a bruciapelo.

Lo avvicinò agli occhi sbavati di matita nera. «Lo vuoi dare a Giancarlo?»

Lo misi nella scatola, il cuore in gola. «Non ho altro».

Mancavano poche ore alla partenza, ed ero agitata. Il calendario appeso al muro era un allarme silenzioso. Restai sul letto a osservare il pulviscolo e a rimuginare sulle scelte che mi avevano portato fino a lì. Se nel tempo gli fossi stata più vicina, forse Simone non avrebbe avuto il bisogno di sentirsi accettato da un'altra famiglia. Era andato alla ricerca di un nuovo nido, ignaro dei rischi che correva. Continuavo a darmi la colpa, e a bombardarmi di inutili 'se' e 'forse'.

La partenza s'avvicinava spietata e io ero a un bivio. Sapevo che quel treno non l'avrei preso, le probabilità erano tutte contro di me. A cominciare da mia madre, che tenevo all'oscuro anche se forse aveva già scoperto tutto e solo non aveva il coraggio di affrontare il discorso. Lo facevo per il suo bene, questa era la mia convinzione.

D'altro canto, dovevo trovare una scusa valida per non partire più e fare pace con me stessa, abbracciare l'idea che la vita a Milano era stata soltanto una bellissima allucinazione. Come una di quelle considerazioni che si fanno mentre si è ubriachi e a mente fredda si scioglie tutto.

Mi trascinai in cucina perché sentivo Lorenzo chiacchierare con mia madre. Il chiarore di un lampione illuminava il balcone.

«Manca l'olio» disse lei quando mi vide entrare. Simone era seduto su una sedia, la faccia incollata allo schermo del cellulare.

Lorenzo propose di andare a prenderlo al supermarket che restava aperto tutta la notte, ma preferii andare io. «Tu riposati» dissi infilandomi le scarpe di tela senza i calzini.

Dieci minuti più tardi ero in giro per il quartiere. Mi ero struccata e avevo il viso latteo al naturale, il cui sebo lucidava la pelle del naso e della fronte. Avevo bisogno di spogliarmi di tutto quello che mi nascondeva. Anche il fondotinta, che celava il livido sulla guancia provocato dalle mani di Giancarlo.

Il supermercato era al confine tra Campo dell'oro e Santa Fermina. Per raggiungerlo impiegai una decina di minuti. Le strade erano deserte. La gente andava in centro o in discoteca sulla spiaggia. Passava a malapena qualche auto, uno stormo di motorini. Poi tornavano il silenzio, la natura. I grilli cantavano la notte, le civette chiacchieravano nascoste sui rami. Ripensavo a Giancarlo che lasciava andare Lorenzo e mi gridava di andarmene. «Non sei la benvenuta» aveva detto in un soffio. «Se ti trovo in giro, ti spezzo le ossa».

Il supermercato era vuoto. Alla cassa mi accodai dietro una signora, in mano la bottiglia dell'olio d'oliva e un barattolo di gelato al cioccolato. Non sapevo come affrontare il giorno successivo e dire a mamma che non sarei più partita. Mi lasciai cullare dalle voci della gente, per un paio di minuti mi aiutarono a non pensare.

«Fa troppo caldo» stava dicendo una signora con un abitino azzurro e i capelli cotonati. Aveva il carrello pieno per metà. «Ho chiamato Gianni per tirare giù il ventilatore».

«Hai fatto bene, cì» disse l'altra signora davanti a lei, che reggeva un pacco di farina e delle uova tra le braccia. «Il giorno si schiatta». Appoggiò le uova sul nastro della cassa. «La notte pure, non ti credere».

«Faccio certe sudate» convenne la donna con l'abitino azzurro. Fece un passo in avanti quando la coda diminuì. «Pure io ho chiamato mia figlia per farmi mettere il condizionatore. Non te l'ho detto? È venuta ieri».

La donna con il vestitino azzurro si sporse verso l'amica, ma riuscii comunque a udire la domanda: «Sta ancora sola?»

«Ah, 'ste cose a me non me le dice» rispose appoggiando la farina sul nastro accanto alle uova. «Poi con l'ex marito ci sta in guerra».

«Non ci torna più assieme?»

«No no, che ti pare» disse l'altra corrugando le labbra sottili. «Quello manco dà il mantenimento. Ma non è più come ai tempi nostri, cì. I giovani d'oggi si sposano e divorziano subito». Aggiunse qualcosa su una coppia della televisione che s'era lasciata pochi mesi dopo il matrimonio.

«Non voglio immagina' che passano i tuoi nipoti».

«Lui se n'è andato all'estero a cerca' lavoro. Povere creature, cresceranno senza padre».

«Tesori', vuoi una busta?» domandò la cassiera. Era una donna di mezza età, con la ricrescita scura sui capelli biondi e un piercing al naso.

«Che ci devo fa'?» rispose la donna, avvicinando a sé le uova e la farina.

La cassiera spinse i tasti sul display con le dita affusolate, il tic preciso e cadenzato della ricostruzione alle unghie, che era di un rosa acceso, tendente al fucsia. «Sono due euro e quarantadue centesimi».

L'anziana tirò fuori un borsellino di stoffa arancione e con le dita pescò due monete da un euro e due da venti. «Non trovo i centesimi» si scusò. «Sono troppo piccoli».

«Va bene così» disse la donna sistemando gli spicci nella cassa.

Sentii pizzicarmi il braccio. «Ragazzi', passa prima te» disse la signora con il vestitino azzurro. Mi fece segno di proseguire. «Mi sono dimenticata di prendere una cosa». Mise il carrello vicino all'espositore di dolci e caramelle a fianco della cassa. «Ah bella, ti lascio un attimo la spesa» aggiunse alla cassiera.

Per tornare a casa feci un giro più lungo passando sotto i portici dei casermoni popolari. Sui muri bianchi c'erano nuove scritte con la bomboletta spray, alcune coperte con la vernice, altre rimarcate con l'Uniposca. Erano promesse d'amore o recenti vittorie della Roma. All'interno di questo quadrato di edifici sorgeva un giardinetto che con gli anni era stato trasformato in un piccolo parco giochi. C'erano due altalene, la casetta con lo scivolo e tre dondoli con le sembianze di cane, gatto e topo. Li avevano costruiti quando Simone aveva iniziato le medie, i bambini del quartiere avevano un posto dove giocare che non fosse la strada dissestata da calcinacci o il campetto dell'oratorio.

A me piaceva il giardino con il parco giochi, mi dava un profondo senso di tranquillità. Era perimetrato da diversi tipi di alberi, soprattutto pini. Da bambini raccoglievamo da terra le pigne e facevamo merenda pestando i pinoli sul mattonato. All'epoca l'erba cresceva alta fino alle ginocchia e d'estate era pericoloso addentrarsi in quella foresta in miniatura, con gli insetti e altre strane bestie, c'era persino qualcuno che aveva giurato di aver intravisto strisciare dei serpenti. Adesso la manutenzione era eseguita regolarmente, e le erbacce non arrivavano a superare i dieci centimetri. L'unico neo della manutenzione era che strappavano via anche i fiori. Il giardino ornato da margherite gialle, nontiscordardimé e papaveri rossi presto ritornava a essere una zolla di terra di un tetro marrone scuro.

Il rombo familiare di uno scooter mi fece trasalire.

La figura stagliata di Yuri si avvicinava da lontano. Lo riconobbi dalle spalle larghe, prosperose, e dal singhiozzo affaticato dello scooter.

Quando mi vide, accelerò di un poco e frenò a un metro da me, i piedi sull'asfalto per non perdere l'equilibrio. Stringeva il manubrio con le manone. «Dove sta tuo fratello?»

«Giancarlo non lo può chiamare?» ribattei, avvicinando meccanicamente la bottiglia dell'olio e il gelato al petto.

«È meglio se non ti fai vedere per un po'» disse Yuri, corrugando la fronte. «Ero convinto che ammazzava il frocio».

«Sai perché ci ha lasciato andare. Ha paura di rimanere solo a combattere questa battaglia».

Yuri aveva la stessa risposta impressa sul viso. Mi guardò sospirando. «Di' a tuo fratello di venire tra un'ora al garage» insistette, il volto rosso e sudato dal caldo. «Giancarlo vuole anda' a Santa Fermina stasera».

Sentivo la confezione del gelato trasudare sulla maglietta. «Ma loro ci aspetteranno» feci notare.

«Stanne fuori, Anna, Giancarlo t'ha graziato» disse Yuri, quasi in una preghiera. Diede gas al motorino, i piedi piantati per terra. Una nuvola di fumo nero si disperse nell'aria. «Ma se il pischello non si presenta, saranno cazzi amari per la famiglia vostra». Allungò un braccio e mi diede un buffetto sulla guancia, che mi fece rizzare i capelli in testa. «Peccato, mi stavi simpatica». Guardò in alto, verso il cielo corvino, poi riprese la strada da cui era venuto, e le persone abbassarono gli occhi quando gli sfrecciò accanto.

Oggi

Da quando me ne sono andata, Campo dell'oro non mi è mai mancato. Sono quattro mesi che ho lasciato il quartiere, e sebbene stia cercando di ricompormi e di trovare un senso a quei giorni, ci sono sere in cui i ricordi tornano violenti come una frana di fango. Mi ricoprono interamente e mi seppelliscono al punto che stento a respirare. Come se riuscissi a malapena a tirare fuori il naso dalla pozza di melma, e sopravvivere.

A Milano ho imparato a combattere le sere d'inverno. Mi rannicchio nel letto, indosso due paia di calzini, pigiami di pile pesanti, e stendo addosso trapunte grezze che mi ha donato la coinquilina quando sono arrivata, con in mano una valigia leggerissima. Delle tante cose che ho, sono partita con poco o nulla. Per cena apro un pacchetto di würstel al pollo, li mangio crudi mentre leggo un libro, altrimenti accendo la televisione e guardo un reality show o un film d'amore, che fino a qualche tempo prima avrei rinnegato con una scrollata di spalle. La realtà è che quei programmi mi aiutano a non pensare. Se non penso, non ho attacchi di panico. Se non penso, la mia vita è concentrata solo sulla sopravvivenza.

Mia madre mi ha consigliato di andare dal medico per farmi prescrivere un calmante, ma non me la sento. Non voglio dipendere dalle benzodiazepine. Penso sia facile per lei dispensare consigli dall'altra parte della cornetta. Non sa com'è andata veramente, non sa cosa Campo dell'oro mi ha preso, cosa ha preso a Simone, e perché ci ha costretti a diventare adulti prima del previsto.

Non ho il coraggio di dirglielo. Se lo facessi, mi guarderebbe in modo diverso. Ci sono segreti che vanno custoditi per sempre, e questo che è successo a noi ne è l'esempio.

Chiara mi dice che tra mezz'ora finisce il turno. «È da stamattina che stai scrivendo». Il suo non è un rimprovero, ma colgo una forma di preoccupazione gratuita.

«Devi chiudere il bar?»

Scuote la testa. «Non fa niente. Termina la tua lettera».

40.

Quando rientrai in casa, con il respiro mozzato, Simone mi chiese cosa fosse successo. Si spense a sentire il nome di Yuri.

Mia madre fu entusiasta del gelato al cioccolato e lo mise nel frigorifero. Prese Lorenzo per un braccio e lo trascinò in camera, dove aveva preparato la sua collezione di DVD. Voleva una mano per scegliere un film da guardare tutti insieme, «Anna domani parte» aveva detto annuendo con prepotenza. Forse, nel suo intimo, sapeva che non sarebbe successo. L'aveva intuito da giorni, ma non riusciva a metabolizzarlo. Perché metabolizzarlo avrebbe significato che qualcosa era sfuggito al suo controllo. Di solito non guardiamo direttamente la realtà con una visione fredda, catartica, ma la percepiamo a seconda della nostra esperienza di vita. Forse mia madre ripercorreva l'abbandono di papà nelle mie azioni, nei nostri silenzi. La sua negazione all'evidenza era l'unico modo per posticiparla, renderla meno reale di quanto sperasse. Avrei voluto consolarla, rendermi partecipe del suo stato di confusione, ma le mie uniche consolazioni si traducevano in bugie effimere.

Decisi di dedicarmi alla cena. Cucinare mi dava un senso di tranquillità che non provavo da giorni. Pulii la cipolla e la tagliai in pezzi sottili, in una padella lasciai gocciolare due cucchiai di olio e la misi a soffriggere. Nel frattempo posizionai il tegame dell'acqua sul fuoco e tagliai il pane a fette, che distribuii sul tavolo sotto un velo di carta assorbente. Al soffritto aggiunsi la passata di pomodoro e delle foglie di basilico. In breve tempo la cucina si saturò di profumi freschi e mi parve di tornare indietro, a quando ancora andavo alle elementari e spiavo mia madre preparare il pranzo. A lei piaceva cucinare, a me piaceva guardarla. Indossava quei vestiti a fiori che le arrivavano alle ginocchia, il grembiule giallo canarino per non sporcarsi. Qualsiasi cosa cucinasse, lo aromatizzava per dargli una sfumatura di sapore. E io, incantata da quei colori, da quegli odori, restavo imbambolata a osservarla mentre pestava l'aglio o sbucciava le carote. Volevo assaggiare qualcosa, e lei mi lasciava rubare uno gnocco crudo o un pomodorino. Era un gioco, quello che facevamo, e ci andava bene così. Quante cose erano cambiate da allora.

Simone entrò in cucina e si sedette. «Sta costringendo Lorenzo a scegliere tra *Ritorno al futuro 2* e *Ritorno al futuro 3*».

«Il primo non l'ha considerato?»

Scrollò le spalle, in un sorriso stretto. «Dice che lo conosciamo a memoria». Aveva i lividi purpurei sul viso, e gli occhi stanchi. Tra le mani stringeva un papavero rosso. Intrecciava lo stelo del fiore tra le dita.

Mi avvicinai un poco, titubante. Appoggiai il cucchiaio di legno sul tavolo, senza togliergli lo sguardo di dosso, come se potesse scomparire da un momento all'altro.

«C'hai fame?»

Pesai la pasta e misi un pentolone d'acqua a bollire. Posizionai altre foglie di basilico nel sugo.

Simone intanto aveva apparecchiato la tavola: una tovaglia rossa che mi ricordò il Natale. Dalla credenza in camera da pranzo aveva rispolverato i calici di vino e i bicchieri d'acqua. Diedi una sciacquata per togliere la polvere e lui li asciugò con un panno, ricordando la volta che mamma li aveva messi via.

«Chissà perché li ha tolti». Osservò il calice controluce. «Senza dirci niente».

Spensi il fornello del sugo. «Da quando papà se n'è andato, tante cose sono sparite».

Simone non disse altro. Si sedette sulla sedia, le mani intrecciate, il papavero rosso accanto al piatto vuoto. A volte gli lanciava un'occhiata, altre accarezzava i petali fragili con una sorta di tenerezza.

«Sto nella merda, Annare'» disse, gli occhi fissi di fronte a sé.

Mi alzai dalla sedia e mi inginocchiai vicino a lui. «Perché non mi racconti tutto?»

«Giancarlo mi ammazza» ribadì con convinzione. «E ammazza te, e mamma, e pure papà se lo trova». Scoppiò a ridere per quell'ultima frase, poi tornò a essere il quattordicenne che conoscevo, e che avevo perso.

Gli passai un fazzoletto. «Insieme possiamo trovare una soluzione».

Si grattò la fronte con l'indice. «Ma che stai a di'» sospirò. «Non c'è soluzione, lo sai pure tu. Nessuno ha mai lasciato i Sorci». Diede un pugno sul tavolo, i bicchieri tintinnarono. Si strofinò gli occhi con i polpastrelli. «Quelli fanno sul serio».

La partenza adesso si faceva meschina e minacciosa, era là che mi ricordava che non potevo andarmene, che ero di proprietà del quartiere. Ma poco importava, ormai. Avrei rinunciato volentieri a Milano, se questo avesse significato riprendermi mio fratello.

Tamburellai la mano sulla sua sedia vuota. «Siediti».
«Lo vuoi capire che quelli...» disse lui.
«Fanno sul serio, ho capito» lo interruppi. «Scordatene un attimo. Lo puoi fare, per me?»
Simone non era convinto.
«Allora?» insistetti. «Lo puoi fare?»
Prese vari respiri profondi. Disse di sì.
«Bene. Mangia qualcosa».
Si ripulì il naso con un fazzoletto e si accomodò al mio fianco. Diede un morso al pane. «Devo dargli una risposta» disse, indicandomi il telefono che vibrava sul tavolo. «Mi stanno a chiama'».
Entrambi guardammo il cellulare sussultare agli squilli di Yuri. Subito dopo apparve il nome di Manuel. Dopo, quello di Giancarlo.
Spensi il telefono e lo misi in tasca. «Prima mettiamo qualcosa sotto i denti».
Simone annuì, ma continuava a non esserne convinto.

Quindici minuti più tardi, scolai la pasta nella padella piena di sugo. Aggiunsi altro basilico e iniziai a fare le porzioni. Lorenzo alla fine aveva scelto *Ritorno al futuro 2*, perché in fondo anche noi stavamo vivendo un presente alternativo.
Simone s'era messo il casco. Lanciò un'occhiata alla tavola imbandita, alla padella sui fornelli, e parve trasformarsi di nuovo, ora fratello di Giancarlo, e non più mio. «Devo andare» disse.
«Ma stiamo per mangiare». Iniziai a riempirgli il piatto, il mio braccio tremava sofferente. Uno spaghetto scivolò dal forchettone e sporcò il pavimento. «Vai a lavarti le mani».
«Mi dispiace» sussurrò, «devo andare».

«Adesso ti levi quella scodella dalla capoccia» dissi, appoggiando con foga il piatto sul tavolo. «Ti siedi e mangi».

Non si schiodò da dov'era. «Hai visto cos'è capace di fare Giancarlo?» disse pacatamente.

Mi avvicinai a lui e gli presi il viso con le mani. «Se proprio devi andare, sta' attento».

Nella sua faccia non c'era traccia di esitazione. «Non sono stupido».

«A mamma verrà un infarto».

«Andrà tutto bene» promise.

Mi sentivo impotente. Avevo quello stupido sogno di scappare da Campo dell'oro, di costruirmi una nuova vita, eppure non era quello il punto. Lo capivo adesso, di fronte a lui. Avevo pensato che andarmene dal quartiere avrebbe significato ricominciare. Ma non potevo ricominciare.

Simone mi porse il papavero rosso, il suo petto si alzava e si abbassava lentamente, come a contare i secondi che mancavano a Giancarlo. «Andrà tutto bene» ripeté.

Di fronte a me non c'era un ragazzino di quattordici anni, ma questo l'avevo capito da tempo. Era più grande, quasi adulto, ma non meno coraggioso. Sapeva prendersi la responsabilità delle sue scelte irruenti, ma soprattutto mi stava chiedendo di credere ancora nella nostra fratellanza.

Agguantò al volo un'altra fetta di pane, mi schiacciò un bacio in guancia e uscì chiudendo la porta in un tonfo secco. Restai con il fiore in mano, il silenzio che avvolgeva la casa, la cucina, la testa.

Mia madre e Lorenzo mi trovarono rannicchiata sulla sedia pochi minuti dopo – o forse era passato meno, non sapevo quantificarlo –, le braccia incrociate sulle gambe, il mento appoggiato sul dorso della mano. La pasta stava diventando una colla nella pentola, il sugo sul pavimento una macchia di sangue. Tutto d'un tratto non avevo fame né sete. Sentivo che il mio corpo non aveva bisogno di nutrirsi; per ora la sopravvivenza era cadenzata dai respiri e dal cuore che pompava nel petto.

Dovevo prendere una decisione, al più presto.

«Annare'?» domandò mamma. Si avvicinò con cautela. «Tutto a posto?» Osservò i piatti lucidi che brillavano di promesse, i calici immacolati stantii di illusioni.

«Annare'?» ripeté.

Mi si avvicinò, odorava di candeggina e sudore, aveva i capelli raccolti in una coda di cavallo. In braccio stringeva il DVD di *Ritorno al futuro 2.* «Simo dove sta?»

«Non lo so, cazzo» esclamai, alzandomi dalla sedia in uno slancio.

Mamma attanagliò il DVD, se fosse stato il collo di una persona l'avrebbe strozzata. «C'ho una brutta sensazione». Il tremolio non s'era fermato. Le labbra vibravano al ritmo dei suoi respiri concitati. «Sono giorni che non riesco a vedervi per bene. Poi il malocchio, quell'uomo». M'indicò. «Tu c'entri qualcosa». Si portò la mano alla bocca.

L'accompagnai nella sua camera. «Sono tutte fesserie. Stenditi».

«Mi gira la testa».

«Ci penso io» disse Lorenzo.

Tre minuti più tardi, mi diede un bicchiere d'acqua e zucchero. Intanto mia madre s'era distesa sul letto e si teneva la fronte come a misurarsi la febbre. Il dvd era sul comodino al posto della fotografia al Colosseo.

Le allungai il bicchiere. «Bevi, ma'».

Lei mi cercò con gli occhi. «Tu non lo senti?»

Mi sedetti ai piedi del letto. «Che cosa?»

«Questa brutta sensazione» spiegò, indicandosi lo stomaco. «Ho come un sasso sulla pancia».

«Sei agitata».

«Tu non lo senti?»

Dissi di no, che non lo sentivo.

«Io sì» dichiarò lei. Mi carezzò la guancia. «Una madre queste cose le prova».

Uscii di casa con le chiavi della macchina infilate in tasca. L'avevo lasciata a dormire. Avevo chiuso piano la porta, la luce spenta. Non l'avevo mai vista così, neanche all'abbandono di papà. Se con lui aveva coltivato una speranza, adesso era sull'orlo di una disillusione. Non era pronta per affrontare la realtà, ma nemmeno nella condizione di ricevere l'ennesima menzogna. Quel limbo in cui l'avevamo spinta – prima papà, poi la decisione tacita di Simone, e infine la mia omertà – la stava esaurendo con la stessa rapidità dello stoppino in una candela.

In corridoio Lorenzo mi bloccò vicino alla porta, in mano reggevo la scatola di velluto blu.

«Non andare» disse.

«Non sarai anche tu superstizioso» replicai, sarcastica. «Ho tutto sotto controllo».

Lui in risposta mi abbracciò e il suo profumo alle rose fu una coltellata al petto.

«Rimani con mia madre, per favore».

Montai in macchina, decisa a salvare mio fratello una volta per tutte. Però mia madre aveva ragione. Qualcosa stava per arrivare. Il maremoto, l'acqua. L'aveva previsto prima di tutti. Le mamme hanno questo superpotere, prevedono il futuro e i suoi intrecci. Non so come facciano. Anche quando si è adulti, loro vedono più in là di quello che riescono a intravedere i figli. Come quando da bambina mi arrampicavo sugli alberi e mamma mi suggeriva di scendere, perché sarei caduta, e poi cadevo davvero. Questo superpotere proprio non riuscivo a percepirlo. Tuttora non riesco.

Oggi

Non sono brava a improvvisare. Non è il mio dono. C'è chi è bravo, e chi no. Canto bene, però. Quando vado al karaoke, faccio bella figura. Le compagne dell'università idolatrano la mia voce, mi hanno detto che mi vedrebbero bene in televisione, magari in un talent show. Secondo loro potrei vincere, avere successo. Ma io mi sono trasferita a Milano per studiare, e mi basta così. Il mio sogno era fuggire dal quartiere, e fuggita, be', sono fuggita. La sera ceno di fronte a un libro, divido un bilocale con un'altra studentessa che ho conosciuto il giorno in cui sono arrivata, e il sabato pomeriggio faccio lunghe passeggiate in centro, con la scusa di scattare fotografie alla facciata del Duomo. Le altre ore le passo a lezione o in biblioteca a studiare. Non voglio di più, la mia vita potrebbe continuare così in eterno, e mi andrebbe bene. Ma andarsene da quello che si è stati non vuol dire davvero fuggire. Quando i ricordi restano a galla come boe in mare, allora è inutile trasferirsi dall'altra parte d'Italia. Ce l'ho scritto in faccia che non sono felice, e che Milano non è la risposta a quello che il quartiere mi ha preso. Ma è un concetto che prima ignoravo, e per questo non sono brava a improvvisare. Ho architettato la mia fuga in poco tempo, rischiando di fallire e restarmene al quartiere per il resto della mia vita. Però ovunque soggiornerò – di questo sono sicura – l'ombra di Campo dell'oro sarà sempre lì a ricordarmi che non me ne sono andata veramente. Perché non si può fuggire da ciò che si è stati.

41.

Fuori dal garage dei Sorci non c'era anima viva. La saracinesca era abbassata, ma non chiusa del tutto. La luce calda e debole della lampadina irradiava una striscia d'asfalto. Il ritmico e dolce singhiozzo della sera era decantato dal frinire dei grilli. Era una di quelle notti che suggeriva una camminata sulla spiaggia per respirare l'odore del mare, e ascoltare il suono delle onde che perivano sul bagnasciuga. Almeno si vedevano le stelle. In lontananza, qualcuno parlottava al cellulare.

Lo scooter di Giancarlo era parcheggiato lì fuori. In tasca avevo il bracciale della mia bisnonna. Lo strinsi forte tra le dita, sentii il freddo del metallo sulla pelle.

Bussai sulla serranda con discrezione. Il suono dei colpi riecheggiò per un istante, poi sfumò come vapore. Giancarlo alzò la saracinesca e stirò il sorriso da piranha, l'aria di chi aspetta un ospite gradito.

«Hai visto chi c'è». Portava anche lui un paio di jeans, al polso un orologio di marca e una camicia blu con le maniche alzate. Nello sguardo il solito guizzo tagliente. «Principessa, hai cambiato idea?» Cercavo dettagli superficiali per trasformarlo in una persona di cui non dovevo avere paura: un graffio sul collo dopo la rasatura, un neo sul labbro inferiore che si espandeva come un chicco di caffè, le sopracciglia folte, nerissime come gli occhi.

«Non ho voglia di girarci intorno» risposi, la mano infilata nella tasca dei pantaloni, le dita a contatto con il metallo. Sentii il cuore pulsare più veloce nel petto, tutto il resto era ovattato, distante come distante erano le stelle nella notte turgida. «Simone deve uscire dai Sorci».

Giocherellò con il cinturino dell'orologio. «Mi stai minacciando?» Si avvicinò a me, a passi piccoli ma decisi.

«No, io...»

«Vuoi anda' dalle guardie?» mi interruppe. Il suo alito non era cambiato, sapeva di caffè e fumo stemperati nella saliva. «Non te lo scordare, tuo fratello è un criminale». Mi accarezzò il viso con due dita, risalì verso la fronte e attorcigliò una ciocca di capelli sull'indice. «Anche tu sei una criminale, a conti fatti». Le sue unghie erano appuntite, mi pizzicarono la pelle. Liberò il dito dai capelli. «Non sarò clemente due volte. Vattene». Tornò dentro il garage, il passo fluido e deciso di un ragazzo già uomo. «C'ho da fa'».

Sul tavolo di plastica c'erano vari pacchettini trasparenti, con dentro cristalli bianchi e rosa, altri erano involti di carta argentata. Una doveva essere la famosa *flakka*, l'altra non avevo idea.

«Stai ancora qua?» sbottò Giancarlo. Notò il mio sguardo che indugiava sui pacchettini. Si stiracchiò, gli occhi famelici puntati su di me. «Tuo padre comprava l'hashish dal mio».

Mandai giù la saliva per schiarirmi la gola.

«Stava sempre fatto». Ridacchiò divertito. «Non c'aveva mai una lira. Pregava mio padre di fargli credito. Una volta s'era pisciato sotto».

In bocca sentivo l'amarezza che si univa al disgusto. «Non mi interessa».

Prese un pacchetto dal tavolo e lo aprì. Fece scivolare alcuni cristalli sulla mano, e mi chiese di avvicinarmi. Entrai nel garage, lì il buio era più ostile e bieco. Alla luce debole della lampadina, avvicinai il viso al palmo di Giancarlo. Quei cristalli erano maleodoranti.

«L'unica pecca della *flakka* è la puzza» spiegò, come a rispondere alla mia indiscrezione. I suoi occhi s'erano accesi. «Ma questa roba è forte. Dicono che è più potente della metamfetamina». Mi guardò di nuovo, in attesa. «Non la vuoi provare?»

«No, grazie».

Giancarlo sorrise, i denti aguzzi e ingialliti dal fumo.

«Tuo padre se la sarebbe sniffata la *flakka*». Mise a posto i cristalli dentro la bustina. «Morto di fame com'era».

«La droga dei poveri» mi lasciai dire.

Si voltò con uno scatto improvviso, nello sguardo un guizzo di follia flebile come un respiro. «Siamo sempre a Campo dell'oro».

«Simone deve uscire dai Sorci» ripetei.

Si inumidì le labbra secche con la lingua. «Non ti dai per vinta, ve'?»

Tentai un nuovo approccio. «Mi devi ascoltare, cazzo».

«Ti stai a scorda' una cosa importante» disse in una risata fratturata, era il solito sorriso da piranha, da cacciatore, che aveva fiutato il sangue a chilometri di distanza, e ora stava tastando il cibo prima di divorarlo. «Il pischello non vuole andarsene. E ti dico pure perché» continuò, alzando un dito al cielo, in segno di giudizio. «Tu l'hai abbandonato. Dov'è che vai? Milano?» Rise di nuovo, ma la sua era una risata graffiata. «A che servi tu, se ci sono io?»

Non erano domande che volevo pormi, né avevo la forza adesso di farlo. Tutto quello di cui avevo bisogno era riuscire a compiere il mio obbligo. La responsabilità di salvaguardare la mia famiglia non era un'imposizione. L'abbandono di mio padre mi aveva messo in bilico, incerta sui miei passi, come un funambolo avevo rischiato di perdere l'equilibrio, ma non ero caduta – avevo saputo adeguarmi alla strada. Quella era una missione che avevo abbracciato con la piena consapevolezza dei rischi – senza chiedermi cosa sarei potuta diventare, ma chi avrei potuto perdere se non avessi preso una posizione. *Siamo le scelte che facciamo, non quello che ci è successo.*

Tirai fuori il bracciale con un groppo in gola. Impressi nell'oro ne vedevo i sacrifici, gli anni d'amore e di cura, la tradizione che viveva di madre in figlia, e ora io lo donavo – come donavo la mia stessa speranza – al mio carnefice. «Prendilo». La mia mano tremava nella semioscurità. Lui se ne accorse. «Basta per lasciarlo andare».

Il suo sguardo indugiò sul bracciale stretto nel mio pugno, incurante del suo valore intrinseco. Ma dopotutto, come poteva capire?

«Non ho bisogno della tua pietà» disse, gelido.

Allungai di nuovo il gioiello verso di lui, come a solleticare l'appetito di uno squalo offrendo un'acciuga. «Prendilo, andiamo. Lo so che lo vuoi».

«Torna a casa. Tuo padre ha già rovinato abbastanza la tua famiglia».

«Questo è uno scambio» dissi, in un soffio atono. Si divertiva a farmi elemosinare la sua carità. «Io do qualcosa a te, e tu dai qualcosa a me».

Giancarlo si inumidì di nuovo le labbra, passò una mano sui capelli corti. «Non diamo spettacolo» disse, gli occhi agognavano, sudavano parole, io intanto restavo ferma dov'ero. «Non stare lì impalata». Mi spostai verso gli scatoloni e tirò giù la saracinesca, la compattezza della notte restò fuori.

«Mettiti seduta» disse ripulendosi le mani sui jeans. Un panno di polvere argenteo ricoprì un lembo dei pantaloni, ma non ci fece caso.

Rimasi in piedi. Lasciai il bracciale sul tavolino di plastica, lontano dalle bustine di *flakka*. Anche lui era rimasto in piedi. Si allungò sul tavolo e lo afferrò agile, con la presa di un'aquila. Lo studiò alla luce della lampada, le pietre turchesi si riflettevano nei suoi occhi neri in uno scintillio perverso, poi con un gesto fluido lo nascose nella tasca dei pantaloni.

La mia bocca era arida. «Mi dai la tua parola che Simone esce dai Sorci?»

«Da stasera stessa».

Giancarlo aguzzò un sorriso storto. Tamburellò le dita sulla gamba, dove stava il bracciale. Mi guardò dalla testa ai piedi, come se mi studiasse per la prima volta. «Mi ricordi lei, in un certo senso. Colta, diversa. Ribelle». Camminò lentamente, quasi nell'intento di misurare i metri che ci dividevano. L'aria nel garage si fece solida, impenetrabile come nebbia al mattino. «Quando mio padre la incontrò, perse la testa. Disse che tutti la volevano, qua a Campo dell'oro. Eppure lei lo scelse. Si completavano a vicenda». Il suo sguardo si aggirava nello spazio, come a rivangare i ricordi di un tempo perduto, un tempo in cui non era nato. «Ma le cose belle non durano molto. Questo è ciò che mi ha insegnato la vita, e questo è ciò che ha insegnato a te, dico bene?» Annuì tra sé e sé, gli occhi serrati al passato, parte di quel frammento. «Lei voleva l'impossibile: cambiare la sorte di un uomo dannato. Ma non si può salvare chi non vuole essere salvato. Così ha fatto quello che le conveniva».

«Cosa?» balbettai, ferma al mio posto, i piedi incollati al pavimento.

«Se n'è andata» rispose lui, con una semplicità rabbonente. «Ha preferito lasciarmi qua, al mio destino». Lo disse con una risata irritante. «Se n'è fregata di me, suo figlio. Ero un ragazzino, addirittura più piccolo del pischello. Mi sono dovuto arrangiare: lei ha deciso al mio posto». Fece un altro passo verso la mia direzione, accorciando la distanza che mi ero imposta di mantenere. «Ma tu non te ne andrai. Le eccezioni hanno un valore doppio. Voglio qualcos'altro».

«Ti sei preso tutto quello che avevo».

Mi attanagliò la spalla e mi trascinò con forza verso il divano letto. «Ti sbagli. Non tutto». Capii subito cosa voleva fare del mio corpo. Le mie ginocchia si fecero flebili e molli, la testa vorticava come in una sbornia, la stanza mi girava attorno in un carosello di cianfrusaglie, televisori al plasma e microonde nuovi di zecca si alternavano a scritte sul muro e pezzi di ricambio di motorini.

«No, ti prego».

«Devi darmi un'ultima cosa». Mi buttò a pancia in sotto sul materasso e con la gamba piegata, mi bloccò la schiena. Non riuscivo a muovermi, paralizzata dalla sua presa e dalla paura improvvisa. Il dolore si allargò dal centro della schiena fino alle maniglie dell'amore. Lo sentii slacciarsi la cintura, calarsi i pantaloni in fretta, i sospiri diventare violenti.

«Ti prego, ti prego».

«Vuoi farmi stare bene?» disse, la voce carica di eccitazione e tripudio. «So che lo vuoi anche tu. Mi sono accorto come mi guardavi». Abbassò i boxer e percepii l'odore del suo sesso.

Spogliò anche me. I jeans arrivarono a tagliarmi le cosce, le mutande si arricciarono in un unico orlo di cotone. Avevo freddo, volevo tornare a casa. Strillavo di farmi tornare a casa, ma lui non diceva niente. Mi allargò le gambe e appoggiò il pene sulle mie natiche nude.

Ero distesa sul letto, dispersa come un naufrago nel mare, come ero stata allo Scalo e la luna e le stelle che splendevano nel cielo.

Le lenzuola erano appiccicaticce e umide, puzzavano di hashish e sporco, trattenevano le mie lacrime amare. Per terra erano tornate le lattine vuote, patatine imputridite, capelli aggrovigliati a foglie morte e fazzoletti usati. Quel sudiciume io lo sentivo dentro.

Quando mi penetrò, pensai di affogare. Ero sott'acqua, nuda, e muovevo le braccia e le gambe a ventaglio per spingermi verso la superficie, ma era troppo distante. La forza di gravità mi premeva verso i fondali. Non riuscivo a respirare. Gridavo, ma l'acqua rapiva la mia voce, e mi attraversava il corpo. Ero un tutt'uno con il mare. L'anidride carbonica sgattaiolava e risaliva in bolle trasparenti. Sarebbe stato facile lasciarmi andare, bastava non lottare più, e sarei morta sommersa. Ma c'era una luce lassù, la vedevo. Era sbiadita, sì, evanescente, però la vedevo. Quella lucina esisteva, e se c'era, doveva per forza significare qualcosa.

Mi tornarono in mente stralci di vita, attimi che pensavo di aver dimenticato: l'autobus che sosta alla fermata, e io che gli corro incontro, lo zaino sulle spalle, i libri che mi incurvano la schiena; mia madre che mi mette un ramoscello di basilico sotto il naso per farmi sentire il profumo fresco; Lorenzo che appende gli striscioni arcobaleno nella sua stanza; Simone che mi chiede di recitare le poesie di Gianni Rodari, e mi sorride complice, nell'innocenza della sua infanzia.

L'acqua divenne presto ghiaccio, e mi immobilizzò

per sempre in quell'urlo disperato. La luce restò lassù, dall'altra parte, flebile.

Giancarlo eiaculò sulla mia schiena. Sfilò un fazzoletto da un pacco di Kleenex e si pulì il glande. Lo sentii tirarsi su le mutande, poi i pantaloni. Tornavo a intermittenza dalla prigione di ghiaccio. A volte ero al buio, altre sul materasso. In entrambi i casi, non vedevo niente, anche se ero sicura di tenere gli occhi aperti, spalancati in un ultimo grido. Mi sentivo smembrata, fatta a pezzi, non ero più una donna, ero diventata una *cosa*, come se Giancarlo mi avesse spellata con la stessa manualità con cui mia madre scuoiava il coniglio per cena.

Una goccia di sperma scivolò lungo il fianco.

«Datti una pulita, che sembri una puttana». Lanciò il pacco di kleenex accanto al mio viso.

Alzai lo sguardo al soffitto. Eccola, la luce. Era la lampadina che illuminava il garage con aria fiacca.

Lui s'era già infilato la camicia, come se quel quarto d'ora non fosse esistito. Guardò il bracciale della mia bisnonna un'altra volta e lo intascò, come se riscuotesse lui la vincita di quella partita, e io intanto volevo sparire.

«Sbrigati, che me ne devo anda'».

Mi rivestii con difficoltà. Sentivo il mio corpo ancora più piccolo e magro, i seni mi facevano male. Me li aveva stretti forte, mentre mi confidava all'orecchio che ne aveva toccati altri più grandi. La stanza girava in tondo, come se fossi appena scesa da un altro giro di giostra. Sentivo lo sperma appiccicoso sulla pelle, aveva un odore strano, dolciastro, ma non lo ripulii. Volevo andarmene lontano. Dove, neanch'io lo sapevo.

Giancarlo spense la luce e abbassò la serranda con un rumore metallico. Girò la chiave nella toppa e controllò che fosse chiusa. Mi parlava, mi guardava come se non fosse successo niente, e per me era cambiato tutto. Lui che pensava di capire ogni cosa, non s'era accorto che avevo appena perso la mia verginità.

Accese il motore dello scooter e montò sulla sella. Le sue mani, che poco prima avevano stretto i miei seni, adesso stringevano il manubrio. Mi domandai se la gente, guardando le sue dita callose e dalle unghie affilate, si sarebbe accorta di cosa avevano appena fatto.

Diede gas e una nube di fumo uscì dalla marmitta che mi rivestì interamente. «Sei proprio una cogliona» disse dopo un silenzio ovattato. «Per me Simone è un fratello. Nessuno abbandona la banda, nessuno».

Le mie ginocchia cedettero in un lamento smorzato. Il mondo vorticò di nuovo, i palazzi che si stagliavano al cielo collassarono su loro stessi, le stelle sparirono alla mia vista, e in quella confusione tutto divenne distante e buio.

42.

Non seppi dire quanto tempo fosse passato. Un paio d'ore, un minuto o giusto un battito di ciglia. Ma ero nell'auto di mamma, le mani nascoste tra le cosce, la testa appoggiata sul sedile. Non ricordavo come ci ero arrivata. Entravo e uscivo dall'acqua. Sentivo l'odore pungente delle lenzuola invadermi il naso, la lampadina che pendeva dal soffitto in un respiro fiacco. Poi ritornavo in macchina, lo sguardo riflesso sullo specchietto retrovisore. Era come affogare, ma non affogavo davvero.

Accesi il quadrante e il motore grugnì nella notte. I fari erano fissi sui cespugli del parco giochi accanto alla scuola media. Era il parco più grande di Campo dell'oro, con la pista di pattinaggio e gli spalti ricoperti di marmo. Potevo vedere Manuel sul motorino ruotare attorno a Lorenzo, Giancarlo rollare la canna; tutto era accaduto poche ore prima eppure sembravano trascorsi anni. Quei ricordi erano diventati un cortometraggio, l'incubo che non avrei potuto evitare nei momenti più cupi.

Lo sperma aveva appiccicato la maglietta alla pelle, trattenni un altro conato di vomito. Scesi dall'auto, e tenendomi la pancia mi incamminai verso la fontana pubblica. Attraversai il parco immerso nel buio, l'erba alta bagnarmi i pantaloni, un insetto mi sfiorò il viso e lo scacciai con un movimento della mano.

Alla fontana non ero sola. Sedute sui muri di cemento, rinfrescati dalla brina notturna, c'erano delle persone. Chiacchieravano allegramente, ma quando mi videro arrivare s'interruppero. Due uomini e tre donne: tra di loro riconobbi il volto della signora Amelia. Lei mi osservò, le mani giunte sulle gambe, la gonna lunga e plissettata che le arrivava alle caviglie.

Mi venne incontro mentre aprivo il rubinetto. «Tutto a posto?»

Non risposi. Sentivo i loro sguardi su di me, mi studiavano come se fossi un cane randagio che pesca un po' d'acqua con la lingua dopo giorni di siccità. Nella pozza galleggiavano mozziconi di sigaretta e aghi di pino, e feci attenzione a non pestarli con la scarpa. Alzai la maglietta fino all'ombelico. Mi sciacquai il fianco, le mani tremarono quando le dita incontravano lo sperma.

«Che ti stai a droga'?» domandò uno, mentre gli altri parlottarono sottovoce.

«Giulie', stai zitto un attimo» lo ammonì la signora Amelia. «'Sta ragazzina la conosco, è la figlia di Livia».

«La moglie di quello là? 'A poraccia?» chiese Giulio.

La signora s'irrigidì. «Quando apri la bocca fai danno, Giulie'».

Anche le altre e il secondo uomo si irrigidirono. Quella accanto a Giulio gli diede una gomitata e fiatò: «Vuoi mori' ammazzato?»

«Mori' ammazzato?» ripeté lui, la voce rugosa come il suo volto.

Non mi aveva riconosciuta. Guardai l'uomo in faccia, aveva gli occhi azzurri, ma avrei scommesso che alla luce del sole sarebbero stati cristallini. La vecchiaia gli aveva rubato l'elasticità della pelle, ma gli aveva concesso il benestare dello sguardo. Alzai la mano sulla sua fronte, proprio come aveva fatto Giancarlo a me. Il cortometraggio si ripeteva nella mia testa, e adesso stava diventando una replica della mia vita.

«Non dare più della poraccia a mia madre. La prossima volta ti taglio la gola» ringhiai, mimando un coltello che segava l'aria. Nella mia voce non c'era esitazione.

La signora Amelia per poco non svenne. Si sedette sul muretto, le mani sulla fronte, le altre due donne ripetevano a bassa voce l'Ave Maria.

Chiusi il rubinetto, tirai giù la maglietta e mi asciugai le mani sui jeans. Mi sentivo ancora sporca, ma dovevo andarmene da lì.

Non sapevo chi ero diventata. Ma ero certa di una cosa: ne avevo paura.

Oggi

Esiste un momento in cui ci si rende conto che niente è più lo stesso. Accade in poco tempo, il cambiamento, e molto di più deve passare per capacitarsi che qualcosa è diverso per sempre. Che quando mischiamo il latte con il caffè, entrambi perdono il loro sapore primario. L'unico modo per sopravvivere è adeguarsi l'uno all'altro, fondendosi in un solo gusto; un equilibrio che conserva le note delle due entità in un'unica reazione. Così i quattordici anni non torneranno, la scuola è finita e il lavoro ha preso il posto dei pomeriggi in biblioteca. Anche i baci con la lingua hanno consumato la loro intraprendenza, e il sesso è un appuntamento per concordare due anime che s'incastrano di tanto in tanto. Niente è più come lo conoscevamo prima, o come eravamo abituati a vederlo. Ora i mostri sotto il letto sono semplici cumuli di polvere, e la paura di cadere s'è trasformata nella paura di morire. C'è un momento in cui il cambiamento più brutale è quello che ti viene imposto dagli altri. La natura non segue il suo corso, gli uomini accelerano il tempo.

Mio fratello non aveva quattordici anni e io non ero più vergine.

Quando penso che sono stata stuprata, e lo ammetto a me stessa, sì, quel cambiamento lo riconosco allo specchio. Lui, Giancarlo – il cui nome pronunciato è una bestemmia al mio corpo – mi ha tagliato dentro. Ha conficcato la sua lama nei miei organi interni, ha scavato tra lo stomaco, l'intestino, ha estrapolato il cuore. Il sangue è dappertutto. La ferita non s'è rimarginata. Forse perché fa anch'essa parte del cambiamento.

Neanche ho avuto una rivalsa. Vorrei vendicarmi, contengo la collera come un leone affamato in gabbia. Se la lascio andare, sbrana tutti. Perfino chi è gentile con me, e questo non lo posso permettere. No, Giancarlo non marcisce in prigione, è sparito dalla faccia della Terra. Dicono che sia partito per l'estero quando è iniziato il processo contro i Sorci, almeno quelli che la polizia è riuscita ad acchiappare.

Mia madre continua a credere nel karma. Mi invita a farlo, è convinta che tutto si aggiusterà, ma conservo i miei dubbi. A volte le vorrei vomitare per telefono: 'Ehi mamma, devo dirti una cosa. Io al tuo cazzo di karma non ci credo. Sono stata stuprata, e non penso che ci sia una punizione peggiore di questa'.

Chiara si allunga sul foglio. Ha già chiuso la cassa e spento la macchina del caffè. Aspetta solo me, ma non mi mette fretta. La sua curiosità è palpabile. «La lettera è per tua madre?» domanda.

Scuoto la testa. «Mia madre non legge le lettere».

Esco dal bar, il quaderno aperto sul petto. Spegne l'insegna e mi abbraccia. Profuma di rose.

Mi augura buona fortuna. «Abbi cura di te» dice.

43.

Quella sera vagai per il quartiere. La spia della riserva s'era accesa, ma potevo permettermi qualche chilometro. Avevo il cellulare in grembo, chiamavo Simone, però squillava a vuoto. Mi chiedevo cosa stesse facendo, se Giancarlo li avesse raggiunti. Per un paio di volte provai a telefonare al numero che avevo di mio padre. Non sapevo se era ancora intestato a lui, ma quando partiva la chiamata, la interrompevo subito, timorosa di riascoltare la sua voce.

Svoltavo alle curve, mi fermavo ai semafori rossi, e intanto perdevo tempo. La benzina era quasi finita nel serbatoio, e non avevo soldi. Battevo le mani sul volante e cacciavo indietro le lacrime. Entravo e uscivo dall'acqua, annegavo e poi tornavo a respirare. «Non so che cazzo fare» continuavo a ripetere a me stessa.

L'idea di rivedere Giancarlo mi fermava. Lui aveva vinto, e io raccattavo le poche speranze che mi permettevo.

La macchina gemette e la spia rossa mi sembrò più insistente. Parcheggiai di fronte alla parrocchia, sebbene fosse chiusa. A quell'ora Don Celestino se ne tornava a casa. Due anni prima c'erano stati furti e atti di vandalismo. Mi sedetti sugli scalini, i grilli frinivano e mi ritrovai a osservare l'enorme croce di ferro.

Chiamai l'unica persona che poteva aiutarmi, e mi misi a pregare.

«Che è successo?» domandò la voce di Lorenzo.

Due minuti dopo correva verso di me, gli occhi brillavano nell'oscurità come un presagio fortuito.

Non ricordo quali parole usai, se piansi oppure gli confidai lo stupro. Fu una fortuna averlo accanto. Senza di lui, non sarei riuscita a muovere un muscolo.

Le ore successive sono una memoria confusa. Alcune immagini sono distinte, altre faccio fatica a metterle a fuoco.

Il viaggio verso Santa Fermina lo ricordo infinito, e l'unica istantanea che mi torna in mente è il mare nero e compatto alla mia destra. Mi trasmetteva un senso di inquietudine, perché non capivo dove finiva l'acqua e iniziava il cielo. Era un'entità unica, come l'unione del latte e il caffè, e tutte quelle cose che non sarebbero più tornate come prima.

Oggi

La mia coinquilina si lamenta che spreco troppa acqua. Lei è un'attivista coi fiocchi, condivide su Facebook le campagne ambientaliste, va alle manifestazioni e dona soldi a varie associazioni internazionali che combattono contro il disboscamento, il cambiamento climatico e la macellazione dei pulcini maschi. Per questo ha iniziato a cronometrare i minuti che impiego sotto la doccia. Non le importa nulla delle bollette, a lei interessa l'acqua non necessaria che scivola giù per lo scarico. Quando metto i piedi fuori dal bagno, mi raggiunge e ammonisce per i venti minuti trascorsi. «Lo sai che per ogni doccia si sprecano più di centoquaranta litri d'acqua?» mi ripete con un sospiro d'accusa, e io le prometto che la prossima volta farò più attenzione.

La realtà è che non posso spiegarle l'effetto che mi fa l'acqua. Non saprei descriverlo a parole, e non ho voglia di confidarmi con lei – la conosco appena, so quale corso segue, e quanti esami le mancano alla laurea. È al terzo anno, e mi guarda con gli occhi di un anziano saggio quando le domando informazioni sulla mensa o sulle dispense da acquistare. Una sera le ho confidato che ho pagato le tasse a un pelo dalla scadenza, e ha inarcato le sopracciglia con l'aria contrariata. Con lei condivido l'appartamento e le stoviglie, a turni spazzo e lavo i pavimenti, spolvero i pochi soprammobili e quando le gira bene, prepara la cena anche per me. Forse si preoccupa del mio stato di salute, da quando sono qui ho perso cinque chili. Sono più magra del solito, mangio solo quando ne sento il bisogno, e bevo acqua frizzante per riempirmi lo stomaco. La sera rincaso poco dopo l'ora di cena, e faccio finta di essere andata al ristorante con qualcuno, una collega della facoltà o un ragazzo che mi ha invitata a uscire. La verità è che trascorro molto tempo in biblioteca, e quando chiude, ritorno a casa a piedi. Al bar i turni sono troppo brevi. Quindi a volte faccio lunghi giri, mi perdo tra le vie milanesi e imbocco stradine per allungare il percorso, passo di fronte alle vetrine di negozi chiusi e resto un paio di minuti ciascuno per perdere altro tempo.

Non voglio compagnia. Prima o poi, quando si conosce qualcuno, i discorsi finiscono sempre sulle questioni personali. Parlare di me, di Simone e del quartiere, non ne ho voglia. Sto ancora sanguinando da dentro.

Mamma mi chiama ogni sera, un'ora prima di andare a dormire. Nei mesi iniziali la sua voce era inespressiva, adesso sta riacquistando un tono. Forse è merito anche tuo. Sta rifiorendo dalle sue stesse ceneri, proprio come una fenice. Dice che hai trovato lavoro in una ditta di pulizie, e che Lorenzo passa a darle una mano con i panni. Entrambi non sanno cosa regalarmi per Natale, io le ho risposto che non ho voglia di festeggiare.

Mi ha detto che va a trovare Simone. Non tutti i giorni, perché lavora, e gli orari di visita non coincidono con i suoi. Ma va spesso, a volte con Lorenzo, altre mi ha detto che ci sei anche tu. Dialogano a lungo, dice, e le sembra che lui tutto sommato non si lamenti di quel posto. Io le ripeto che è pazza, e le attacco il telefono in faccia.

Invece la mia coinquilina parla con i suoi genitori su Skype in qualsiasi momento della giornata, e le loro chiacchiere mi arrivano allegre e spensierate. Si mettono dietro la webcam, e lei discorre con loro in un dialetto stretto mentre stira le camicie o prepara una torta al cioccolato, che porta alle sue colleghe il giorno dopo e mi fa trovare una fetta per colazione. I genitori me li ha presentati un pomeriggio, quando ero rincasata in anticipo. Entrambi un sorriso velato sul volto, la pelle imbrunita dal sole e il calore e l'affetto che trasparivano dai loro sguardi, lo schermo del computer che non conteneva i loro corpi alti e robusti. Lei mi ha chiesto perché non usassi anche io Skype, si risparmia un sacco di soldi, ha aggiunto, ma è stata dura spiegarle che mamma è una testa di legno, e se una cosa non la conosce, non si interessa a usarla.

In chiusura del TG hanno parlato dei Sorci di Civitavecchia. È una notizia che ha fatto scalpore per un paio di settimane, ora si sta affievolendo. Mi fa strano scorgere Campo dell'oro da dietro un televisore, vedere con gli occhi di un estraneo le strade dissestate che percorrevo da bambina, il giardino con il parco giochi in una ripresa veloce, il garage preso sotto inchiesta, e il negozio di parrucchiera chiuso, le sbarre alle finestre, la convalida del Pubblico Ministero affissa sulla porta d'ingresso.

Di tanto in tanto spunta fuori un servizio televisivo o un aggiornamento per il processo contro i Sorci. Mi domando se Giancarlo, seduto sulla sedia di dove si trova adesso, guardi questi show nello stesso famelico modo in cui li guardo io. Se cerca anche lui qualcosa che a me sfugge. L'altra sera hanno approfondito la vita dei delinquenti che hanno scomposto il campo di calcio quel sabato notte. La conduttrice, una donna prosperosa con gli occhi azzurri e un caschetto d'argento, parlava al pubblico di ragazzini di strada già criminali. Come se vivere in un posto come Campo dell'oro possa dannare i bambini alla nascita. Ha approfondito la vita di ogni Sorcio finito dentro, e del dramma che ha fatto cadere come un castello di carte i loro piani. Ha salutato il pubblico mettendo in guardia i genitori dei papabili figli in età adolescenziale – ma anche poco più grandi, ha aggiunto – che un domani potrebbero imboccare la via del male.

Le fotografie di Simone scorrono sullo schermo della televisione a dieci anni, e poi a tredici, un'istantanea di me e di lui a Santa Severa quand'eravamo bambini, ma la mia faccia l'hanno oscurata. Forse credono che, essendo donna, non posso essere anche un Sorcio. Meglio così. Mi chiedo come si sono procurati le immagini, forse gliele ha rilasciate mamma. Magari spera che il nome di Simone venga ripulito, ma è solo una becera illusione.

La mia coinquilina crede che io sia nata a Roma, così come le colleghe all'università, ho nascosto a tutti la mia provenienza, ho creato questo muro altissimo che mi difende da ogni attacco, diretto o meno. Non posso dire loro cosa ho visto, e cosa mi è successo. Per questo ho deciso comunque di partire, di andarmene, e lasciarmi alle spalle quel delirio. Non volevo finire in TV, accerchiata dai giornalisti o morire soffocata dagli sguardi della gente. Mamma è d'accordo, non so cosa ne pensi tu. Lei dice che riesce a sopportare le accuse, che una madre si sacrifica sempre per i propri figli; in fondo è di questo che Simone ha bisogno.

'Tuo figlio è morto, mamma' le vorrei dire. Sono trascorsi cinque mesi, e ancora non se n'è resa conto.

44.

All'inizio le voci si sparpagliarono e rimbalzarono per il quartiere attraverso una stretta di mano, un pettegolezzo detto sottovoce, in coda al panificio, tra i corridoi della scuola media, a messa. Erano un eco di congiure e supposizioni, dove la gente si divertiva a partecipare. Il dolore degli altri mette sempre fame.

Nell'ultima settimana incontravo la signora Amelia al supermercato che complottava con le sue amiche, e quando mi avvistava da lontano si lasciava consumare dall'entusiasmo e mi abbracciava da togliermi il respiro. Più di una volta la pregai di allontanarsi, di non rivolgermi la parola, ma era sorda alle mie richieste. Lorenzo era dispiaciuto e distrutto, voleva rendersi utile, però non c'era niente da salvare.

La signora Amelia suonò il campanello giorni dopo per porgerci le condoglianze, e mamma non si preoccupò di cacciarla in un pianto agghiacciante. Le avevano detto che suo figlio era morto in un incidente stradale, ma non le era permesso di vederlo. Mamma diceva che non aveva un corpo da seppellire, e se non c'era un corpo, Simone doveva essere vivo. Poco importava che era sottoposto ad autopsia.

La notizia fece il giro di Campo dell'oro e raggiunse gli altri quartieri, roteava negli pneumatici delle auto, veniva masticata nelle bocche della gente, consumata in un tiro di sigaretta. Presto tutti ebbero la conoscenza che la banda dei Sorci s'era sgretolata come i cornicioni che cadevano in testa ai bambini, e la causa era la morte di mio fratello.

Oggi

Le indagini sono ricadute su Yuri e Manuel e sul ragazzo alto con i capelli neri e ricci di Santa Fermina, che si chiama Marco Del Moro. I Sorci hanno già precedenti penali, cose di poco conto, ma per il PM il capo d'accusa è omicidio volontario non premeditato per Del Moro e omissione di soccorso per Yuri e Manuel. In attesa del processo, la misura cautelare è il carcere. L'udienza è iniziata da poco più di due settimane, ed è per questo che il caso dei Sorci di Civitavecchia è tornato sotto i riflettori, tanto da non farmi chiudere occhio la notte.

Si scommette sui social su chi possa aver ucciso mio fratello, la gente si interessa a lui, si chiede perché il quattordicenne, che fino a qualche tempo prima aveva preferito giocare con la PlayStation, era entrato in una banda di giovani criminali. Il motivo lo conosco, ed è il dolore. Ma è difficile spiegare alla gente di fuori cos'è il dolore in un quartiere come il nostro.

Ciò che mi fa rabbia è che Simone voleva restare nell'anonimato, e adesso è lo zimbello di tutto il paese. L'accusa di omicidio è ricaduta su Del Moro, ma io so che non è stato lui a speronarlo giù dallo scooter.

Ho scoperto tante cose, alcune grazie alle ricostruzioni dei giornali, altre dalle testimonianze di chi era presente quella sera, e ha riportato dettagli e stralci di discussioni che per me sono importantissimi, impronte che Simone in un certo momento era vivo. Ho cercato di immaginarmi i dialoghi, di carpire il suo stato d'animo. Comprendimi, è stato il modo per farmi forza. Non so in che modo tu abbia reagito. I miei ricordi sono distorti, è vero, ma durante le insonnie tornano alti e minacciosi come uno tsunami. E io affogo di nuovo.

46.
Cinque mesi prima – o così penso sia andata

Simone aveva parcheggiato il motorino fuori dal cancello del campetto. Le luci illuminavano l'erba sintetica e le porte. Quando alzava la testa al cielo, la notte era nera come la pece. Aveva fame, ma non lo diede a vedere.

Yuri si rigirava il martello tra le mani. Manuel chiese dov'era Giancarlo.

Lui arrivò venti minuti più tardi. L'avevano aspettato al confine, ognuno con un martello stretto in pugno. Il suo era vecchio e pesava. Il legno scheggiato gli aveva tagliato un lembo di pelle.

Giancarlo batteva il piede e controllava di continuo l'orologio. Quando i calciatori uscirono dagli spogliatoi con in braccio i borsoni, Simone individuò i tre che l'avevano pestato. Ma Giancarlo e gli altri furono più veloci. In mezzo alla fiumana di gente, li coprirono di calci e martellate. I ragazzi urlavano e scappavano in preda al panico. La gente al bar non si rendeva conto di cosa stava accadendo. Nella confusione, Simone colpì un ragazzino che s'era messo in mezzo. La punta del martello gli scavò la guancia, e quello perse i sensi. Aveva più o meno la sua età.

Provò a soccorrerlo. Ci provò davvero. Si accovacciò per terra, gli sollevò il corpo. Urlò a qualcuno di aiutarlo, di chiamare l'ambulanza. Non era sua intenzione fargli del male. Ma la gente fuggiva da lui. Si sentiva solo.

L'unica ad avvicinarsi fu una donna attempata. Era scesa da un palazzo vicino, richiamata dal delirio. Sorreggeva il corpo del ragazzino e gli tastava la guancia escoriata. Il sangue le macchiava l'abito con le margherite bianche e gialle.

«Ma che hai fatto, ragazzi'?» domandò lei con la voce rotta dal pianto.

Neanche Simone lo sapeva.

Per i tre non ci fu altro da fare. I Sorci li massacrarono. A salvare le loro vite furono le sirene della polizia che si facevano sempre più vicine. Altrimenti sarebbe andata peggio. Simone ne era sicuro.

Ma erano messi male. Avrebbero imparato la lezione. Marco Del Moro aveva un taglio sulla fronte. L'altro che gli aveva rubato i soldi aveva perso un dente. Isterico, continuava a riattaccarselo. Il terzo ragazzo, invece, s'era nascosto dietro una colonna con una gamba rotta. Yuri e Manuel lo accerchiarono e a testa lo minacciavano di dargli un'altra martellata, in mano facevano saltare una moneta.

I Sorci se ne andarono in una nuvola di gas e rombi di marmitte modificate. Lasciarono il caos alle loro spalle. Come un tornado che distrugge interi villaggi e uccide il bestiame. Avevano inghiottito tutto quello che c'era da inghiottire. Il chiaro segno che presto o tardi si sarebbero impossessati di ogni cosa.

«Ti senti come Dio!» strillò Giancarlo a una ragazza. Subito dopo l'aggressione al campo da calcetto, erano andati in discoteca sull'Aurelia. Lei non aveva più di sedici anni, anche se sembrava più grande. Alta, slanciata, un vestito rosso che le stringeva i fianchi e il fondoschiena. La scollatura prosperosa, il rossetto sulle labbra carnose. Negli occhi l'aspettativa di un futuro eccezionale, tra le gambe il calore sfacciato della sua età. Aveva la pelle bianca e immacolata, vergine dai raggi del sole. Il cerbiatto che stava aspettando, e che sarebbe scivolato nella sua trappola con un paio di moine e complimenti. «Funziona così, con le donne» aveva detto una volta, rivolgendosi a Simone. Io avevo origliato controvoglia. «Vogliono sentirsi belle. Anche se non lo sono davvero. Ma è solo in questo modo che puoi scopartele».

La ragazza aveva sorriso, un sorriso acceso e divertito. «Dite tutti così».

«Te lo giuro» continuò Giancarlo. Si muoveva al ritmo della canzone. Oscillava come oscillavano le note della musica. Si strusciò su di lei, fu un gesto incauto, ma parve apprezzare. «Ti fa sballa' tutta la notte».

«Sì, come no, e alla fine è zucchero».

Le accarezzò i capelli biondo cenere. «Questo è il trip della vita». Tirò fuori dalla tasca dei jeans il pacchettino della *flakka*, lei lo inseguì con gli occhi. «T'ho detto che è legale?»

«Allora è davvero zucchero» sogghignò la ragazza.

Giancarlo non era divertito. «Fidati, è meglio» insistette, e le infilò il pacchettino tra le mani. «Ti porta in un altro mondo».

«Mi hai convinto» disse lei. Continuava a ridere. «Come si prende?»

Lui aveva capito, capiva tutti, perfino una ragazzetta appena conosciuta. «È la prima volta?»

Nello sguardo di lei un flash, un guizzo di terrore. Vacillava. «Cosa te lo fa dire?»

«Dico cose senza senso» Giancarlo distese il sorriso appuntito. «Mandala giù, come una pasticca».

Aprì la confezione. «Puzza da mori'».

«Hai cenato?»

Scosse la testa.

«Meglio, a stomaco vuoto fa effetto subito».

Il suo volto si illuminava di viola e poi di verde scuro, e lui doveva solo aspettare che la *flakka* facesse effetto sulla bambola dalle tette grosse, e solo allora avrebbe potuto diversi davvero.

In attesa, andò da Simone, che era un po' su di giri. Riuscivo a vedere tutto, le facce delle persone, i loro movimenti impacciati e distanti, e come Giancarlo sguazzava tra la gente, osservava con desiderio le ragazze nei loro abiti stretti e lucidi, i tacchi alti e i profumi floreali che si mischiavano al sudore che brillava in piccole perle sulle loro scapole nude. Un miscuglio di corpi che si toccavano a vicenda, e si bramavano con eccitazione, la musica che guidava i loro istinti.

«Simo', che stai a fa'?»

Mio fratello era appoggiato sull'asta di un gazebo, dove c'era un divanetto dalle dimensioni quadrate. Fu lì che Giancarlo lo spinse a sedersi, le tende bianche vibravano al soffio leggero del vento, e la musica era comunque forte e chiara. Sul divanetto c'era una coppia, lui cercava di baciare la ragazza, ma lei si spostava verso destra, e rideva e si abbandonava ai baci. Quando Simone e Giancarlo si accomodarono, il ragazzo disse: «Questo posto è occupato».

Giancarlo piegò la testa di lato e spianò il sorriso folle. Si allungò e prese il portacenere in mezzo. «Tanto non devi fuma', vero?»

Il ragazzo lo squadrò. «No» balbettò, «non devo fumare». Fecero entrambi per andarsene, ma lui li bloccò con la mano. «Restate, restate. Non vi diamo fastidio, ve'?»

Il ragazzo scosse la testa con aria debole. La ragazza si

aggrappava al suo braccio come a un'àncora, ma non si accorgeva che presto sarebbero affondati entrambi.

«Bene» disse lui in un altro sorriso spaventoso. Si rollò una canna. L'accese e inspirò a occhi chiusi. «Ti stai divertendo, Simo'?»

«La musica è brutta» disse mio fratello.

Giancarlo appoggiò le scarpe sul divano.

«Ho chiesto se ti stai a diverti'».

Non riusciva a mantenere il contatto visivo. Decise di annuire. «Mi sto a diverti'».

«Bene» fece Giancarlo. Si guardò intorno. «Stasera scopiamo come conigli».

Simone assentì, ma non gli importava.

La nebbiolina di fumo era come una patina densa, simile a nebbia sporca. Simone si sentiva sotto pressione, però Giancarlo non ci faceva caso. Sbatté le palpebre in fretta e in modo ripetuto, la luce cominciava a dargli fastidio, la marijuana gli stava facendo effetto.

«Secondo me è meglio se ce ne andiamo» sussurrò mio fratello.

«Non ti stavi a diverti'?»

Lui sorrise a malapena. «Domani mia sorella parte».

La coppia si stringeva a vicenda, spaventata come ostaggi.

Fece per alzarsi, a disagio. «Allora vado».

«Aspetta un attimo» disse Giancarlo, e lo trattenne per un braccio.

Mio fratello si sedette di nuovo.

«Non vuoi vede' come va a finire?» lo rimproverò lui, passandosi la lingua sulle labbra.

Simone non capiva.

Giancarlo guardò la coppia. «Non vi baciate più?»

«Cosa?» farfugliò lei.

«Voglio vedervi baciare» disse, e spalancò le braccia. «In fondo stavate facendo quello, no? Continuate». Dalla tasca fece scattare il coltello a serramanico. «Che sei sordo? V'ho detto di baciarvi».

Il ragazzo annuì in modo tremolante, e la fidanzata trattenne il pianto in un singhiozzo.

Rimasero per dieci minuti a guardare quel profluvio di corpi, Giancarlo dava ordini al ragazzo, istruzioni per rendere quello spettacolo il più piacevole possibile. Lo costrinse a infilare le dita negli slip della fidanzata, ma lei, con la poca lucidità rimasta, si divincolava. Ogni tanto aveva provato ad alzarsi, ma Giancarlo la afferrava per la spalla e cadeva di peso sul divano, e ricominciava tutto daccapo. Simone voleva andarsene, ma aveva le gambe atrofizzate. Incrociò lo sguardo della ragazza, aveva gli occhi vacui e spenti, come due lune nuove. Riconobbe la tristezza e la povertà che si inerpicavano per quel metro quadrato di oppressioni.

Mirella comparse al suo posto, le gambe lunghe e magre, i pantaloncini di jeans e la pelle diafana. Le unghie mangiucchiate per la fame e i residui di smalto nero che sembravano accumuli di sangue, i capelli unti. Si chiese che fine avesse fatto. Avrebbe voluto parlarle, dirle che il momento più vero di tutta la sua vita era stato quando avevano fatto l'amore. Non si era mai sentito più completo.

Giancarlo prese il pacchetto di *flakka*. «Ti vedo un po' su di giri, Simo'».

«Sto bene».

Lui sbarrò le palpebre. Per un attimo, Simone credette che sapesse leggergli nel pensiero. «Non credo» disse in un soffio. Gli prese la mano con forza e gli tese il palmo. Lasciò cadere pochi cristalli. «Questa t'aiuta. La nottata andrà liscia come l'olio».

Osservò i cristalli nella sua mano. Erano rosa. «Preferisco essere lucido» disse.

«Ne hai bisogno».

«Davvero, sto bene».

Giancarlo gli puntò il coltello al petto. «Non rovinare la festa» disse, con un tic nervoso all'occhio sinistro. «Sono io il capo, o te lo sei scordato?»

Oggi

Alla televisione hanno intervistato la coppia. A lui hanno dato poco spazio. A lei no, invece. La ragazza è una studentessa universitaria, proprio come me. Frequenta la facoltà di Giurisprudenza, al giornalista ha confidato che vuole diventare un avvocato come suo padre. Ha lunghi capelli scuri, il viso a forma di cuore e il fidanzato che ama tanto. Davanti alla telecamera mi è parsa una ragazza come tutte le altre, sebbene abbia questa velatura nello sguardo. Qualcosa che non sono riuscita a decifrare. Chiunque ha i propri demoni da affrontare. Diversi per tipo e gravità, però ci sono. Che siano la povertà, la malattia o un coniuge ubriaco, o il semplice mal di vivere. Ognuno deve convivere con il suo inferno.

Ho avuto il desiderio di contattarla, quella ragazza. Secondo le ricostruzioni della televisione (ma soprattutto quelle della polizia), lei è stata una delle ultime persone a vedere mio fratello vivo. Avrei voluto farle delle domande. No, non che cosa stavano dicendo in quel gazebo. Lei l'ha già raccontato ai giornalisti, e mamma lì per lì non ci ha voluto credere. Le mie richieste forse le sarebbero parse strane, irreali, ma avrei voluto chiederle se secondo lei Simone avesse sonno. Se fosse spaventato oppure si sentisse a disagio. Se in quel momento avesse voglia di una pizza o di un bel gelato al cioccolato. Secondo me aveva voglia di tornare a casa, e mi sono fissata quell'immagine nella mente, ma saprebbe davvero dirmi cosa provava Simone? Molti giornalisti hanno teorizzato che metà testimonianza se l'è inventata. L'alcol altera i ricordi, così come la paura. Non si può fare affidamento su di lei, dicono, ma non è quello il punto.

Da diversi giorni a questa parte, ho cambiato idea: non mi interessa più cercarla. Un modo per mettermi in contatto l'avrei trovato, certo. Tuttavia ho deciso di lasciare perdere: non importa se Simone era spaventato, a disagio o si stava divertendo. Non importa se aveva voglia di un gelato o di un letto dove dormire. Simone ora è morto. Sepolto dietro un epitaffio di marmo, rinchiuso in una bara bianca. Gli hanno fatto un funerale bellissimo, c'eri anche tu, e i bambini in chiesa hanno cantato per lui. In prima fila, proprio di fronte al feretro. Cantavano e non capivano perché un ragazzino di quattordici anni fosse morto. Ai bambini certe cose non si possono spiegare.

C'erano tanti fiori, te li ricordi? Ma neanche un papavero rosso. Don Celestino s'era pure messo a piangere mentre predicava la veglia funebre. L'estate che non aveva voglia di andarsene, e la pelle sudata che s'appicciava sui vestiti. Eri circondato da un sacco di gente, alcuni mai visti, parenti alla lontana di cui ignoravo l'esistenza. Mamma non ricordo dove s'era cacciata. Lorenzo era l'unico a opporsi al maremoto che ci stava inondando. E io intanto affogavo, un'altra volta.

46.

Arrivai al campo da calcio cinque minuti dopo che Simone se n'era andato. Lorenzo aveva parcheggiato l'auto davanti all'entrata, c'era un viavai di persone, l'ambulanza, la polizia. Avevano transennato la zona. Riconobbi Marco Del Moro bestemmiare al cielo. Erano attimi delicati, aveva detto Lorenzo. Bisognava fare attenzione a tutto, a ogni minimo dettaglio.

Gli attimi sono importanti, è vero, compongono il presente e danno vita a una strada precisa. Ma c'è un segreto in tutto questo, un segreto che si scopre con l'esperienza. Finché gli attimi rimangono nel nulla, e volteggiano nell'incertezza, tutte le strade sono possibili. Si è in tempo per cambiare ogni cosa. Almeno, questo era ciò che credevo. La speranza è una pessima confidente, illude che si possano modificare gli eventi, e invece tutto va come doveva andare fin dall'inizio.

Non sapevo dove stava mio fratello, né che i ragazzi di Santa Fermina avrebbero aspettato i Sorci rientrare dalla baldoria con l'intento di vendicarsi immediatamente, e a subire tutta quella rabbia sarebbe stato Simone.

Per terra, fuori dal campo da calcio, trovai un portafogli e capii subito che era di mio fratello, ancora prima di aprirlo. Certe cose si provano e basta, è l'intuito, anche se preferisco pensare che si tratti del legame tra fratello e sorella. Non è come tra una madre e un figlio, o tra migliori amici o tra fidanzati. La relazione che intercorre tra fratelli è più forte. Non sussistono gerarchie, si è uniti dallo stesso impeto. Il dolore, le esperienze negative, ma anche quelle positive, i momenti di gioia e d'amore si affrontano da pari a pari. Tutto è distribuito in modo equo. Non c'è un fratello che soffre meno o che gioisce di più. Si è uniti come guerrieri, pronti per andare in combattimento, e morire insieme. Ci si difende con i mezzi che si hanno a disposizione. Poco importa se uno è più piccolo o meno forte. Si combatte allo stesso modo, fianco a fianco. Supportando le capacità dell'uno e dell'altro. Per me non c'è niente di più grande e potente dell'amore tra fratelli; un equilibrio che mi è stato tolto, e si sa, in natura non può esistere una bilancia scompensata.

Per questo sapevo che Simone era stato lì. Lo sentivo dentro. Mi abbandonai a terra e strinsi a me il portafogli. Lo annusai, sapeva di finta pelle e conservava il suo profumo. Dalla tasca interna scivolò un petalo di papavero rosso. Mentre ero sotto le stelle, dondolando in quell'abbraccio solitario, capii che la mia corsa finiva lì.

La polizia mi acciuffò di peso e mi trascinò sulla strada. Gridavo di lasciarmi stare, che non capivano niente, mio fratello era là fuori, nella notte, e aveva solo quattordici anni. Dovevano soccorrere lui, non pensare a me. Ma loro non davano peso alle mie parole. Lasciarono che sfogassi la mia furia come un fiume in piena – non mi risposero nemmeno. Mi abbandonarono poco dopo, come si abbandona un rimorso, e si dedicarono agli altri sopravvissuti.

Per me il viaggio terminava sull'asfalto, ma il presentimento era ancora lì, mesto e opprimente.

Sapevo che tuo figlio stava per morire? No, cavolo, no. Certe cose non le senti. Le paure sono altre, e meno minuziose. A Campo dell'oro si ha paura di venire arrestati o di recare danno a un malavitoso importante. Ma la morte no, quella non si percepisce mai.

47.
Cinque mesi prima è oggi

Le ricostruzioni dei programmi televisivi e le interrogazioni ai processi sono accurati, e coincidono con la testimonianza delle persone presenti. Altri tasselli che mi hanno portato a capire come Simone sia morto, e chi possa averlo speronato dallo scooter. Insistono che sia stato Del Moro, sebbene sia convinta che si tratti di Giancarlo.

Lui voleva punirmi, e l'unico modo è stato togliermi per sempre mio fratello.

I Sorci correvano sull'asfalto, i grilli frinivano nel buio. Avevano imboccato la strada per Campo dell'oro, ma mancava ancora un chilometro. Il mare si estendeva in un manto nero, la luce dei lampioni irradiava una volta un cespuglio, un'altra un albero. Erano schiacciati tra la terra e la costa, il mare ruggiva e provocò a Simone un piccolo attacco d'ansia. Provò a pregare. 'Sia fatta la tua volontà, come in cielo, così in terra'.

I Sorci si spostavano sinuosi sull'asfalto come pesci nell'acqua, e fu in quel momento che comparve il SUV di Del Moro. In testa c'era Giancarlo, seguito da Manuel, Yuri e Simone chiudevano la fila. A Simone il SUV ricordò uno squalo, che spalancava le fauci per accogliere le sue prede.

Fu in quel momento che Simone inchiodò di colpo.

Il SUV aveva tamponato Yuri, che era volato lungo l'asfalto. I Sorci intanto erano tornati indietro. In poco tempo, il SUV li aveva accerchiati e costretti a scendere dagli scooter.

A Simone il cuore martellava in petto. Aveva voglia di tornare a casa, fare una partita alla PlayStation, guardare un film con mamma, che di DVD da scegliere tra la sua collezione, ne aveva a volontà.

Iniziarono a discutere ad alta voce. Simone non carpiva le loro parole, aveva la mente offuscata. S'era inginocchiato per soccorrere Yuri, afflosciato sull'asfalto come un palloncino bucato. Intanto Giancarlo gesticolava impazzito, la droga gli aveva dato alla testa, aveva voluto il resto della banda dietro di lui, come una madre pronta a scattare in difesa dei propri cuccioli.

Simone non aveva mai avuto così tanta paura in vita sua, ma quello era il suo riscatto. Poteva diventare qualcuno. A occuparsi della casa ci avrebbe pensato lui, magari avrebbe imparato anche a stirare. Avrebbe mollato i Sorci e protetto mamma. Il resto non sarebbe più contato.

Ripeté ancora una volta la preghiera. 'Padre Nostro che sei nei cieli'. Un'auto passò e si fermò davanti alla calca. 'Sia santificato il tuo nome'. Altre auto scorrevano come fulmini. 'Venga il tuo regno, sia fatta la tua volontà, come in cielo, così in terra'. Yuri si lamentava per il dolore e singhiozzava.

Era il frinire dei grilli ad accompagnarlo in quella marcia disperata, e la paura continuò a bussargli alla porta della mente. Si sarebbe messo a strillare, se fosse servito a qualcosa.

'Dacci oggi il nostro pane quotidiano', continuò tra sé e sé.

«Chi cazzo vi credete di essere, eh?» stava dicendo Del Moro. «A fare casino in casa nostra».

«Dovevamo rifarci di una piotta» disse Giancarlo gelido. «L'amico tuo se l'è intascata».

«Non è una scusa valida» rispose lui. «Voi avete cominciato. Siete entrati nei nostri territori».

«Aiuto» latrò Yuri in un lamento.

«Stai zitto, Yu'» disse Giancarlo.

«Sta male» precisò Simone, corrucciato accanto a lui. «Ha l'osso della gamba in fuori».

'Rimetti a noi i nostri debiti, come noi li rimettiamo ai nostri debitori'. Si fece il segno della croce, guardò il cielo e prese un profondo respiro.

Giancarlo si piegò su Yuri, gli attanagliò la mascella e lo osservò meglio. Il ragazzone era disteso per terra e stava perdendo una grossa quantità di sangue.

'E non ci indurre in tentazione' provò a pensare Simone, ma la preghiera proprio non riusciva a dirla con reale devozione, la sua era una risposta automatica alla paura.

Giancarlo si issò su se stesso e tirò fuori il coltello a serramanico. «Non ci siamo capiti. Sono io a decidere chi vive e chi muore a casa mia».

«Ma qua non stiamo a casa tua» disse Del Moro, stringendo i denti.

«Casa mia si espande. Sta ovunque».

«Stai a fa' una cazzata» ribatté lui. «Non so se è un capriccio di tuo padre, o se è tutto frutto della capoccia tua».

«Mio padre non c'entra niente» gridò Giancarlo, colto sul vivo. Era diventato rosso come il sangue che colava dalla gamba di Yuri. «Lui marcisce al gabbio».

Ho provato a darmi una risposta. A elaborare teorie, episodi e dialoghi che potrebbero essere successi. Mi sono immaginata tutto. Le espressioni del viso, la faccia di Del Moro, l'osso del ginocchio di Yuri, il sangue sull'asfalto denso come burro. Lui l'hanno ripescato i soccorritori dell'ambulanza, e già la sera stessa ha presentato la sua testimonianza ai carabinieri. Ma non credo a niente, e a nessuno. Non credo a Yuri, né a Manuel, tantomeno a Del Moro.

Qualunque sia la verità, temo che mi ferirebbe molto più di quello che mi sono raccontata. Ho elaborato una mia risposta, l'unica digeribile. Ho bisogno di regole, per poter andare avanti.

Ecco, mio fratello quella sera era stanco. L'autopsia ha dato esito positivo all'assunzione della *flakka*. Agli occhi della nazione è un tossico, ma poco mi importa. So che Simone non assumeva droghe, e questo mi basta. È un'altra regola che mi sono data: mio fratello non abusava di sostanze stupefacenti. Ne sono sicura, in caso contrario me ne sarei accorta. Come poteva, con la tua storia alle spalle? Tu che ci hai cresciuti col timore dell'hashish, con l'odio per la marijuana, col desiderio di un futuro roseo per mamma, dimmelo: come avrebbe potuto solo assumere la *flakka* di sua spontanea volontà?

È una casualità che ne abbiano trovato tracce nel suo corpo: Giancarlo l'aveva obbligato, forse per affrontare la nottata. Perché avrebbe dovuto assumerla?

Se non mi do regole, impazzisco. Senza, mi ritrovo di fronte a un ragazzino che non conosco. Di fronte a un morto che non è mio fratello. E non posso permetterlo. Perché la morte è già un viaggio di per sé, un viaggio scomodo in seconda classe con cui devo fare i conti. Morire è come salire su un treno. Mio fratello l'ha preso senza fare la fila, passando davanti a tutti. Adesso il suo tempo non esiste più. Non potrò mai avere certezze sull'eventualità di chi era diventato veramente. La probabilità che a morire è stata una persona estranea – un bambino troppo cresciuto, un adolescente con aspirazioni criminali – ecco, non potrei proprio accettarla. Stop, non se ne parla. Evidenzierebbe una scomoda, scomodissima possibilità: che mio fratello era morto da molto prima.

48.

La ricostruzione rilasciata dai giornali e confermata dalla polizia è questa: Yuri è caduto dallo scooter per un malore, e dopo un breve litigio tra Manuel e mio fratello per decidere se lasciarlo indietro o chiamare l'ambulanza, Del Moro l'ha speronato per vendicarsi dell'episodio al campo di calcio. L'assassino e il suo complice, Manuel, se la sono data a gambe, mentre uno spirava sull'asfalto e l'altro sanguinava dal ginocchio. Ad allertare le forze dell'ordine sono state le auto che transitavano da lì. Nessuno ha testimoniato perché dicono che nessuno era presente, eccetto i protagonisti. Per me è una bugia. Le so riconoscere, le bugie. Anch'io sono stata una bugiarda.

Nemmeno il nome di Giancarlo compare nell'elenco degli indiziati, e non è stato fatto il mio nome, sebbene fossi ufficiosamente il quinto Sorcio.

Non credo neanche a una parola, e mamma suggerisce di lasciar correre, di non macchiarmi l'anima (come se non fosse già macchiata di suo). Proprio ieri mi ha detto che ha preso un paio di mesi di aspettativa dal lavoro, e trascorre le sue giornate a spolverare la camera di Simone, a rifare il letto immacolato, come se lui dovesse rientrare da un momento all'altro. Anche stasera al telefono avrei voluto dirle che gli oggetti verranno divorati dalla polvere e dal tempo, ma non ho avuto il coraggio di intavolare il discorso. Sono rimasta ad ascoltare il suo dolore, di come ha rimesso a posto le scarpe di suo figlio e sciacquato in lavatrice tutti i calzini di spugna bianca, ché ogni anno ne aveva bisogno di più grandi, ma questi aneddoti mi parevano un elogio funebre, allora le ho attaccato il telefono, mentendole che andavo a cena.

Non so quando mia madre supererà il lutto, se mai ci riuscirà. Non è nella natura delle cose che i genitori sotterrino i propri figli. Non in questo modo, e in nessun altro.

Ma l'assenza, ecco, l'assenza è la parte più difficile da affrontare. Ci abituiamo così tanto a qualcuno, che lo diamo per scontato. Lo assorbiamo nella quotidianità, rubiamo i gesti, le espressioni facciali, perfino il modo di parlare. Forse inconsciamente vogliamo somigliare alle persone che amiamo. Loro riempiono le nostre giornate, senza neanche darlo a vedere. Lo fanno in punta di piedi, in modo quasi impercettibile. Basta dire il loro nome e ti sorridono dall'altra parte del tavolo. Dividono con te un pezzo di pane, ti preparano il caffè prima di andare a scuola o al lavoro. Ti ascoltano quando nessuno ha voglia o tempo di ascoltarti, e ogni cosa che dici, per loro è importante.

Gli hanno dedicato un murale. È il suo primo piano con uno sfondo blu, e trattiene l'ombra di un sorriso. Lo sguardo di mio fratello resterà impresso su quel muro per ancora tanto tempo, e terrà sott'occhio il quartiere. Il suo volto è stato dipinto sulla parete del palazzo accanto alla parrocchia, e ai piedi hanno creato un altarino dove la gente ha lasciato fiori, lettere, biglietti e peluche. Mamma dice che quel posto continua a riempirsi di commemorazioni, e una volta a settimana chiede una mano per raccogliere gli oggetti a rischio di maltempo, come lettere, biglietti e fotografie. Mi ha detto che non vorrebbe farlo, che quelle parole sono per Simone, ma si è presa la cura di sfogliarle per lui. Se le capita una lettera che l'ha sorpresa in particolare, la porta al cimitero e la legge ad alta voce di fronte alla lapide, è convinta che le faccia bene.

Papà, tu non mi parli mai di lui, né io vorrei parlartene. Non riesco a perdonarti per quello che ci hai fatto. Ma sento che per te è come se Simone non fosse mai esistito. Quando mi chiedi che corsi seguo all'università, se ho studiato per l'esame imminente, se al bar mi pagano abbastanza o se ho visto un determinato programma alla televisione, mi sento presa in giro. Non affronti la scomparsa di Simone, come lui non ha affrontato la tua fino a quando è morto.

Ci sono momenti in cui vorrei parlarti, aprirmi con te, ma ti sento distante e freddo, allora evito di imbastire il discorso. Hai bisogno di tempo: hai dovuto gestire due perdite, la prima quando era bambino, ora questa improvvisa, fulminea, caduta dal cielo. Da una parte ho il terrore che mi reputiate responsabile, dall'altra ho la sensazione che invidiate questo segreto, la mia omertà che avreste voluto per voi, come un cucciolo menomato da accudire, il legame superstite che mi è rimasto con mio fratello.

Invento alternative, universi paralleli dove Simone non è morto sull'asfalto a un chilometro da casa. Realtà in cui non è diventato un Sorcio e tu non te ne sei andato. Sono tutte immagini, brevi fotogrammi in cui cambiano i contesti, i dialoghi, ma i personaggi sono gli stessi, ruotano attorno alle scelte di un film che non andrà mai in onda. *Ciak*, Simone non nasconde la droga di Giancarlo nel bagno della scuola. *Ciak*, corre a casa e mi dice che quella mattina ha dovuto coprire il figlio del Burattinaio. Sono tutte alternative, palliativi, analgesici che mi danno una mano ad affrontare il presente, *ciak*, Simone non si unisce ai Sorci, *ciak*, Simone è vivo, non sono riusciti a speronarlo.

Quanti se, quante eventualità, quante alternative alla realtà viva e intollerabile, ma tutte quelle probabilità portano a un unico evento, a un chilometro da casa dove Simone mi ha lasciato per sempre, schiacciato sull'asfalto, la carne spappolata, il sangue denso come un frappè alla fragola. L'arresto respiratorio successivo, lui che volteggia nel nulla, non distingue la terra sotto il suo corpo, 'è proprio come stare nello spazio' mi avrebbe detto, e sono sicura che avrebbe usato queste parole: 'È proprio come nei film che mi fa vedere mamma con i suoi DVD, e gli astronauti che si perdono nell'universo'.

Penso spesso a come sia la morte, a che cosa si possa provare, la scoperta del dopo, ma dopo non c'è niente, non c'è mai stato niente, perché Simone è morto, morto per sempre. Lui era convinto che si potesse ricominciare, che una volta morti la vita ripartisse daccapo, proprio come un film in DVD o un videogame, ma è un'illusione troppo invalidante da concedermi. Allora ritorno ai suoi ultimi minuti, gioco con quello che ha provato, o penso abbia provato, la campagna buia e infinita, l'unica certezza i grilli che non si stancano di frinire e lo accompagnano nel viaggio finale, la mente staccata dal corpo, perché quel corpo che sanguina non può essere il suo, non lo abita lui. Pensa a mamma, chi lo dirà a mamma, papà mi manchi, Anna ce la farà, ripete a se stesso. Ma io non ce la faccio, Simo', non ce la faccio.

La notte rende tutto eterno, e ha paura, non ci sono forme, ma ombre più scure, altre più chiare, somigliano a spettri. Sono i fantasmi che vengono a prenderlo. Eccolo di nuovo, mio fratello, disteso sull'asfalto, gli occhi che guardano il cielo, le stelle che si riflettono nelle sue pupille, quando cerco una consolazione, penso alle stelle, quante volte, da bambino, aveva sognato di volare in alto e velocissimo, come il gabbiano Jonathan Livingston! Volare sopra il mondo, oltre il cielo. Lì le stelle non sono lontane, stanno a un passo da dove si trova lui: può andare adesso, può volare via, e perdersi nell'universo come fanno gli astronauti.

49.

Quando parti sai cosa lasci, ma non cosa trovi. Mi tornano in mente le parole di mia madre, mentre siedo sul letto della mia piccola stanza a Milano. Sfoglio il libro di Gianni Rodari, il papavero rosso essiccato sul cuscino. Fuori nevica ancora e la gente si prepara al Natale. Ho un bel ricordo dell'ultimo Natale in famiglia, io, mamma e Simone in cucina, a ricoprire le caselle della tombola con le scorze secche dei mandarini. Simone era baciato dalla fortuna, vinceva sempre, che fosse la tombola, un ambo o la cinquina, e incassava la sua vincita con la stessa cadenza di un esattore alla scadenza pattuita. Poi alla befana aveva comprato le caramelle per tutti, e mentre mamma mangiava i suoi risparmi, lui tratteneva un sorriso pieno d'orgoglio.

Non so come sarà la mia vita. Non sono più la stessa, però mi sono portata dietro cattive abitudini da estirpare. Sento tuttora il quartiere invadermi, lo sperma di Giancarlo bagnarmi la schiena, e il sangue di mio fratello che negli incubi si alza in onde anomale, e io affogo, e poi ritrovo l'ossigeno, entro ed esco dall'acqua: è l'altalena dei sopravvissuti.

Simone era un bambino che voleva sentirsi accettato. Voleva far parte di una famiglia, non gli importava se fosse instabile, criminale o altro, lui desiderava sentirsi parte di qualcosa. Vorrei darti la colpa, papà, ma so che non lo è. Non è colpa tua. Ho fallito io, me ne rendo conto. Il dolore lo sento doppio, triplo, quadruplo, mi invade il corpo, perché a differenza di Simone, a me è stata concessa un'opportunità di salvezza.

Simone è morto per una provocazione, per aver ceduto alla lusinga di partecipare al mondo degli adulti, sebbene quegli stessi adulti l'hanno tradito. La giustizia per lui non potrà esistere, perché nessuno andrà a reclamarla. Fatti gli affari tuoi e campi cent'anni, così funziona a Campo dell'oro, e forse ovunque. Per questo tu sei fuggito.

Prima di andarmene per sempre, bussai alla porta di Lorenzo. Mi aprì la madre e mi fece entrare, senza dire nulla, negli occhi le condoglianze per la perdita. Lorenzo era in camera sua, disteso sul letto. Non mi aspettava, e quando mi vide scoppiò a piangere. Ci abbracciammo, e in quella stretta ci dicemmo addio. Gli lasciai un libro di poesia, *Il mondo salvato dai ragazzini*, e lui mi ringraziò con gli occhi lucidi. Dentro di me speravo che Elsa Morante l'avrebbe aiutato con i suoi versi; non guarito, perché da un evento del genere non ci si può liberare del tutto.

Dell'ultimo periodo non ricordo il funerale, Lorenzo che mi è stato vicino mentre girovagavo per la parrocchia, mamma che è svenuta quando hanno messo il feretro dentro il loculo, le condoglianze, la signora Amelia, i parenti alla lontana, i veri amici, tutti gli altri, tu spaesato, rimpicciolito nel tuo dolore, io che davo da mangiare agli avvoltoi; non ho memoria di tutto questo, è come se ci fosse una nebbiolina bianca che avvolge i ricordi. Ho spruzzi, immagini sbiadite, come scontrini stinti che hanno perso il loro inchiostro, e ritornano a intermittenza per ricomporre il puzzle.

Ricordo invece il giorno della mia partenza. Erano i primi giorni di agosto, l'afa inumidiva l'aria e le cicale cantavano spensierate. Mamma e Lorenzo mi stavano accompagnando a Roma Termini, il treno per Milano sarebbe partito da lì a un paio d'ore. La statale percorreva le campagne, i girasoli stavano per essere arrostiti sotto i raggi cocenti, io guardavo le nuvole bianche color panna e mi chiedevo come sarebbero state al tatto. Entrambi tenevano i finestrini abbassati, il sole di mezzogiorno s'infiltrava nell'auto, mamma aveva acceso l'aria condizionata, Lorenzo sudava e si passava un fazzoletto di carta sulla fronte, e intanto dicevo addio al mare.

Fu proprio per la strada, in mezzo alla campagna, che gridai a mamma di fermare la macchina. Loro non se n'erano accorti. Lei accostò accanto al guardrail, pregai Lorenzo di farmi scendere. Lui obbedì in silenzio, alzò il sedile anteriore e scivolai fuori, il sole che picchiava sulla fronte e mi oscurò la vista per un secondo.

Davanti a me si estendeva un campo di papaveri rossi. Non ne avevo mai visto uno in vita mia, ma lo decifrai come un messaggio di Simone, che da qualche parte doveva trovarsi. Forse era vero, era rinato in un'altra famiglia, e poteva ricominciare daccapo, libero finalmente da Campo dell'oro.

Mentre correvo in mezzo ai fiori, e gridavo, piangevo, e gridavo ancora, ero sola e provavo a contarli, erano centinaia, forse migliaia, li toccavo, li respiravo, un manto scarlatto nel cuore di quel terreno calcareo e povero, pensai che per il resto della mia vita, tra tutti quei papaveri rossi, io e Simone non saremmo stati più fratello e sorella.

Nota dell'Autrice

Campo dell'oro è stata la mia casa per anni. Lo è ancora oggi quando torno nell'appartamento popolare che l'ATER assegnò ai miei nonni negli anni Settanta, dove vive attualmente mia madre. Il quartiere è rimasto più o meno uguale, come se lì dentro il tempo si fosse cristallizzato, la gente è inghiottita da questo perimetro di casermoni, l'unica interferenza la morte che ogni tanto pesca qualcuno e lo prende con sé. Avevo bisogno di esorcizzare la rabbia e lo sconforto che provo, trasformarli in una sorta di espiazione. In posti del genere il male può nascere in modi diversi. I Sorci non esistono, né esiste Giancarlo con la sua rana bombina, ma esistono le ingiustizie, la paura di non arrivare alla fine del mese, le bollette del gas insolute. Questo fazzoletto di terra mi è stato funzionale per riscattare donne abbandonate come Mirella, fratelli saggi come Simone, ragazzi bullizzati come Lorenzo, ma anche genitori che si spaccano la schiena per promettere un futuro migliore ai figli. Tutte queste sono realtà universali, presenti in ogni angolo d'Italia, basta allungare lo sguardo sulle periferie per notare il degrado, la povertà, la malavita. Eppure, in questo profluvio di dolore, c'è chi sogna, chi crede nello studio, nei libri, in qualcosa di diverso. Il male non potrà spegnere quella luce che filtra tra le piccole fenditure di ognuno di noi.

Ringraziamenti

La prima persona che voglio ringraziare è Mattia Signorini. Se non fosse stato per lui, questo romanzo non avrebbe preso vita tra le pareti della Scuola Palomar, a Rovigo. Mi ha accolto nella sua dimora arancione dove le parole sanno lenire un'anima arrabbiata.

Un grazie di cuore al mio agente letterario, Vicki Satlow, che ha creduto in me sin dall'inizio e mi ha spronata a dare il massimo, realizzando quel sogno di farmi leggere dai grandi editori.

Un grazie speciale a Stefano Izzo, editor ma soprattutto grande amico, che ha confidato nella mia storia più di quanto meritassi e se n'è preso cura come se fosse la sua.

Grazie a Riccardo Barbagallo, a Mariagrazia Mazzitelli, a tutta la famiglia Salani e al Gruppo Mauri Spagnol, a Sara Benatti e Luca Tarenzi per il supporto infinito, a Fabio Ivan Pigola, a Romina Casagrande per l'avventura fino alla pubblicazione, alla Scuola Palomar, in particolare: Samantha Mammarella, Lorenzo Quadraro e Raffaella Violentano. Grazie a Nura Abdelmohsen, a Mariella Radice, a Elisabetta Marino per avermi presentato Hawthorne e la sua concezione di male, al mio compagno di vita Fabiano Tassan Gurle e alla sua bellissima famiglia, tra cui le mie nipotine Sofia, Sara e

Isabella, grazie a mio fratello Simone e a mia mamma Maria Grazia Santi Zuccari, che nonostante la povertà, la malattia e le ingiustizie, non si è mai piegata e ha sfidato Campo dell'oro come la protagonista di questo romanzo.

SALANI
LE STANZE

Gianluca Antoni
Io non ti lascio solo

Enrico Pandiani
Lontano da casa

Viola Ardone
La ricetta del cuore in subbuglio

Imamura Natsuko
La donna dalla gonna viola

Anna Bardazzi
La felicità non va interrotta

Pino Imperatore
Tutti matti per gli Esposito

Corinna De Cesare
Ciao per sempre

François Morlupi
Come delfini tra pescecani

Silvia Montemurro
L'orchestra rubata di Hitler

Rosa Mogliasso
L'irresistibile simmetria della vendetta

Marco Steiner
Nella musica del vento

Pascal Engman
Femminicidio

SALANI
LE STANZE

Vittorio Macioce
Dice Angelica

Sandro Marenco
Dillo al Prof

Davide Mosca
Amare una volta

Guzel' Jachina
Figli del Volga

Giovanni Ferrero
Blu di Prussia e rosso porpora

Carola Carulli
Tutto il bene, tutto il male

Valeria Gargiullo
Mai stati innocenti

VITTORIO MACIOCE

DICE ANGELICA

Ce l'hanno raccontata a scuola, la vicenda di Angelica, la bella per eccellenza, la donna per cui i paladini di mezzo mondo impazziscono, si sfidano in epiche battaglie, disposti a rischiare la pelle pur di averla. Angelica l'esotica, l'insidiosa, il motore di ogni passione, che attende in silenzio di essere conquistata come un trofeo. Ma qualcuno si è mai chiesto se era d'accordo? Se a lei Orlando – che sarà pure stato l'eroe della cristianità, d'accordo, ma anche un uomo di rara bruttezza – piaceva? Se quella rissa tra maschi alfa non le sembrasse ridicola? Se desiderasse, magari, qualcos'altro?
Lo ha fatto Vittorio Macioce, che per la prima volta dà voce a questa creatura tanto celebrata quanto misteriosa. In fin dei conti una ragazza normale, simile a quelle di oggi, con emozioni che intatte attraversano i secoli: il desiderio di sentirsi viva, di trovare un posto nel mondo; la necessità di fare chiarezza sulle proprie origini; il fastidio di essere continuamente oggetto di attenzioni maschili; il dolore di interpretare un ruolo cucitole addosso da altri.
Ricostruendo in chiave contemporanea tutto ciò che la storia della letteratura ha trascurato di Angelica e delle pulsioni che la animano, Macioce ci guida alla riscoperta di una vicenda sorprendentemente densa di riferimenti pop – dai videogiochi allo spaghetti western, dalla musica ai romanzi fantasy – e che non ha mai smesso di dirci qualcosa sulla natura delle ossessioni amorose.

SALANI
LE STANZE

DAVIDE MOSCA

AMARE UNA VOLTA

Nell'Alta Langa erano potenti e temuti, i Costamagna. Quando passava uno di loro, la gente mormorava e si toglieva il cappello. Poi è arrivata la guerra, che ha portato via troppi uomini e stravolto ogni equilibrio. Adesso i padroni di un tempo devono vendere le loro terre per far quadrare i conti, e rompersi la schiena in quelle rimaste. Virginia, coi suoi diciannove anni e la sua sfacciata vitalità, è la più giovane della famiglia, l'ultima dei Costamagna, e non ha alcuna paura di faticare per costruirsi un futuro diverso.

Un giorno, tra i campi spunta uno sconosciuto. È un ex partigiano e ha percorso mille chilometri a piedi, dice, dal nord della Francia, soltanto per restituire un medaglione d'oro ai genitori del compagno d'armi che gliel'ha affidato in punto di morte. Avrebbe potuto venderlo e con quei soldi imbarcarsi per l'America, dimenticare l'orrore, ma ha preferito onorare quel debito morale. Accolto dalla Duchessa, l'anziana donna che tiranneggia sui destini e sugli affari sempre più incerti dei Costamagna, il ragazzo viene messo alla porta: vadano a quel paese lui, il medaglione e anche la memoria di quel nipote traditore che ha combattuto al fianco dei 'rossi'. E così se ne va con la coda tra le gambe, ma qualche sera più tardi ricompare in una cascina vicina, con una chitarra in mano e una voglia di suonare che fanno eco alla splendida irrequietezza di Virginia. Con una formidabile sensibilità ai moti dell'animo umano, Davide Mosca ha scritto un romanzo di parole precise e vere, di paesaggi sanguigni, di uomini che escono smarriti dalla guerra e di donne che hanno cuore e gambe per inseguire il loro destino.

SALANI
LE STANZE

MARCO STEINER

NELLA MUSICA DEL VENTO

È abituato all'inferno, Morgan Jones. È stato la prima cosa che ha visto alla nascita, mentre sua madre moriva a bordo di una nave in viaggio verso l'Argentina, e da allora non ha mai smesso di abitarlo; così come non ha smesso di amare la pampa, la terra rossa senza fine, il regno del vuoto, dove un uomo è libero di cavalcare di fianco ai propri demoni.
Anche Maria Leibowitz conosce bene l'inferno. Lasciando la Polonia e la famiglia d'origine credeva di esserselo messo alle spalle, insieme alla miseria e alla ferocia degli uomini, ma a Buenos Aires ha trovato una prigione persino peggiore, diventando una schiava.
Non è amore quello che sboccia quando i loro sguardi s'incrociano per la prima volta nel bordello in cui lei lavora. È l'incontro tra due animali feriti, due cani rabbiosi che si riconoscono. E così, quando a Morgan viene offerto un incarico che gli permetterà di tornare in Europa e dimenticare il passato, decide di portare Maria con sé: lontani da tutto, in cerca di una nuova vita. Ma per riuscirci c'è da prendere il mare su un veliero 'fantasma', recuperare un carico d'oro maledetto e spingersi in fondo alla Terra del Fuoco, dove il vento ti artiglia l'anima e non la lascia più.
Con una scrittura che all'incanto visionario di Hugo Pratt unisce la spietatezza selvaggia di Cormac McCarthy, Steiner aggiunge un importante contributo alla grande tradizione del romanzo d'avventura, conducendoci in un territorio dove anche il silenzio ha una storia da raccontare.

SALANI
LE STANZE

Questo libro è stampato col sole

GRAFICA VENETA

Azienda carbon-free

Fotocomposizione: Alessio Scordamaglia

Finito di stampare
nel mese di gennaio 2022
per conto di Adriano Salani Editore s.u.r.l.
da Grafica Veneta S.p.A. di Trebaseleghe (PD)
Printed in Italy